김경욱

1993년 중편소설 ———————————————— 받으며
작품 활동을 시작 ——————————— 소설집 『누가 커트
코베인을 죽였는가』『장국영이 죽었다고?』『위험한 독서』
『신에게는 손자가 없다』『소년은 늙지 않는다』『내 여자친구의
아버지들』, 장편소설 『황금 사과』『천년의 왕국』『동화처럼』
『야구란 무엇인가』『개와 늑대의 시간』『나라가 당신 것이니』,
중편소설 『거울 보는 남자』 등이 있다. 한국일보문학상,
현대문학상, 동인문학상, 김승옥문학상, 이상문학상 등을
수상했다.

동화처럼

동화처럼

김경욱
장편소설

오늘의
작가 총서
39

민음사

차례

옛날 아주 먼 옛날 해가 가장 먼저 뜨는 나라의 왕과 왕
비에게는 아이가 없었다. 세상의 한쪽 끝에서 다른 쪽 끝
까지 떠돌아다니는 개구리가 어느 날 찾아와 곧 아이를
갖게 될 거라고 말했다. 이듬해 왕비는 아이를 낳았다. 공
주였다.

왕과 왕비는 큰 잔치를 열었다. 까다로운 마녀들을 위
해 애지중지하던 금 접시까지 꺼냈다. 열두 개의 금 접시.
왕비는 열두 명의 마녀만 초대했다. 마녀들은 차례대로 갓
난아기를 축복했다. 별처럼 반짝이는 눈망울을, 눈처럼 흰
피부를, 장미처럼 붉은 입술을, 흑단처럼 검은 머리카락을,
비단처럼 고운 마음을 갖도록 기원했다. 열한 번째 마녀가
축복을 마쳤을 때 초대받지 못한 열세 번째 마녀가 씩씩거

리며 나타났다.

　—평생 눈물 속에서 고독하게 살다 죽으리라.

　열세 번째 마녀는 저주를 퍼붓고 바람처럼 사라졌다. 모두들 어안이 벙벙해 말문을 열지 못했다. 따귀라도 맞은 얼굴이었다. 가장 먼저 정신을 수습한 열두 번째 마녀가 입을 열었다.

　—사랑하는 남자의 심장이 흘린 눈물로 눈썹을 적시면 저주에서 풀려나리라.

　저주 때문인지 공주의 눈가에는 눈물 마를 날이 없었다. 왕비가 병으로 죽었을 때는 석 달 열흘 동안 흘린 눈물로 국경의 강이 넘쳤다. 불어난 강물에 당나귀, 염소, 닭이 떠내려갔다. 눈물이 마르자 강가에 거대한 소금 산이 생겼다. 왕은 시신이 썩지 않도록 왕비를 소금 산 정상에 묻었다.

　왕이 아내를 잃은 슬픔으로 시름시름 앓다 죽었을 때도 공주는 석 달 열흘 동안 울었다. 이번에도 강이 넘쳤지만 떠내려간 가축은 없었다. 미리 대피시킨 것이다. 눈물이 말랐을 때 강 건너에 또 하나의 거대한 소금 산이 생겼다. 공주는 왕을 왕비 옆에 묻었다.

　공주는 여왕이 되어서도 눈물이 여전해 눈물의 여왕이라 불렸다. 기쁠 때도 울고 슬플 때도 울었다. 기쁠 때 흘리는 눈물은 꿀보다 달콤했고 슬플 때 흘리는 눈물은 소금보다 짰다. 꿀보다 달콤한 눈물을 맛본 사람의 마음은

만 개의 별이 빛나는 것처럼 환해졌고 소금보다 짠 눈물을 맛본 사람의 마음은 별 하나 없는 밤하늘처럼 캄캄해졌다. 여왕의 눈물을 사랑한 백성들은 입을 모아 말했다. 저토록 다정다감한 여왕과 결혼하는 사내는 최고의 행운아일 거야.

세상의 한쪽 끝에서 다른 쪽 끝까지 떠돌아다니는 개구리가 여왕을 찾아와 바깥세상 소식을 들려주었다. 즐거운 얘기를 들을 때도 슬픈 얘기를 들을 때도 여왕의 눈은 촉촉이 젖었다. 개구리는 생각했다. 저토록 다정다감한 여왕과 결혼하는 사내는 최고의 행운아일 거야. 개구리는 이웃나라 왕과의 만남을 주선했다. 이런 당부와 함께.

―이웃 나라 왕 앞에서는 눈물 흘리면 안 됩니다. 한 방울이라도 흘리면 큰 낭패를 볼 것입니다.

여왕은 국경의 강가에서 이웃 나라 왕을 만났다. 여왕은 이웃 나라 왕이 마음에 들었지만 이웃 나라 왕은 한마디도 건네지 않았다. 내가 마음에 들지 않는 거야. 여왕의 눈에서 참았던 눈물이 쏟아졌다. 울면서 여왕은 탄식했다. 단 하루만이라도 눈물 흘리지 않을 수 있다면.

궁전으로 돌아가는 길에 여왕은 덫에 갇힌 나이팅게일을 풀어 주었다. 나이팅게일은 고맙다는 말도 없이 날아가 버렸다. 궁전에 도착할 무렵 나이팅게일이 나타나 여왕의 발치에 뭔가를 떨어뜨렸다. 콩꼬투리였다. 나이팅게일은

유쾌하게 지저귀며 여왕의 머리 위를 한 바퀴 돌더니 하늘
높이 사라졌다.

아버지의 기일이 다가오자 여왕은 서럽게 울었다. 국경
의 강이 넘쳐 소금 산이 위태로웠다. 눈물을 멈추고 싶었
지만 뜻대로 되지 않았다. 소금 산에 묻힌 부모가 눈에 밟
혀 울었고 울음을 멈출 수 없어 더 크게 울었다. 내일까지
눈물을 멈추지 못한다면 소금 산이 무너질 판이었다.

기일 아침 눈물의 여왕은 나이팅게일이 물어다 준 콩꼬
투리를 떠올렸다. 콩꼬투리에는 완두콩 세 개가 들어 있었
다. 완두콩 하나를 삼키자 거짓말처럼 눈물이 멎었다. 대
신 웃음이 터져 나왔다. 웃음을 멈출 수 없었다. 신하가 선
왕의 치적을 읊을 때도 웃었고 모두가 선왕의 명복을 빌
며 기도할 때도 웃었다. 백성들은 격분했다. 궁전에서 쫓겨
나면서도 여왕은 실성한 사람처럼 웃었다. 마음은 붉게 울
었지만 입은 파리하게 웃었다. 여왕은 웃음을 흘리며 정처
없이 걸었다. 붉은 노을 속에서도 웃었고 검은 어둠 속에
서도 웃었다. 어둠이 물러갔을 때 여왕은 소금 산 정상에
서 있었다. 부모가 묻힌 곳이었다. 웃음은 꽁무니를 뺐고
울음은 돌아왔다. 완두콩을 삼킨 지 꼬박 하루 만이었다.

여왕은 물을 긷기 위해 소금 산을 내려왔다. 무엇 때문
인지 강은 날마다 좁아들었다. 예전에는 배를 띄우지 않으
면 건널 수 없었지만 이제는 건너편 사람의 표정까지도 선

명했다. 가끔 강 건너편에 한 남자가 나타났다. 남자는 묵묵히 물을 긷고는 소금 산 쪽으로 사라지곤 했다. 예전에 본 듯했다. 이웃 나라 왕이라는 사실을 깨닫던 날 여왕은 나이팅게일이 준 완두콩을 삼키고 강가로 갔다. 개구리의 충고를 떠올리면서.

여왕은 이웃 나라 왕을 보며 방긋 웃었다. 전과 달리 이웃 나라 왕은 쉴 새 없이 떠들었다. 가만히 들어 보니 어두운 주문 같은 노래만 앵무새처럼 반복했다.

산은 헐벗고 강은 말랐네.
하늘은 어둠에 물들고 대지는 피로 물드네.
어둠이 산을 이루고 피가 강을 이루네.

여왕은 웃으며 돌아섰고 웃으며 소금 산으로 뛰어갔다. 여전히 불길한 노래를 부르는 이웃 나라 왕을 뒤로한 채.

다음 날 여왕은 다시 울기 시작했다. 이웃 나라 왕이 부르던 끔찍한 노래가 귓가에 쟁쟁거렸다. 여왕의 눈에서 눈물이 폭포수처럼 흘러내렸다. 흘러내린 눈물은 말라서 소금이 되었다. 소금 산이 점점 높아져 어느새 구름 위로 치솟았다. 계속 운다면 부모가 있는 하늘나라에 갈 수 있을 것 같았다. 그런데 이상한 일이 벌어졌다. 언제부턴가 소금 산이 낮아지기 시작했다. 계속 우는데도 낮아지기만 했

다. 구름 밑으로 다시 내려왔을 때 여왕은 저 아래서 소용
돌이치는 거대한 흙먼지를 보았다. 강을 차지하기 위해 두
나라 사이에 전쟁이 벌어진 것이다. 강은 피를 부르고 피
는 강을 이뤘다.

여왕은 울며불며 소금 산을 내려갔다. 모든 게 제 탓 같
았다. 산기슭에 당도했을 때 여왕은 화살에 맞아 쓰러져
있는 이웃 나라 왕을 발견했다. 화살은 왕의 심장을 향해
박혀 있었고 화살대를 쥔 왕의 손은 소금 범벅이었다. 손
톱은 모두 떨어져 나갔다. 다른 손도 마찬가지였다. 화살
을 뽑아낸 순간 여왕의 눈에서는 피눈물이 떨어졌고 왕의
심장에서는 피가 솟구쳤다. 여왕의 피눈물은 왕의 입술 사
이로 흘러들었고 왕의 심장에서 솟구친 피는 여왕의 얼굴
을 물들였다.

얼마나 시간이 흘렀을까. 이웃 나라 왕이 쿨럭이며 눈을
떴다. 왕은 여왕의 무릎을 베고 누워 오래도록 여왕을 바
라보았다. 왕이 여왕의 눈 밑을 어루만지자 말라붙은 눈물
이 별똥별처럼 쏟아졌다.

—이젠 울어도 괜찮소.

이웃 나라 왕이 말했다.

여왕이 미소 지었다. 말라붙은 강에 물이 다시 차올라
이미 생명을 잃은 것들과 그것들이 흘린 피를 쓸어 갔다.
떠내려가던 당나귀, 염소, 닭은 건져 올려졌다. 여왕과 이

웃 나라 왕이 입 맞추자 모두 무기를 내던지고 환호했다. 입 맞출 때 여왕의 손에서 뭔가가 툭 떨어졌다. 나이팅게일이 물어다 준 완두콩이었다. 마지막 완두콩. 완두콩은 또르르 굴러 강물 속으로 사라졌다.

며칠 후 여왕은 두 나라 백성들의 축복 속에서 이웃 나라 왕과 성대한 결혼식을 올렸다. 주례는 세상의 한쪽 끝에서 다른 쪽 끝까지 떠돌아다니는 개구리가 맡았다. 눈물의 여왕 부부는 오래오래 행복하게 살았다.

침묵의 왕

옛날 아주 먼 옛날 해가 가장 먼저 지는 나라의 왕과 왕
비에게는 아이가 없었다. 세상의 한쪽 끝에서 다른 쪽 끝
까지 떠돌아다니는 개구리가 어느 날 찾아와 곧 아이를
갖게 될 거라고 말했다. 이듬해 왕비는 아이를 낳았다. 왕
자였다.

왕과 왕비는 큰 잔치를 열었다. 까다로운 마녀들을 위해
애지중지하던 은 접시까지 꺼냈다. 열두 개의 은 접시. 왕
비는 열두 명의 마녀만 초대했다. 마녀들은 차례대로 갓
난아기를 축복했다. 여우의 지혜를, 사자의 용기를, 대지
의 너그러움을 갖도록 빌었다. 열한 번째 마녀가 축복을
마쳤을 때 초대받지 못한 열세 번째 마녀가 씩씩거리며 나
타났다.

─평생 침묵 속에서 고독하게 살다 죽으리라.

열세 번째 마녀는 저주를 퍼붓고 바람처럼 사라졌다. 모두들 어안이 벙벙해 말문을 열지 못했다. 따귀라도 맞은 얼굴이었다. 가장 먼저 정신을 수습한 열두 번째 마녀가 입을 열었다.

─사랑하는 여자의 눈이 흘린 피로 입술을 적시면 저주에서 풀려나리라.

저주 때문인지 날이 가고 해가 쌓일수록 왕자의 침묵은 단단해져만 갔다. 기쁠 때도 침묵했고 슬플 때도 침묵했다. 국경의 강물이 갑자기 불어 당나귀, 염소, 닭이 떠내려갔을 때도, 난데없이 소금 산이 생겼을 때도 마찬가지였다. 왕이 말에서 떨어져 앓다 죽었을 때는 석 달 열흘 동안 입을 열지 않았다. 왕비는 시신이 썩지 않도록 왕을 소금 산 정상에 묻었다. 왕비가 남편을 잃은 슬픔으로 시름시름 앓다 죽었을 때도 왕자는 석 달 열흘 동안 침묵했다. 왕자는 왕비를 왕의 곁에 묻었다.

왕자는 왕이 되어서도 입이 무거워 침묵의 왕이라 불렸다. 기쁠 때도 침묵했고 슬플 때도 침묵했다. 기쁨이 빚은 침묵은 얼음보다 서늘했고 슬픔이 빚은 침묵은 햇살보다 따스했다. 햇살보다 따스한 침묵을 마주한 사람의 마음은 만 송이의 꽃이 피어난 것처럼 환해졌고 얼음보다 서늘한 침묵을 마주한 사람의 마음은 단 하나의 별에 의지한 뱃

사람처럼 결연해졌다. 왕의 침묵 덕에 백성들은 기쁨에 들뜨지 않고 슬픔에 굴하지 않았다. 왕의 침묵을 사랑한 백성들은 입을 모아 말했다. 저리 듬직한 왕과 결혼하는 여자는 최고의 행운아일 거야.

세상의 한쪽 끝에서 다른 쪽 끝까지 떠돌아다니는 개구리가 왕을 찾아와 바깥세상 소식을 들려주었다. 즐거운 얘기에도 슬픈 얘기에도 왕은 일희일비하지 않았다. 개구리는 생각했다. 저리 듬직한 왕과 결혼하는 여자는 최고의 행운아일 거야. 개구리는 이웃 나라 여왕과의 만남을 주선했다. 이런 당부와 함께.

―이웃 나라 여왕 앞에서는 침묵하면 안 됩니다. 아무 말도 않는다면 큰 낭패를 볼 것입니다.

왕은 국경의 강가에서 이웃 나라 여왕을 만났다. 이웃 나라 여왕이 마음에 들었지만 여왕의 눈에서는 쉴 새 없이 눈물이 흘러내렸다. 내가 마음에 들지 않는 거야. 왕의 입은 굳게 닫혔다. 치미는 슬픔을 억누르며 왕은 속으로 한탄했다. 단 하루만이라도 기쁘면 기쁘다고, 슬프면 슬프다고 말로 표현할 수 있다면.

궁전으로 돌아가는 길에 왕은 덫에 갇힌 종달새를 구해주었다. 종달새는 고맙다는 말도 없이 날아가 버렸다. 궁전에 도착할 무렵 다시 나타난 종달새가 왕의 발치에 뭔가를 떨어뜨렸다. 콩꼬투리였다. 종달새는 유쾌하게 지저귀며

왕의 머리 위를 한 바퀴 돌더니 하늘 높이 사라졌다.

어머니의 기일이 다가오자 왕은 더욱 과묵해졌다. 목구멍에 걸린 슬픔을 내뱉고 싶었지만 뜻대로 되지 않았다. 소금 산에 묻힌 부모가 눈에 밟혀 입을 다물었고 입을 열 수 없어 더욱 침묵했다.

기일 아침 왕은 종달새가 물어다 준 콩꼬투리를 떠올렸다. 콩꼬투리에는 완두콩 세 개가 들어 있었다. 완두콩 하나를 삼키자 거짓말처럼 말문이 트이더니 노래가 터져 나왔다. 신하가 죽은 왕비의 덕을 칭송할 때도 노래했고 모두가 죽은 왕비의 명복을 빌 때도 노래했다.

아버지 나를 만들고 어머니 나를 낳았지.
아버지 나를 죽이고 어머니 나를 먹었지.

백성들은 격분했다. 궁전에서 쫓겨나면서도 왕은 실성한 사람처럼 노래했다. 마음은 붉게 침묵했지만 입은 파리하게 노래했다. 왕은 노래하며 정처 없이 걸었다. 붉은 노을 속에서도 노래했고 검은 어둠 속에서도 노래했다. 날이 바뀌어 어둠이 뒷걸음으로 물러났을 때 왕은 소금 산 정상에 서 있었다. 부모가 묻힌 곳이었다. 노래는 꽁무니를 뺐고 침묵은 돌아왔다. 완두콩을 삼킨 지 꼬박 하루 만이었다.

끔찍한 기근이 들어 굶주린 백성들은 제 자식까지 잡아먹었다. 숨이 아직 붙어 있는 아이들은 입을 모아 노래했다.

아버지 나를 만들고 어머니 나를 낳았지.
아버지 나를 죽이고 어머니 나를 먹었지.

어느 날 왕은 물을 긷기 위해 소금 산을 내려왔다. 가뭄 때문에 강은 날마다 졸아들었다. 예전에는 배를 띄우지 않으면 건널 수 없었지만 이제는 건너편 사람의 표정까지도 선명했다. 가끔 강 건너편에 한 여자가 나타났다. 여자는 울며 물을 긷고는 소금 산 쪽으로 사라지곤 했다. 언젠가 본 듯했다. 이웃 나라 여왕이라는 사실을 깨닫던 날 왕은 종달새가 준 완두콩을 삼키고 강가로 갔다. 개구리의 충고를 떠올리면서.

이웃 나라 여왕을 만난 왕은 쉴 새 없이 떠들었다. 이웃 나라 여왕의 입가에는 웃음이 떠나지 않았다. 찬찬히 들여다보니 비웃는 듯했다. 왕은 슬픔에 잠겨 소금 산으로 뛰어갔다. 이웃 나라 여왕의 비웃음을 뒤로한 채.

다음 날 왕은 다시 침묵에 잠겼다. 뱉어 내지 못한 평생의 슬픔이 심장을 짓눌렀다. 슬픔에 빠진 왕의 눈에 강 건너 소금 산이 쑥쑥 높아지는 모습이 들어왔다. 소금 산 정상은 어느새 구름 너머로 사라졌다. 이웃 나라 여왕을 영영 만날 수 없을 것 같았다. 심장을 쥐어짜는 슬픔을 견디며 왕은 소금 산을 구르듯 내려갔다. 강 건너 소금 산 자락에 당도하자마자 미친 듯 소금을 긁어냈다. 힘줄이 끊기고 손톱이 빠져도 멈추지 않았다.

갑자기 가파른 함성이 들려왔다. 강을 차지하기 위해 두 나라 사이에 전쟁이 벌어진 것이다. 강은 피를 부르고 피는 강을 이뤘다. 화살이 하늘을 덮고 주검이 땅을 덮었다. 왕은 마른 울음을 삼키며 소금을 긁어냈다. 모든 게 제 탓 같았다. 저 높이 이웃 나라 여왕이 내려오는 것을 본 순간 타는 듯한 통증이 심장을 찔렀다. 왕은 가슴에 박힌 화살을 움켜쥔 채 쓰러졌다. 얼음보다 싸늘한 침묵이 왕의 사지를 옥죄었다. 입 밖에 내지 못한 모든 기쁨과 슬픔의 말이 조여드는 싸늘한 침묵 속에서 얼어붙었다.

얼마나 시간이 흘렀을까. 뜨겁고 뜨거운 것이 입술에 떨어지자 왕이 눈을 떴다. 왕은 이웃 나라 여왕의 무릎을 베고 누워 오래도록 여왕을 바라보았다. 여왕의 눈길이 꿈결처럼 아득했다. 왕이 이웃 나라 여왕의 눈 밑을 어루만지자 말라붙은 눈물이 별똥별처럼 쏟아졌다.

—이젠 괜찮소.

왕이 말했다.

이웃 나라 여왕이 미소 지었다. 말라붙은 강에 물이 다시 차올라 이미 생명을 잃은 것들과 그것들이 흘린 피를 쓸어 갔다. 떠내려가던 당나귀, 염소, 닭은 건져 올려졌다. 왕이 이웃 나라 여왕과 입 맞추자 모두 무기를 내던지고 환호했다. 입 맞출 때 왕의 주머니에서 뭔가가 툭 떨어졌다. 종달새가 물어다 준 완두콩이었다. 마지막 완두콩. 완두콩은 또르르 굴러 강물 속으로 사라졌다.

며칠 후 왕은 두 나라 백성들의 축복 속에서 이웃 나라 여왕과 성대한 결혼식을 올렸다. 주례는 세상의 한쪽 끝에서 다른 쪽 끝까지 떠돌아다니는 개구리가 맡았다. 침묵의 왕 부부는 오래오래 행복하게 살았다.

1부

밤에 피는 장미

남자를 처음 만났을 때 장미는 대학 신입생이었다. 남자의 첫인상은 중국집 별실의 빛바랜 벽지와 자욱한 담배 연기와 철 지난 유행가 속에서 희미했다. 학교 앞 무슨 반점이었고 노래패 신입 회원 환영 술자리였다. 장미는 일곱 명의 신입 중 한 명이었다. 신입들은 단지 머릿수가 일곱이라는 이유로 일곱 난쟁이라 불렸다.

장미는 차례가 되자 일어나 노래를 불렀다. 입학 당일 노래패에 가입할 정도로 노래라면 자신 있었다. 아바의 곡이었다. 장미가 노래를 시작하자 선배들의 얼굴이 뜨악해졌다. 미제네. 스웨덴제거든. 선배들이 담배 연기를 뿜어 대며 비 맞은 늙은이들처럼 구시렁댔다. 앞서 일어난 신입들은 모두 노래패에서 배운 운동 가요만 불렀다. 고심 끝

에 장미가 즐겨 부르던 아바의 곡을 택한 것은 치대생 때
문이었다.

서정우. 곱슬머리에 얼굴은 해사했고 키도 훤칠했다. 무
엇보다 손가락이 희고 길었다. 치대생 앞이라 노래 실력을
뽐내고 싶었고 남다른 모습을 보이고 싶기도 했다. 수백
번도 더 부른 노래였지만 치대생의 시선을 의식해서인지
목소리가 떨렸다. 눈도 뻑뻑했다. 대학에 들어와 처음 낀
콘택트렌즈가 아직은 깔끄러웠다. 노래에 대한 반응은 신
통치 않았다. 선배들은 하나같이 떨떠름한 표정이었다. 몇
이 박수를 치기는 했다. 개중에는 치대생도 있었다. 치대생
의 박수면 족했다. 장미는 떨리는 가슴을 진정시키려 애쓰
며 화장실로 달려갔다. 주머니에서 식염수 통을 꺼내 눈에
몇 방울 떨어뜨리니 한결 나았다. 한참을 기다려 소변도
봤다. 손을 씻는 장미의 손길이 분주했다. 다음은 치대생
차례였다.

방으로 돌아갔을 때 서정우는 벌써 자리에 앉는 중이었
고 선배들은 박수를 치거나 탁자를 두드렸다. 희고 긴 손
가락의 치대생이 어떤 재주로 선배들을 사로잡았는지 궁
금했지만 아무에게도 묻지 않았다. 화장실에 눌러앉아 있
던 어떤 여학생이, 담배를 피워 댄 선배들이, 변변치 못한
시력이 원망스러울 따름이었다.

다음 차례는 같은 과 여학생이었다. 한서영. 상사 주재원

인 아버지를 따라 어릴 적부터 세계 곳곳을 다닌 아이였다. 한서영은 특유의 우아한 미소를 머금은 채 잠잠해지기를 기다렸다. 예기치 못한 침묵의 극적인 효과를 잘 아는 노련한 웅변가처럼 뜸을 들인 뒤 시를 암송하기 시작했다. 로버트 프로스트의 「가지 않은 길」이었다. 영어권에서 자란 아이답게 발음이 원어민 못지않았다. 한서영은 화려한 외모만큼이나 행동도 튀는 애였다. 늘 자신감에 차 있기도 했다. 외모보다 자신감 넘치는 분위기가 더 부러운 장미였다.

이번엔 영국제네. 미제거든. 선배들이 수군거렸지만 한서영은 꿋꿋하게 암송했다. 마치 노래를 부르듯 리드미컬한 암송이었다. 시인의 영감이 고스란히 전해지는 듯했다. 장미는 소주를 홀짝였다. 장미가 마음 쓰이는 것은 따로 있었다. 치대생의 반응이 궁금했다. 한서영과 치대생이 말을 섞는 모습만 봐도 신경이 곤두서는 장미였다. 장미는 용기를 내어 치대생을 흘깃 쳐다보았다. 서정우는 팔짱을 낀채 눈을 지그시 감고 있었다. 입가에 미소가 피어나자 장미는 못 볼 거라도 본 듯 화들짝 고개를 돌렸다.

마지막은 남자였다. 김명제. 천문학과에 다닌다고 했다. 늘 공상에 잠긴 얼굴이었다. 동아리 방에 가면 어김없이 있었지만 어쩌다 눈이 마주쳐야 한 공간에 있다는 사실을 깨닫게 되는 애였다. 남자의 노래가 시작되자 모두 입을 다물지 못했다. 여드름투성이인 데다 마른 얼굴에 어울리지 않는 커다란 뿔테 안경을 유행이랍시고 걸친 남자는 세련과는 거리가 먼 외모만큼이나 노래 실력도 엉망이었다. 음정을 무시했고 박자는 더 무시했다. 지독한 음치였다. 어떻게 노래패에 들어왔지? 모두가 이런 의구심에 사로잡힌 것도 무리는 아니었다. 가창력만큼이나 기이한 것은 표정이었다. 노래에 몰입하려는 의도였을 테지만 눈을 꼭 감은 모습은 치미는 화를 삭이려 애쓰는 것처럼 보였다. 어찌 보면 억울함을 호소하는 것 같기도 했다. 처음에는 어리둥절해하던 사람들이 나중에는 박장대소했다. 회장과 장미만 빼고.

장미는 불쾌감에 몸을 떨었다. 제일 싫어하는 노래였다. 서정우의 웃음소리도 들려왔다. 전학 간 초등학교에서 이름을 소개할 때 키득거리던 아이들의 웃음 같았다. 장미의 눈이 젖어 들었다. 장미의 눈은 자주 젖었다. 슬플 때도 젖었고 기쁠 때도 젖었다. 화가 날 때도 당황할 때도 마찬가지였다.

남자의 목청이 더욱 커졌다. 구구팔십일, 구팔칠십이……. 장미는 구구단을 거꾸로 외기 시작했다. 눈물을 막기 위한 주문도 효과가 없었다. 8단을 채 마치기 전에 눈물이 주룩 흘러내렸고 남자의 노래는 절정을 향해 치달았다.

밤에 피는 장미
나의 사랑 장미 같은 사랑
돌아오지 못할 시절

수요일엔 빨간 장미를

명제가 여자를 처음 본 곳은 대학 구내식당이었다. 갓 입학한 어느 봄날이었다.

—자리 있어요?

김에 싼 밥을 입에 넣고 우물거리던 명제는 고개를 들었다. 병아리색 바바리 차림의 여학생이 식판을 들고 서 있었다. 4인용 테이블에는 명제 혼자 앉아 있었다. 여학생은 반달 모양의 눈 때문인지 서글서글한 인상이었다. 긴 생머리는 기름을 먹인 듯 윤기가 흘렀다. 김이 입천장에 들러붙어 입을 열 수 없던 명제는 고개만 살짝 끄덕였지만 여학생은 다른 테이블로 향했다. 곁에 있던 여자와 함께. 고갯짓을 잘못 알아들은 모양이었다.

밥을 먹는 내내 명제는 여학생을 흘끔거렸다. 식판이 바

28

닥을 드러낸 뒤에도 좀처럼 자리를 뜰 수 없었다. 식사를 마친 여학생은 자판기에서 커피를 뽑아 들고 여자와 함께 계단을 따라 지하로 내려갔다. 복도 양편은 모두 동아리 방이었다. 여학생과 여자는 맨 안쪽 방으로 들어갔다. 뒤따르던 명제는 문 앞에서 얼어붙었다.

노래패 아우성.

명제는 복도에 내놓은 해진 소파에 주저앉았다. 사위는 어둑어둑했고 공기는 차가웠다. 담뱃갑은 비어 있었다. 추워서 졸렸다. 졸려서 추운 것인지도 몰랐다. 명제는 주머니에서 성냥을 꺼냈다. 몇 해 전 어떤 홍콩 영화를 본 뒤로 늘 갖고 다녔다. 명제는 성냥에 불을 붙였다. 주위가 환하고 따뜻해지는가 싶더니 제목을 알 수 없는 노래가 들려왔다. 성냥이 꺼지자 차가운 어둠이 조여들었고 노래도 사라졌다. 성냥에 다시 불을 붙이자 어둠은 물러가고 노래가 돌아왔다.

해 뜨는 동해에서 해 지는 서해까지,
뜨거운 남도에서 광활한 만주 벌판,
우리 어찌 가난하리요, 우리 어찌 주저하리요.

노래는 천상에서 울려 퍼지는 듯했다. 가물거리는 노래를 붙잡아 두기 위해 남은 성냥을 몽땅 꺼내 불을 붙였다.

난쟁이들이 마련한 캠프파이어 같았다. 너울너울 춤추는 불꽃을 바라보다 명제는 까무룩 잠들었다.

―가여워라. 성냥으로 몸을 녹이려 했나 봐.

―이봐.

누군가 어깨를 흔드는 서슬에 명제는 눈을 떴다. 군용 점퍼를 걸친 남학생과 검정 코트 차림의 여학생이 명제를 내려다보고 있었다.

―여기서 뭐해?

군용 점퍼가 물었다. 구레나룻이 무성했다.

―노래…….

명제가 엉겁결에 중얼거렸다.

―못 보던 얼굴이다 했더니 노래패에 가입하러 왔군. 안으로 들어갈 일이지 밖에서 불장난을 하고 그래?

―그게 아니라…….

―추우니 어서 들어가자.

군용 점퍼가 명제의 팔을 붙들고 동아리 방으로 들어갔다. 방에는 아무도 없었다.

―뭐해? 노래 안 하고.

군용 점퍼가 다그쳤다.

―날 새겠다. 노래패에 들어오고 싶지 않은 거야?

검정 코트도 거들었다.

병아리색 바바리를 입은 여학생의 얼굴이 눈앞에 어른

거렸다. 명제는 눈을 질끈 감고 노래를 시작했다. 「수요일엔 빨간 장미를」. 그나마 가장 자신 있는 곡이었다. 기교가 많이 필요하지 않았고 무엇보다 짧았다. 노래가 끝나자 정적이 흘렀다.

—노래 말고 잘하는 거 있어?

검정 코트가 웃음을 참으며 물었다.

—던지기요.

명제가 기어들어 가는 목소리로 말했다.

—던지기?

검정 코트.

—중학교 때까지 야구 선수였어요.

—투수였어?

군용 점퍼가 팔짱을 풀더니 의자를 탁자 쪽으로 당기며 물었다.

—네.

군용 점퍼가 휘파람을 불었다.

—왜 그만뒀어?

검정 코트가 물었지만 명제는 입을 꾹 다물었다.

—좋아. 지금부터 자넨 노래패 회원이야.

—형! 회장이면 맘대로 해도 되는 거야? 뒷감당은 어떻게 하려고?

검정 코트는 미간을 찌푸렸지만 군용 점퍼는 벙글거렸

다. 보름 뒤 학교 근처 중국집에서 다시 명제의 노래를 들었을 때 검정 코트는 어이없다는 듯 피식거렸고 군용 점퍼는 해도 너무하다는 듯 얼굴을 찡그렸다. 지난 보름 동안 명제의 노래를 들은 사람은 아무도 없었다. 한서영, 그러니까 병아리색 바바리를 입었던 여학생 뒤에 서서 입만 벙긋거렸다. 명제는 노래패 아우성의 '소리 없는 아우성'이었다.

환영회 소식을 들은 날부터 맹연습에 돌입한 명제였다. 변기에 걸터앉아 노래했고 샤워를 하면서도 노래했다. 목표는 단 하나, 노래패에서 쫓겨나지 않는 것이었다.

　　무거운 코트 깃을 올려 세우며
　　비 오는 수요일엔 빨간 장미를.

노래를 마친 명제가 자리에 앉고 나서도 좌중은 찬물을 뒤집어쓴 듯 조용했다. 누군가 쿡, 웃음을 터뜨리자 순식간에 웃음바다가 되어 버렸다. 선배들은 물론 신입들도 웃었다. 한서영도 손으로 입을 가린 채 웃었다.

노래패 회장 말고도 웃지 않은 사람이 한 명 더 있었다. 여자는 눈물을 글썽였다. 명제가 노래하면 온 세상이 웃었다. 우는 사람은 단 한 명도 없었다. 명제는 여자를 물끄러미 쳐다보았다. 별난 아이였다. 까무잡잡한 피부, 오종종한 코와 입, 생뚱맞게 큰 눈, 미안해하는 듯한 눈빛.

진실 게임의 불편한 진실

자신이 가장 싫어하는 노래를 불렀던 남자를 장미는 애써 멀리했다. 굳이 그럴 필요도 없었다. 남자는 언제나 있는 듯 없는 듯했다. 가창력을 감안하면 그럴 만도 했다. 하지만 남자의 노래 실력을 문제 삼는 사람은 없었다. 오히려 경이를 표하곤 했다. 넌 저렇게 부를 수 있어? 인간의 성대로는 불가능해. 다른 별에서 왔나? 천문학과에 간 것도 그럼! 저주에 걸린 개구리 왕자인지도 몰라. 수요일에는 개굴 빨간 장미를 개굴. 그럼 일곱 난쟁이가 아니라 개구리 왕자와 여섯 난쟁이겠네. 이런 식이었다. 장미가 보기에 여드름쟁이에게는 개구리 왕자도 과분했다. 두꺼비 쪽이 더 어울렸다.

남자는 말수도 적었다. 말 붙이는 일이 드물었고 묻는

말에도 대답 않기 일쑤였다. 진실 게임을 할 때도 마찬가지였다. 신입끼리 간 MT였다. 남이섬의 봄밤은 푸르게 깊어 가고 술자리는 붉게 익어 갔다. 쌍둥이 자매 중 한 명이 진실 게임을 제안했다. 언니였을 것이다. 어쩌면 동생이었는지도 모른다. 쌍둥이 자매는 헤어스타일도 같았고 옷도 비슷하게 입고 다녀 당최 구분할 수 없었다.

진실 게임의 룰은 이랬다. 질문을 받으면 꾸밈없이 답해야 했고 내키지 않으면 벌주를 마셔야 했다.

장미의 신경은 온통 치대생에게 쏠려 있었다. 서정우가 누구에게 어떤 질문을 던지는지, 누구에게 무슨 질문을 받고 뭐라 답하는지. 서정우가 질문을 받으면 가슴이 덜컥 내려앉았고 서정우가 다른 여학생에게 질문하면 애가 탔다. 서정우가, 서정우에게, 서정우를. 가슴에서 소용돌이치는 이름이 입 밖으로 튀어나올까 봐 장미는 입술을 깨물었다.

―사귀는 사람 있어?

서정우가 한서영에게 묻자 장미의 얼굴이 굳어졌다.

―아직.

한서영이 새침하게 대답했다.

―넌?

―나도.

서정우의 반지가 영 거슬렸던 장미는 가슴을 쓸어내렸

다. 천국과 지옥은 서로 멀지 않았다. 천국인가 하면 지옥
이었고 지옥인가 하면 천국이었다. 어쩌면 한 장소를 부르
는 두 개의 이름인지도 몰랐다.

—노래패에 좋아하는 사람 있어?

서정우가 다시 한서영에게 물었다.

상대의 마음을 엿보고 싶은 떨림과 속내를 들킬지 모른
다는 두려움 사이에서 질문은 아슬아슬했다. 장미는 한서
영게만 묻는 서정우가 야속했다. 아니, 서정우의 관심을 독
차지한 한서영이 얄미웠다. 장미는 괜히 술잔만 들이켰다.

—장미, 너한테 물은 거 아냐.

쌍둥이 동생이 참견했다. 언니인지도 몰랐다.

장미는 얼굴이 화끈거려 아무 말도 못 했다.

한서영이 벌주를 택하자 서정우의 눈이 가늘어졌다.

—장미 넌? 여기에 좋아하는 사람 있어?

한서영이 물었다. 취기 때문이었을까, 아니면 방 가득한
정체 모를 열기 때문이었을까. 장미는 저도 모르게 입을
열고 말았다.

—응.

입을 다물기도 전에 장미는 밀려드는 후회로 몸을 떨
었다.

—뭐해? 질문 안 하고?

쌍둥이 동생이 장미의 어깨를 툭 쳤다. 언니인지도 몰

랐다.

장미는 얼결에 남자를 지목했다. 특별한 이유는 없었다. 남자가 맞은편에 앉아 있었기 때문이다. 남자는 눈을 동그랗게 뜬 채 손가락으로 자신을 가리켰다.

—그래 두꺼비! 노래도 못하면서 아우성에는 왜 들어온 거야?

장미가 혀 꼬인 목소리로 물었다.

모두의 시선이 남자에게 쏠렸다. 실룩거리는가 싶었지만 남자의 입은 열리지 않았다. 남자는 눈을 내리깐 채 술잔만 만지작거렸다. 멀리서 개구리 우는 소리가 들려왔다. 서정우는 한서영만 쳐다보고 있었다. 장미의 미간이 좁아졌다. 그때였다. 남자가 자리를 박차고 일어나 방을 나갔다. 남자의 돌발적인 행동이 장미는 어리둥절하기만 했다. 돌연 공기가 어색해졌다. 진실을 빙자한 가학적인 염탐과 피학적인 고백의 게임은 그것으로 끝이었다. 누가 먼저랄 것 없이 슬금슬금 자리를 떴다. 노래도 못하는 주제에 속까지 좁아터져 가지고. 왕자는 개뿔……. 장미는 혀를 찼다.

혼미한 정신을 수습했을 때 장미는 방에 혼자 남아 있는 자신을 발견했다. 장미는 비틀거리며 밖으로 나갔다. 강쪽에서 불어오는 바람은 차가웠고 눅눅한 어둠 속에서 달빛은 어슴푸레했다. 장미는 어둠이 싫고 무서웠다. 어릴 적, 장미가 말을 듣지 않으면 엄마는 장롱에 가두는 벌을 내리곤 했다. 어둠 속에 웅크린 채 장미는 눈의 나라와 그곳을 다스린다는 무시무시한 여왕을 상상했다. 난 지금 무자비한 눈의 여왕에게 잡혀 온 거야. 하지만 괜찮아. 언젠가 왕자가 구하러 올 테니. 순록이 끄는 썰매를 타고서. 잡혀 오는 길에 빵 부스러기를 흘려 놓았으니 금세 찾을 수 있을 거야. 새들이 먹어 버리면? 독이 묻은 빵이니 새들의 시체를 따라오면 돼.

장미는 고개를 떨어뜨린 채 걸었다. 땅이 자꾸만 올라오고 달빛이 발목을 붙들었다. 눈의 여왕이 마법을 부린 게 틀림없었다. 장미는 주머니에서 꺼낸 크래커를 조각내 길에 조금씩 흘렸다. 왕자가 자신을 찾아오도록. 제아무리 마법에 능한 눈의 여왕이라도 왕자를 막을 수는 없을 것이었다. 크래커는 점점 줄어들었지만 왕자는 보이지 않았다. 장미는 초조하게 주위를 두리번거렸다. 서정우는 대체 어디에 있는 걸까?

마지막 크래커 조각마저 길바닥에 흘렸을 때 장미의 눈앞에 강이 모습을 드러냈다. 어둠 속에서 민물 냄새가 들큼했다. 부서진 달빛이 강물 위에서 사금파리처럼 빛났다. 달빛 내려앉은 엷은 어둠의 밑바닥을 들추며 희끗한 것이 둥둥 떠갔다. 오리 배였다. 장미는 미간을 모으고 어둠을 노려보았다. 한서영이 보였다. 장미의 미간이 더 좁아졌다. 곁에는 서정우 같았다. 둘은 도란도란 페달을 밟았다. 장미는 자갈을 주워 던졌지만 오리 배 근처에도 못 미쳤다. 장미는 자갈을 다시 힘껏 던졌다. 처음보다는 멀리 나갔지만 어림없기는 마찬가지였다. 오리 배는 뒤뚱거리며 멀어졌다. 이 세상 어떤 자갈도 닿을 수 없는 곳으로. 돌아서는 장미의 발밑에서 자갈이 바작거렸다. 장미는 길바닥에 흘린 크래커 조각을 밟으며 방으로 돌아갔다. 장미는 텅 빈 방에서 혼자 술을 마시다 모로 쓰러져 잠들었다.

갈증과 두통에 눈을 떴을 때 장미는 손에 낯선 감촉을 느꼈다. 마디가 굵은 게 남학생의 손이 분명했다. 화들짝 놀라 손을 빼내려던 장미는 멈칫했다. 손가락에 반지가 끼워져 있었다. 순간 서정우의 얼굴이 어른거렸고 가슴이 방망이질했다. 반지 낀 손이 장미의 손을 부드럽게 어루만졌다. 장미는 어찌할 바를 몰라 숨죽인 채 가만히 있었다. 따스한 손가락이 장미의 손등을 천천히 쓸었다. 찌릿한 느낌에 몸이 움찔했고 입이 타들어 갔다. 서정우의 손끝이 새끼손가락부터 엄지까지 하나씩 훑어 내렸다. 마치 그것들에 축복이라도 내리는 것처럼.

누군가 잠꼬대를 했다. 그 서슬에 놀란 장미는 몸을 뒤척이는 척하며 손을 빼냈다. 한 모금의 물이 간절했지만 눈을 질끈 감았다. 끝없이 우물을 파는 꿈을 꾸다 눈을 떴을 때 방에는 아무도 없었다. 장미는 제 손을 물끄러미 바라보았다.

개구리 왕자는 백조를 타고

명제에게 개구리 왕자 얘기를 들려준 이는 엄마였다. 아
버지는 '아버지'였고 어머니는 '엄마'였다. 명제의 사전에
'아빠'라는 단어는 없었다. 명제가 태어나던 해 아버지는
마흔이었다. 여느 부자간보다 큰 나이 차 때문만은 아니었
다. 수틀린 사람처럼 찌푸린 채 입을 앙다문 아버지를 보
면 '아빠'라는 말이 절로 기어들어 갔다.

—허벌라게 먼 옛날, 사람들이 거시기하믄 머시든 거시
기해 불던 때의 일이랑께.(아주 먼 옛날, 사람들이 원하면 뭐
든 이루어지던 시절의 일이다.)

입담이 좋았던 엄마는 명제가 글을 깨우치기 전부터 많
은 이야기를 들려주었다. 개중 단연 인상 깊었던 것은 개
구리 왕자 얘기였다. 개구리가 주인공인 게르만의 동화에

는 특별한 구석이 있었다. 명제는 금지된 세계를 엿본 것처럼 기분이 야릇했다. 개구리가 어여쁜 공주와 한 침대에 오르는 대목에서는 묘한 흥분에 사로잡히기도 했다. 나중에 글로 읽었을 때도 마찬가지였다. 그날의 그림일기에는 야릇하고 은밀한 감정을 감추기 위해 개구리 왕자가 아니라 왕자의 하인에 대해서만 썼다.

하인리히는 착합니다. 착한 하인 하인리히는 왕자가 개구리로 변하자 눈물을 흘렸습니다. 착한 눈물입니다. 착한 하인 하인리히는 심장이 터질까 봐 쇳대를 가슴에 둘렀습니다. 하인리히는 만날만날 착합니다. 개구리가 다시 왕자로 변하자 착한 하인리히는 너무 기뻤습니다. 쇳대도 부서졌습니다. 착한 쇳대입니다. 나도 하인리히처럼 착한 사람이 되겠습니다.

담임은 독특한 감상이라며 머리를 쓰다듬어 주었지만 명제는 내심 개구리 왕자처럼 되고 싶었다. 울적할 때면 개구리 왕자 얘기를 다시 읽었다. 지금은 개구리 신세지만 언젠가는 왕자가 될 거라고 상상하면서.

머리가 굵어지면서 개구리는 차츰 명제의 관심 밖으로 밀려났다. 개구리와는 상관없고 개구리 왕자와는 더욱 무관한 삶이었다. 노래패에 가입하기 전까지는. 고등학교 때 명제의 별명은 두꺼비였다. 지독한 여드름 때문이었다. 명제는 그 별명이 싫었다. 개구리 왕자는 있어도 두꺼비 왕자는 없으니까. 그래서 노래패 사람들이 개구리 왕자라 불러 주었을 때 명제는 안도했다. 하지만 벚꽃 잎이 방으로 날아들던 봄밤 남이섬에서 여자가 던진 한마디로 평화는 산산조각 나고 말았다.

게임을 시작한 지 한참이 지났지만 한 번도 질문을 받지 못한 명제였다. 서정우는 세 번이나 질문을 받았다. 한서영도 마찬가지였다. 한서영이 지목당할 때마다 명제는 긴장했다. 서정우가 질문을 던질 때는 특히 그랬다. 단 한 번도 질문을 받지 못한 채 한서영의 답변에 가슴 졸이는 스스로가 문득 초라하게 느껴졌다. 그래서였을까. 뜻밖에 여자가 자신을 지목했을 때는 놀라움보다는 반가움이 앞섰다. 한편으로는 불안하기도 했다. 제 노래에 눈물을 글썽인 별난 아이였으니까.

—두꺼비, 음치 주제에 아우성에는 뭣하러 들어왔어?

명제는 화들짝 놀랐다. 혹시 한서영에 대한 관심을 눈치챈 걸까? 고등학교 때 별명은 어찌 알았을까? 수치심으로 명제의 얼굴이 붉으락푸르락했다. 애써 태연한 척하려 했지만 자리가 바늘방석이었다.

—개구리 아니었어?

누군가 중얼거렸다.

명제는 저도 모르게 벌떡 일어났다. 어색한 분위기를 더는 견딜 수 없었다. 방을 박차고 나온 명제의 발길은 강을 향했다. 강이 가까워지자 공기가 서늘해졌다. 강가에 당도했을 때는 후회가 밀려들었지만 이미 엎질러진 물이었다. 명제는 자갈밭에 주저앉았다. 물 위의 어둠은 흙 위의 어둠보다 묽었다. 명제는 어둠이 좋았다. 정확히 말하자면 어둠 속에서 빛을 바라보는 게 좋았다. 진짜 빛나는 것은 진짜 어둠 속에만 숨어 있었다.

—뭐 해?

한서영이었다. 한서영이 곁에 앉자 향긋한 냄새가 코를 간질였다. 긴 머리가 바람에 날려 보스턴 레드삭스 후드 티셔츠 위에서 살랑거렸다. 한서영과 단둘이 있기는 처음이었다. 가슴이 세차게 뛰었다. 명제는 마른침을 삼켰다.

—야구 선수였다면서?

—어.

—투수였다던데?

—응.

—나도 야구 좋아하는데.

—아.

마음과 달리 입을 떼기가 쉽지 않았고 그나마 입 밖에 나온 말도 한심하기 짝이 없었다. 명제는 애꿎은 자갈만 강물 위로 휙 던졌다.

―반지 꼈네?

한서영이 물었다.

명제는 여전히 입이 떨어지지 않았다.

―배 탈래?

이번에도 침묵을 깬 쪽은 한서영이었다.

―배?

―저기.

한서영이 손가락으로 강 아래쪽을 가리켰다. 널빤지를 얼기설기 엮어 만든 선착장에 페달을 밟는 2인용 배가 몇 척 묶여 있었다.

―이런 곳에 오리 배가 다 있네.

한서영이 신기하다는 투로 말했다.

―오리가 아니라 백조야.

저도 모르게 튀어나온 말이었다. 명제는 혀를 깨물고 싶었다.

―와! 길게 말할 줄도 아는구나.

한서영이 싱글거리며 말했다. 명제는 얼굴이 화끈거렸다.

명제는 한서영과 배를 타고 강 복판으로 나아갔다.

―환영회 때 읊은 시는 어떤 내용이었어?

이번에는 명제가 침묵을 깼다. 그다지 궁금하지는 않았지만 무슨 말이라도 해야 할 것 같았다.

―숲에서 두 갈래 길을 만나 한쪽을 선택한다는 내용

이야.

어디선가 퐁, 소리가 들렸다.

한서영이 주위를 두리번거리고 나서 미국 시인의 시를 우리말로 옮겨 주었다.

―……오랜 세월이 흐른 뒤 한숨 쉬며 말하겠지. 숲에는 두 갈래 길이 있었다. 나는 사람이 덜 간 길을 택했고 그것이 내 운명을 바꾸었다.

운명이라는 단어가 명제의 가슴에 박혀 별처럼 반짝였다.

진짜 왕자를 가려내는 법

청량리행 기차 안에서도 장미의 눈길은 맞은편에 앉은 서정우의 손으로만 향했다. 간밤에 잡았던 따뜻하고 부드러운 손. 서정우의 손가락에 끼워진 반지를 처음 보았을 때 장미는 가슴이 덜컥 내려앉았지만 이제 그것은 간밤의 일이 꿈이 아니었음을 증명하는 결정적이고 든든한 물증이었다. 차창으로 비쳐 드는 햇살에 반짝이는 서정우의 반지를 장미는 흐뭇하게 바라보았다.

—내 손이 이상해?

서정우가 물었다.

—아, 아니.

당황한 장미는 차창 밖으로 황망히 시선을 던졌다. 허공을 희롱하던 벚꽃 잎이 달리는 기차의 속도만큼 봄의 저편으로 분분히 흩날렸다. 바로 앞에 앉은 남자는 창턱에 팔꿈치를 대고 손으로 턱을 괸 채 하염없이 창밖만 바라봤다. 기차 뒤에 남겨진 어떤 세상을 그리워하는 사람처럼. 꿈꾸는 듯 아득한 남자의 눈빛이 자꾸만 눈에 밟혔다. 장미에게는 익숙한 분위기였다. 엄마는 창밖을 물끄러미 내다보곤 했다. 해가 져서 사물의 윤곽이 수은처럼 흐물흐물할 때까지. 장미가 손에 잡은 동화책을 앉은자리에서 열 번도 더 읽을 때까지. 엄마가 어둠 속으로 녹아들까 봐 장미는 조바심쳤다. 책장을 넘길 때마다 고개를 들어 엄마를 쳐다보았다. 엄마는 늘 넋이 나간 듯했다. 장미에게 분노를 터뜨릴 때만 빼고. 장롱의 어둠은 무서웠지만 엄마가 화낼 때 장미는 차라리 안도했다. 적어도 그때만큼은 엄마가 훌쩍 사라질 것 같지 않았으니까. 남자는 콧날이 시원스러워 앞모습보다 프로필이 그나마 나았다.

남자를 무심코 바라보던 장미의 눈이 커졌다. 남자의 새끼손가락에 은가락지가 끼워져 있었다. 간밤에 잡은 손의 주인공이 서정우라고 장담할 수 없게 되었다. 손을 잡아보면 단박에 알 수 있을 텐데. 따뜻하고 부드러웠던 손. 장미는 맞은편에 나란히 앉은 두 남학생의 손을 번갈아 바라보았다.

청량리역에 도착했을 때 대합실을 빠져나온 일행은 대부분 지하철역으로 향했지만 장미는 버스를 타기 위해 역광장으로 내려갔다. 계단이 영영 끝나지 않기를 바라는 것처럼 천천히. 광장에 내려섰을 때 장미는 자신을 부르는 소리를 들었다. 서정우가 손을 흔들며 성큼성큼 계단을 내려오고 있었다. 손가락의 반지가 유난히 반짝였다.

—집이 어느 쪽이야?

버스 정류장 쪽으로 나란히 걸으며 서정우가 물었다. 장미는 집이 있는 동네를 댔다.

—그쪽이라면 지하철이 더 빠를 텐데.

서정우가 고개를 갸웃거리며 말했다.

—지하철은 안 타.

—왜?

—답답해서.

거짓말이었다. 혼자 일행에서 떨어져 나온 것은 반지를 낀 두 남학생에게 던지는 일종의 시험문제였다. 물론 서정우가 풀기를 내심 바랐지만. 아주 거짓말은 아니었다. 터널의 어둠이 싫어 가급적 지하철을 피하는 장미였다.

—넌?

장미가 물었다.

—너 혼자 보낼 순 없잖아.

서정우가 주저 없이 대답했다. 농담인지 진담인지 분간할 수 없었지만 분명해진 것도 있었다. 간밤에 잡은 손이 바로 눈앞에 있다는 것.

—늘 이렇게 친절해?

장미가 물었다. '여자들한테는'이라는 말을 생략한 채.

—아무한테나 그러지는 않아.

딩동댕. 장미의 가슴속에서 경쾌한 소리가 울려 퍼졌다.

버스에 올라탄 장미와 서정우는 맨 뒷자리에 나란히 앉았다. 장미가 창가 쪽이었다. 서정우의 배려였다.

—나한테는 궁금한 거 없어?

서정우가 싱글거리며 물었다.

—무슨 소리야?

—진실 게임 할 때 질문 안 했잖아?

게임은 아직 끝나지 않았다. 아니, 이제 시작이었다. 장미는 눈을 깜박였다.

—내가 그랬어?

—명제한테만 물었잖아.

—너도 서영이한테만 물었잖아.

장미가 창밖으로 시선을 돌리며 말했다. 차가 방향을 꺾을 때 서정우의 어깨가 와 닿았다.

—너한테 물어볼 게 있어.

잠시 후 서정우가 정색하며 말했다.

장미는 100미터 달리기 출발선에 선 것처럼 가슴이 두근거렸다. 그때 장미의 배 속에서 소리가 났다. 꼬르륵.

—배고파?

서정우가 놀란 얼굴로 물었다. 그것은 지나치게 긴장할 때면 나타나는 장미만의 독특한 신체 반응이었다. 장미는 얼굴을 붉혔다.

—아니.

장미가 기어들어 가는 목소리로 대답했다. 다시 꼬르륵 소리가 들렸다.

—아닌 게 아닌데.

—괜찮아. 정말.

장미는 목덜미까지 붉어졌다.

—물어볼 거 있다면서.

—나랑 가요제 나가지 않을래?

—가요제?

—응. 여름에 열리는 대학생 가요제에 나가려고 해. 곡도 만들어 놨어.

—왜 나야?

뜸을 들인 뒤 서정우가 입을 열었다.

—네가 노래를 제일 잘하니까.

창밖으로 고개를 돌리는 장미의 입가에 미소가 번졌다.

진짜 공주를 가려내는 법

　청량리행 열차를 기다리는 간이역에서 명제는 풀리지 않는 의문과 씨름하고 있었다. 강에서 돌아왔을 때 방은 캄캄했다. 자는 사람들이 깰까 봐 불을 켤 수는 없었다. 한서영은 씻고 자겠다며 먼저 들어가라 했다. 명제는 조심조심 빈자리를 찾아 드러누웠지만 잠을 이루지 못했다. 잠자리를 가리는 편이기도 했지만 한서영과의 대화가 머릿속에 맴돌아서였다. 대화를 나누던 순간의 공기와 엉덩이에 깔린 자갈의 감촉까지 생생했다. 한서영의 머리카락에서 은은히 풍겨 오던 이름 모를 꽃향기도.

　명제가 어둠을 응시하며 꽃 이름을 궁리하는 동안에도 화장실이 급한지 몇이 방을 들락거렸다. 캄캄해서 누군지 분간할 수 없었다. 어느 순간 곁에서 은은하면서 상큼한 냄새가 풍겨 왔다. 한서영이 분명했다. 한서영은 숨소리조차 달콤했다. 달콤한 숨소리를 듣다 명제는 스르르 잠들었다.

서늘한 감촉에 눈을 떴을 때 명제의 이마 위에는 지독한 어둠이 진을 치고 있었다. 최초의 별이 생겨나기 전 원시우주처럼 캄캄했다. 어둠을 응시하던 명제는 손의 감촉에 정신을 집중했다. 얼음장처럼 차가운 손이었다. 방바닥은 지글지글 끓었지만 손은 눈의 나라에라도 가 있는 것처럼 차가웠다. 누구의 손일까? 곁에 한서영이 누웠었다는 사실을 떠올린 순간 명제의 눈동자에 담긴 원시우주에 거대한 눈꽃 같은 폭죽이 터졌다. 장구한 연대기의 서막을 알리는 최초의 폭발, 빅뱅이었다.

방문이 벌컥 열렸다. 명제는 깜짝 놀라 손을 거둬들였다. 누군가 밖으로 나갔다. 한서영은 미동도 하지 않았다. 잠이 깨지 않은 게 분명했지만 다시 손을 뻗을 엄두는 나지 않았다.

명제가 잠에서 깼을 때 곁에는 한서영이 아니라 여자가 누워 있었다. 여자는 등을 보인 채 모로 누워 자고 있었다. 명제는 어리둥절한 표정으로 눈만 껌벅거렸다. 여자는 잠꼬대도 했다. 오리 어쩌고저쩌고하는 것 같았지만 정확히 무슨 말인지 가늠할 수 없었다.

명제의 머릿속은 간밤에 잡았던 손 생각뿐이었다. 대체 누구의 손이었을까? 손을 잡아 보면 단박에 알 수 있을 것 같았다. 기회가 의외로 빨리 찾아왔다. 한서영이 설거지 당번이었다. 명제는 거들겠다고 나섰다. 양은 대야에 물을 받아 코펠과 식기를 씻었다. 음식 찌꺼기를 닦아 내는 것은 명제가, 헹구는 것은 한서영이 맡았다. 수세미로 박박 닦아 낸 코펠을 건네는데 한서영의 손이 스쳤다. 손이 찼다. 간밤에 잡은 손의 주인공은 한서영이 틀림없었다.

—잘 잤어?

명제가 조심스레 물었다.

—새벽에는 춥더라.

—손은?

—손?

—시리지는 않았어?

—글쎄. 이불이 짧아 발이 시리긴 했어.

명제는 더 묻지 않았다. 말보다 자신의 감각을 믿기로 했다.

명제의 기대 섞인 확신은 그리 오래가지 못했다. 간이역에서 청량리행 열차 표를 건네는 여자의 손이 스쳤을 때 명제는 자신의 감각을 믿고 싶지 않았다. 여자의 손은 얼음처럼 서늘했다. 얼음의 신이 자신의 형상을 본떠 빚은 것 같았다. 아침에 눈을 떴을 때 여자가 곁에 누워 있었다는 사실이 자꾸 마음에 걸렸다.

청량리로 가는 내내 명제의 시선은 창밖을 향했다. 역방

향으로 앉은 탓에 속이 메슥거려 먼 산과 더 먼 하늘만 바라보았다. 본래 여행을 즐기는 편이 아니었다. 명제에게 길이란 서둘러 빠져나가야 하는 터널 같은 것이었다. 길에게 의미를 안기는 것은 출발지와 도착지였다. 삶이 나무처럼 뿌리내린 곳. 그 사이에는 멀미와 피로만 있을 뿐이었다. 이를테면 명제에게 길은 나무와 나무 사이를 일컫는 말이었다.

명제의 어린 시절은 나무와 나무 사이에 있었다. 아버지의 전근 때마다 모든 것을 길 위에 올려놓아야 했다. 길은 많은 것을 앗아 갔다. 친한 친구를, 친해지던 친구를, 친해지고 싶었던 친구를, 친해질 수 있었던 친구를. 가재도구를 가득 실은 트럭에서 명제는 떠나온 시간을 곱씹었고 다가올 시간을 상상했다. 길 위에서는 침묵해야 한다는 것을 명제는 일찌감치 배웠다. 밥상머리에서처럼.

아버지는 말하곤 했다.

—뜨신 밥 앞서는 쎄를 놀리면 베레 분다. 식기 전에 묵어야 쓴 께. 묵을 거 앞서 쎄를 놀리는 건 비암이나 할 짓잉께.(따뜻한 밥 앞에서는 말을 삼가야 한다. 식기 전에 먹어야 하니까. 먹을 것 앞에서 혀를 놀리는 것은 뱀이나 할 짓이니까.)

길가에 나무가 즐비하게 심긴 이유를 명제는 초등학교 4학년 어느 미술 시간에 알게 되었다. 풍경화를 그리는 날이었지만 궂은 날씨 탓에 교실에서 그림을 그려야 했다. 창

밖으로 보이는 것은 듬성듬성 물웅덩이를 품은 운동장과 운동장을 둘러싼 담벼락과 담벼락 밑에 옹기종기 모여 있는 놀이 기구와 그 모든 것을 짓누르는 잿빛 하늘뿐이었다. 반 아이들이 눈에 보이는 잿빛을 그릴 때 명제는 눈에 보이지 않는 초록을 그렸다. 초록의 나무, 길에서 숱하게 보았던 잎이 무성한 아름드리나무. 이사를 밥 먹듯 했던 아이가 비 오는 날 교실에서 보이지 않는 초록의 풍경을 그릴 수 있게, 그토록 촘촘히 길가에 나무를 심는 거라고 명제는 생각했다.

서울에 자리 잡은 뒤에도 아버지는 길을 버리지 못했다. 주말만 되면 쫓기는 사람처럼 집을 나섰다. 명제는 낚시 도구를 챙겨 떠나는 아버지를 따라나선 적이 한 번도 없었다. 같이 가자는 소리를 들은 적도 없었다. 형을 데려간 적은 몇 번 있었다.

명제는 한서영이 뜻을 새겨 준 미국 시인의 시를 떠올렸다. 숲에서 두 갈래 길을 만난다면 인적 드문 길을 택할 것이었다. 지름길일 가능성이 높으니까. 길은 터널과 같아서 빨리 빠져나가야 하니까. 사랑도 질투도 길이 끝나는 곳에서나 가능한 법이니까.

터널을 지날 때면 명제는 눈을 감곤 했다. 어둠이 비추는 제 모습을 보고 싶지 않았다.

청량리역을 향해 달리는 기차에서는 달랐다. 모두가 잠든

한밤의 하늘을 쳐다볼 때처럼 떨리는 마음으로 바라보아야 할 대상이 있었으니까. 검게 물든 창에 비친 한서영의 얼굴을 훔쳐보았다. 터널이 영영 끝나지 않아도 상관없을 듯했다.

—간밤에는 언제까지 마신 거야?

맞은편에 앉은 여자가 물었다. 궁금한 게 많은 애였다.

—간에 불나도록 마셨지.

치대생이 웃으며 말했다.

명제에게도 궁금한 게 있었다. 맞은편에 나란히 앉은 두 명 중 간밤에 손을 잡은 이는 누구일까? 불현듯 어릴 적 읽은 어떤 동화가 떠올랐다. 왕자와 맺어 줄 진짜 공주를 가려내기 위해 침대에 완두콩 한 알을 넣어 둔 왕비 이야기. 왕비는 완두콩 위에 20개의 매트와 20장의 이불을 깔고 자칭 공주들을 재웠다. 그중 한 명이 아침에 일어나 투덜댔다. 등에 딱딱한 게 느껴져 한숨도 못 잤어요. 왕자와 왕비가 애타게 찾던 진짜 공주였다. 명제에게는 완두콩도 완두콩을 침대에 넣어 둘 엄마도 없었다. 그러니 직접 확인하는 수밖에.

—시간 괜찮으면 영화나 보러 갈래?

지하철 환승역에서 일행과 헤어져 단둘이 되었을 때 한서영에게 물었다.

—어떤 영화?

한서영이 웃으며 되물었다.

예상치 못한 질문이었다. 명제는 엉겁결에 광고판에 걸린 영화 제목을 댔다. 홍콩 무협 영화였다.

　—난 별로야. 게다가 선약도 있고.

　—무슨 선약인데?

　명제는 제 입에서 튀어나온 말에 놀랐다. 한서영이 명제를 빤히 바라보았다. 명제의 얼굴이 굳어졌다.

눈의 여왕

서정우에게서 악보를 건네받았을 때 장미는 가요제 출전 계획이 빈말은 아님을 알게 되었다.

—나가겠다고 확답한 적 없는데…….

—네 노래 실력이면 예선 통과는 문제없을 거야.

서정우가 웃으며 말했다.

장미는 웃을 수 없었다.

—무슨 문제라도 있어?

—가사는 없네?

—내가 워낙 글하고는 안 친해서. 문학 전공자한테 노랫말 좀 부탁해도 될까?

장미는 얼결에 악보를 받아 들고 말았다. 다른 사람도 아닌 서정우의 부탁이었고 거절할 명분도 궁했다. 사실대로 말해도 이해 못 할 게 뻔했고 굳이 그러고 싶지도 않았다. 가요제를 준비하자면 자연스레 둘만의 시간을 갖게 될 거라는 기대도 엉거주춤 악보를 받아 드는 데 한몫했다. 만에 하나 본선에 올라간다면 그때 가서 대책을 세우면 될 거라는 계산도 깔려 있었다.

그날 밤, 장미는 스탠드 불빛 아래서 서정우의 악보를 들여다보았다. 혼성 듀엣을 위한 곡이었다. 둘이 네 소절씩 주고받다 절정부에서는 함께 부르는 구성이었다. 멜로디가 우아하고 애잔했다. 장미는 콧소리로 멜로디를 흥얼거렸다. 호박빛 조명이 생명을 불어넣는 신의 입김인 양 악보의 음표들이 하나둘 일어나 춤췄다. 춤추는 음표에 하나하나 이름을 붙여 주었다. 달밤의 무도회가 끝나면 장미는 악보를 서랍 깊숙이 넣었다. 다음 날 밤에도 그다음 날 밤에도. 눈의 여왕에게 끌려간 여자애와 그녀를 찾아 헤매는 남자애의 애절한 마음을 온전히 담아낼 때까지.

장미가 바란 대로 서정우와 단둘이 있는 시간이 잦아졌다. 함께 지내는 시간이 늘면서 서정우에 대해 많은 것을 알게 되었다. 그중에는 기숙사에 살고 있다는 것, 고향이 제주도라는 것, 외아들이라는 것도 포함되었다. 그리고 '국경 없는 의사회'에 들어가는 게 꿈이라는 것도.

—국경 없는 의사회?

—세계 곳곳을 다니면서 무료로 환자를 돌보는 의사들

이 있어.

—영어를 잘해야겠네?

—잘해서 나쁠 건 없겠지.

—한서영만큼 잘하면 좋을 텐데.

서정우는 말을 아꼈다.

캠퍼스 뒤쪽 산자락에서 찬바람이 불어왔다. 텅 빈 농구장을 비추는 조명 속에서 비닐봉지가 휘적휘적 떠다녔다. 벚꽃이 조명 빛 안으로 우수수 쏟아졌다.

—서울은 너무 추워. 어젯밤에는 헤어드라이어를 품고 잤어. 들킬까 봐 이불을 뒤집어쓰고.

서정우가 팔짱을 끼며 말했다.

—헤어드라이어도 안 돼?

—전열 기구는 사용 금지야. 집에서 학교 다니는 애들이 부러워.

—난 기숙사에 있는 애들이 부러운데. 집만 아니라면…….

—눈이다!

서정우가 눈을 처음 본 사람처럼 소리쳤다.

벚꽃과 함께 날리는 눈은 장미도 처음이었다. 벚꽃인지 눈인지 분간할 수 없는 것들이 어른거렸다. 눈이 꽃 같았고 꽃이 눈 같았다. 장미는 고개를 젖히고 혀를 내밀었다.

—뭐 해?

—어느 날 악마가 뭐든 추하게 보이는 거울을 만들어 하늘로 올라갔어. 신을 조롱하려고. 하지만 거울이 손에서 미끄러져 산산이 부서졌어. 깨진 거울 조각이 바로 눈이야. 그런데 눈을 맛본 애는 눈의 여왕의 포로가 돼.

　—눈을 맛보면 안 되잖아.

　—난 상관없어.

　—왜?

　—이미 포로가 되었으니까.

서정우는 영문을 모르겠다는 표정이었다.

　—눈의 여왕한테 끌려간 애는 어떻게 됐어?

　—절친한 애가 구하러 와.

한동안 잠자코 있더니 서정우가 외투를 벗어 걸쳐 주었다.

　—춥다며?

　—국경 없는 의사에게 눈의 나라쯤은 아무것도 아니야.

서정우의 대답이 든든했다. 외투에 남은 체온만큼이나 따뜻하기도 했다. 서정우는 장미의 어깨에 팔을 둘렀고 장미는 서정우의 어깨에 머리를 기댔다. 장미의 이마 위로 지도에는 없는 곳에서 날아온 희고 가벼운 것들이 떨어져 내렸다. 녹는 것도 있었고 녹지 않는 것도 있었다. 장미의 마음은 눈처럼 녹아 꽃이 되었다.

　—내 정신 좀 봐. 몇 시지?

장미가 당황한 목소리로 물었다.

—10시 반.

—큰일 났다. 먼저 갈게.

벤치에서 벌떡 일어난 장미는 서정우의 외투를 내려놓고는 뒤도 안 돌아보고 학교 정문을 향해 뛰었다.

숨이 턱까지 차오르도록 서둘렀지만 장미가 집에 들어선 것은 11시를 훌쩍 넘겨서였다. 엄마가 식탁에 꼿꼿이 앉아 손짓했다. 화가 단단히 난 얼굴이었다.

—머꼬?(이것이 무엇이냐?)

장미가 자리에 앉자마자 엄마가 턱짓을 하며 물었다. 차마 손댈 수 없는 불결한 것을 가리키는 것처럼. 서정우의 악보가 식탁 위에 놓여 있었다.

—이젠 서랍도 뒤져?

장미의 목소리가 떨렸다.

—퍼뜩!(어서 대답해!)

장미는 입술을 깨물었다.

—친구 거야.

—와?(그 애의 것이 왜 거기 들어 있지?)

장미는 등을 떼미는 싸늘한 벽을 느꼈다. 더 물러설 곳은 없었다. 악보를 두고 간 것은 치명적인 실수였지만 언젠가는 터질 시한폭탄이었다. 장미는 가슴 깊은 곳에서 움트는 분노의 순을 그러쥐며 입을 뗐다.

—친구가 만든 곡이야. 가요제에 같이 나가자고 준 거고.

엄마의 얼굴은 하얗게 질렸고 눈동자는 이글이글 타올랐다.

—미쳤나?(제정신이냐?)

—나더러 노래 잘한대.

—택도 읎다.(어림없다.)

—왜 안 돼? 노래하면 왜 안 되는데?

—딴따라질 하라꼬 대학 보냈나?

엄마의 목소리는 싸늘했다. 한마디 한마디가 고드름이 되어 가슴에 박혔다. 노래는 무조건 안 된다는 억지에 억장이 무너졌다. 노래패 가입 사실조차 비밀에 부쳐야 했던 장미였다. 엄마가 별나다는 사실을 받아들이기는 여전히 힘겨웠다. 어릴 적부터 품어 온 어두운 질문이 새삼 고개를 들었다. 이 사람이 친엄마 맞을까?

—하겠다면 어쩔 건데?

장미가 소리쳤다.

엄마는 입을 다물었고 대답은 욕실 거울의 몫이었다. 다음 날 아침 세면대 앞에 선 장미는 입을 다물지 못했다. 어깨까지 흘러내리던 머리가 뭉텅뭉텅 잘려 나가 깡똥했다. 장미는 욕실 바닥에 풀썩 주저앉았다.

엔트로피의 법칙

　한서영과 헤어져 집으로 오는 내내 명제는 '선약'이라는 단어를 곱씹었다. MT에서 돌아오는 길에 들으리라고는 상상하기 힘든 말이었다. 어떤 영화를 볼 거냐는 질문도 뜻밖이기는 마찬가지였다. '영화나 볼까?'는 '차나 마실까?'와 같은 질문이었다. '차나 마실까?'라고 물었는데 '어떤 차?'라는 질문을 받은 거나 다름없었다.

　명제가 집에 돌아와 맨 먼저 한 일은 국어사전을 뒤진 것이었다. 선약이라는 단어를 찾아보았다. 먼저 한 약속. 친절하게 예문도 붙어 있었다. 선약이 있어서 오늘은 영화를 볼 수 없겠습니다. 명제의 입에서 신음이 새어 나왔다.

　정말 선약이 있는 걸까? 명제는 책상 앞에 앉아 한서영과의 대화를 찬찬히 되새겨 연습장에 적어 보았다.

명제: 시간 있으면 영화나 볼래?

서영: 무슨 영화?

(사이)

명제: (당황하며) ××××

서영: 그 영화는 별론데. 게다가 선약도 있고.

명제: (실망하며) 무슨 선약?

흡족한 대사가 하나도 없었다. 첫 번째는 어설펐고 두 번째는 황당했고 마지막은 끔찍했다. 셰익스피어라 해도 둘이 극장에 함께 가는 결말을 끌어낼 수는 없을 듯했다. 명제는 입술을 깨물며 한서영의 대사를 분석했다. 첫 번째 대사를 들었을 때 이미 다리가 풀렸다. 뜻밖의 카운터편 치였다. 두 번째 대사도 녹록지 않았다. 영화를 보고 싶은 마음이 아주 없지 않았다면 보고 싶은 영화를 추천할 수도 있었을 터. 그러니 선약이 있다는 말에는 다른 영화를 추천할 여지를 봉쇄하려는 의도가 담겨 있었다. '게다가'라는 말이 특히 거슬렸다. 그것은 희망만 빠져나오지 못한 판도라 상자에 채운 자물쇠, 다리 풀린 상대의 복부를 향해 날리는 결정타였다. 선약 같은 건 없었다.

분석의 결과는 참담했지만 시간이 지나면서 낙관론이 슬슬 고개를 들었다. 밤새 술을 마셔 피곤했겠지. 집에 가서 쉬고 싶었던 거야. 누가 알아? 과제가 밀렸는지. 영문과는 과제가 많다던데. 마음 상하지 않게 일부러 거짓말했을 거야. 명제는 낙관론을 정당화하기 위해 강가에서의 기억까지 불러냈다. 다정한 말투, 부드러운 표정. 그리고 간밤에 닿았던 손의 감촉. 합리화의 연금술은 절망의 초토에 기어코 희망의 싹을 틔워 올렸다.

—뭐 하냐?

뒤통수가 따끔했다. 형이었다.

—노크하면 손이 덧나?

—한 달 만에 본 형이 반갑지도 않냐?

—쉬는 날이야?

—어제 내과 실습 쫑 났어. 저녁에 복귀해야 해. 이건 뭐냐? 요즘은 대본도 쓰시나?

형이 연습장을 집어 들자 명제는 의자에서 벌떡 일어나 팔을 휘저었다.

—시간 있으면 영화나 볼래? 상상력이 저열하구나.

—내놔.

명제는 형의 허리춤을 끌어안고 침대로 넘어뜨렸다. 형은 연습장을 쥔 손을 쭉 뻗었고 명제는 형의 팔을 끌어내리려 안간힘을 썼다. 한참 엎치락뒤치락한 끝에야 연습장을 되찾을 수 있었다.

—근데 서영이는 어떤 애냐?

숨을 가쁘게 몰아쉬며 형이 물었다. 구내식당에서 처음

본 후로 한서영에 관한 수많은 생각이 명제의 낮과 밤을 어지럽혔지만 한 번도 품은 적 없는 질문이었다.

영혼을 일깨운 질문은 많은 것을 변화시킨다. 질문이 영혼에 뿌리내리면 우리는 질문을 품기 이전의 자신으로 돌아갈 수 없다. 명제도 그랬다. 이제껏 명제가 만지작거린 질문은 이런 것이었다. 한서영은 나를 어떻게 생각할까? 그러나 이제 질문은 바뀌었다. 한서영은 대체 어떤 애지? 패러다임의 지각변동, 코페르니쿠스적 전환이었다. 이 새롭고 혁명적인 질문 앞에서 명제는 부르르 몸을 떨었다. 한서영에 대해 아는 게 거의 없다는 사실을 깨달았기 때문이다. 그 순간부터 명제는 코페르니쿠스적 질문에 매달렸다. 밥 먹을 때도 양치질할 때도 잠을 청할 때도. 심지어 강의 시간에도.

—여기 잉크병과 물컵이 있다. 잉크병에는 잉크가, 컵에는 물이 담겨 있다. 이를테면 잉크병과 컵은 각각 완전한 질서를 구현하고 있는 셈이지.

전공 수업이었고 귀밑머리가 새하얀 교수는 열역학제2법칙에 대해 설명하고 있었다. 허블망원경으로 별을 실컷 구경하리라 기대했지만 물리학뿐만 아니라 수학과도 씨름해야 했다. 별 볼일 없는 나날의 연속이었다.

그때도 명제의 머릿속에는 한서영뿐이었다. 한서영은 일종의 블랙홀이었다. 눈에 보이고 귀에 들리고 손에 닿는 모든 것이 한서영을 떠올리게 했다. 잉크병은 한서영에게 적어 보낼 연애편지를, 물이 담긴 컵은 한서영과 나눠 마실 음료수를 환기했다.

교수는 스포이트로 빨아들인 잉크를 컵에 떨어뜨렸다. 푸른 반점이 물속에 가라앉는가 싶더니 실타래처럼 어지럽게 퍼져 나갔다. 컵에 담긴 물이 푸르게 변할 때까지.

—엔트로피란 이를테면 무질서의 정도라 할 수 있다. 잉크병에 담긴 잉크나 컵에 담긴 물처럼 분자나 에너지가 집중되어 있는 것은 부자연스러운 상태다. 자연 상태라면 잉크가 풀린 물처럼 전체의 밀도가 같아질 때까지 분산되게 마련이지. 그 역은 불가능해. 같은 원리로 에너지는 사용할 수 있는 형태에서 사용할 수 없는 형태로만 변한다. 댐에 고인 물이 위치에너지로 전기를 일으키지만 방류되면 에너지를 잃는 것처럼. 누가 다른 예를 들어 볼까?

교수가 학생들을 둘러보았다.

—담배를 태우면 재가 됩니다.

누군가 대답했고 교수가 고개를 끄덕였다.

—지독한 방귀 냄새도 결국은 사라집니다.

여기저기서 키득거리는 소리가 들렸다.

—방귀 냄새는 사라지지 않네. 분산될 뿐이야. 대기 전체로 분산되어 인간의 후각으로는 포착할 수 없게 되는 걸세. 마지막으로 한 명만 더 해 볼까? 거기, 창가 맨 뒤에 앉

은 학생!

옆자리 학생이 옆구리를 찌르자 명제는 벌떡 일어나 말했다.

—한 번 손을 잡으면 돌이킬 수 없습니다.

—뭘 말인가?

—그게⋯⋯.

명제는 머리를 긁적이며 말꼬리를 흐렸다. 학생들이 와락 웃음을 터뜨렸다.

—독창적이긴 하지만 타당성이 없는 예로군. 열역학제2법칙의 결론은 이렇다. 특정한 계의 엔트로피는 증가하게 마련이다.

—질문 있습니다.

누군가 손을 들며 말했고 교수는 고개를 끄덕였다.

—엔트로피 법칙에 의하면 태양이나 지구 같은 별은 결국 먼지가 되어 흩어지는 겁니까?

—좋은 질문이네. 방귀 냄새를 구성하는 분자는 만유인력보다 운동에너지가 크기 때문에 흩어지는 게 안정된 상태지. 즉 흩어질수록 엔트로피가 높아지는 거야. 반면에 별을 구성하는 입자의 경우 운동에너지보다 만유인력이 커서 뭉칠수록 엔트로피가 높아지네. 즉 뭉쳐 있는 게 안정된 상태지.

교수의 설명을 온전히 이해할 수 없었지만 한 가지는 분명했다. 만물의 입자는 별이 될 수도 방귀가 될 수도 있다는 것.

한서영에 대해 생각할수록 명제는 그녀가 어떤 사람인지 궁금했다. 눈앞에 있을 때는 침이 말랐고 보이지 않을 때는 피가 말랐다. 만유인력이 자신의 모든 것을 한서영 쪽으로 떠미는 듯했다. 그래서 물었다. 일요일에 도서관에 가겠느냐고. 가서 함께 공부하지 않겠느냐고. 데이트 신청이었다. 아카데믹한, 너무나 아카데믹한.

짧지 않은 침묵이 흐른 뒤 한서영이 말했다.

—나를 잘 안다고 생각해?

모르니까 알아보겠다는 말이 목구멍에 걸렸다. 대신 딸꾹질이 튀어나왔다. 딸꾹질은 좀체 멎지 않았다. 얼굴이 벌게지도록 멈추지 않았다.

별이 되려 했던 명제는 먼지로 돌아갔다. 좌절은 쓰렸지만 마음은 오히려 편해졌다. 엔트로피가 증가한 것이다. 별이 되다 만 먼지가 아니라 애당초 먼지였는지도 몰랐다. 어쩌면 방귀였는지도. 흔적도 없이 흩어지는.

라푼첼이 잘린 머리카락을
받아들이기까지 겪는 심적 변화의 6단계

머리카락이 흉하게 잘린 모습을 거울 속에서 발견한 장
미가 무슨 일이 일어났는지 깨닫기까지는 한참이 걸렸다.
감당하기 힘든 불행이 찾아왔을 때 인간의 마음은 6단계
를 밟는다. 부정, 분노, 타협, 체념, 우울, 수용.

먼저 부정의 단계. 거울이 일러 준 참상을 인정할 수 없
던 장미는 머리를 두 손으로 감싸고 고개를 세차게 저었
다. 일어서려 했지만 온 세상이 어깨 위에 얹힌 것 같았다.
세면대를 짚고 겨우 일어섰다. 심호흡을 한 뒤 고개를 들
어 다시 거울을 봤다. 머리가 올 나간 수세미 꼴이었다. 손
바닥으로 거울을 문질러 보았지만 달라진 건 없었다. 거짓
말을 모르는 거울은 잔인했다. 거울 속의 장미가 비명을
질렀다.

안방 문을 벌컥 열었을 때 엄마는 침대에 누워 있었다. 침대 앞에 버티고 서 한참 씩씩거렸지만 엄마는 눈을 감은 채 미동도 하지 않았다.

—깨어 있는 거 다 알아.

장미가 소리쳤지만 엄마는 요지부동이었다.

—이게 대체 뭐야? 뭐라 말 좀 해 봐!

엄마는 눈 하나 꿈쩍하지 않았다.

제 방에 들어간 장미가 가장 먼저 한 일은 거울을 돌려 놓은 것이었다. 흉측해진 머리 때문에 밖에 나갈 엄두가 나지 않았다. 어디에도 갈 수 없었다. 탑에 갇힌 라푼첼처럼.

'들상추'라는 뜻의 이름을 가진 아이 이야기를 읽었을 때 장미는 고작 상추 따위를 먹기 위해 태어나지도 않은 아이를 넘기겠다고 약속한 부모의 무책임에 경악했다. 그 후로 장미는 동화를 읽을 때 주인공의 부모를 유심히 살피곤 했다. 제 목숨을 건지기 위해 딸을 야수에게 넘긴 상인도 라푼첼의 부모와 다를 바 없었다. 동화 속의 부모는 대부분 어리석고 부주의하고 무책임했다. 주인공을 곤경에 빠뜨리는 것은 마녀나 괴물이 아니라 부모였다. 불행과 악의 근원.

중학교 때 짝이 백설공주를 죽이려 한 왕비가 실은 계모가 아니라 친모였다고 귀띔했을 때도 장미는 놀라지 않았다. 짝은 이런 말도 덧붙였지만 장미에게는 놀랄 일도 아니었다.

—헨젤과 그레텔의 부모도 친부모였대.

라푼첼의 머리카락을 자른 것은 마녀다. 내 머리카락을
자른 이는 엄마다. 고로 엄마는 마녀다. 장미만의 비극적
인 삼단논법이었다. 분노의 단계에 접어든 것이었다.

장미는 동화책을 다시 읽어 보았다. 라푼첼은 머리카락
을 잘린 채 사막으로 쫓겨났다. 그 사실을 모르고 탑에 올
라간 왕자는 마녀를 피하기 위해 탑에서 뛰어내리다 가시
에 찔려 눈이 멀었다. 사막을 헤매던 왕자는 어느 날 귀에
익은 목소리를 들었다. 라푼첼이었다. 라푼첼은 왕자를 끌
어안고 눈물을 흘렸다. 라푼첼의 눈물이 눈에 닿자 왕자
는 다시 앞을 볼 수 있게 되었다.

장미는 내심 서정우의 연락을 기다렸다. 전화벨이 울릴
때마다 달려갔지만 번번이 허탕이었다.

연락이 온 것은 나흘 만이었다.

—무슨 일 있어? 강의도 빠졌다며?

서정우의 목소리를 듣자 눈물이 핑 돌았다. 장미는 구구
단을 거꾸로 헤아렸다. 복받치던 감정이 겨우 누그러졌다.

—아팠어.

—아프면 안 돼. 예선이 내일모렌데…….

—몸이 안 좋아서 가요제 못 나가겠어.

장미의 목소리가 떨렸다. 서정우가 꼬치꼬치 물어볼까

봐 겁났다. 사실대로 말해도 나가기 싫어 꾸며 낸 거짓말
이라 여길 게 분명했다. 또다시 묻는다면 못 이긴 척 진실
을 말할 참이었다. 왕자에게는 묘안이 있을지도 모르니까.

　　―그럼 어쩔 수 없지.

　　의외였다. 너무나 담담한 반응이 장미는 못내 서운했다.
너 아니면 안 된다고, 너 없이는 출전할 수 없다는 말까지
는 아니더라도 어디가 얼마나 아픈지 정도는 물어야 하지
않을까. 눈앞이 캄캄했다. 마지막 희망의 빛마저 죽어 버
린 것이다. 왕자도 마녀와 다를 바 없었다. 때리는 마녀보
다 말리지 않는 왕자가 더 미웠다.

　　두문불출한 지 일주일째 되던 날 장미는 제 방에 걸린
거울을 원래대로 돌려놓았다. 장미는 거울을 들여다보며
단발로 자른 모습을 상상했다. 부정의 가시밭과 분노의 불
구덩이를 지나 타협의 땅에 당도한 것이었다.

　　장미는 집을 나서 가장 먼저 눈에 띄는 미용실로 들어
갔다. 최대한 자연스러워 보이게 다듬어 달라고 부탁했다.
미용사는 말이 많았다. 고등학교 때 남자 친구와 가출했다
가 집에 붙들려 왔는데 아버지가 바리캉으로 이마에서 목
덜미까지 길을 냈다고 했다. 분한 나머지 머리를 마저 밀어
버렸다는 말도 덧붙였다. 장미는 눈을 감고 조는 척했다.
그러다 정말로 졸았다.

　　다 됐다는 말에 장미는 눈을 떴다. 거울 속의 머리는 우

스꽝스러운 바가지 모양이 되어 있었다. 곱슬머리가 더 두 드러졌다. 조는 척하다 진짜로 졸아 버린 자신을 탓했다. 엄마 때문에 어릴 적부터 몸에 밴 습관이었다. 하소연에는 질책이 돌아왔다. 빨간 머리라고 놀림을 당했다고 하면 사실이지 않으냐고 했고 남자애들이 고무줄을 잘랐다고 하면 나이가 몇인데 그런 걸 하느냐며 핀잔했고 짝이 제 생일 파티에 안 불렀다고 울면 섭섭하게 군 적 없는지 생각해 보라고 했다.

언제부턴가 억울한 일을 당해도 엄마에게 털어놓지 않게 되었고 제 탓으로 치부했다. 이번에도 장미는 스스로를 책망했다. 서정우의 악보를 두고 간 것, 머리를 자르다 졸아 버린 것. 잇단 실수의 참담한 결과가 거울 속에서 장미를 빤히 바라보고 있었다. 바가지 머리를 한 거울 속 아이의 눈에서 주룩 눈물이 흘러내렸다. 체념의 눈물이었다.

—머리를 쫙 펴 주세요. 새까맣게 염색도 해 주시고요.

장미는 울먹이며 말했다.

미용실에서 나왔을 때 비가 쏟아지고 있었다. 장미는 빗속을 정처 없이 걸었다. 집과는 반대 방향이었다. 수업이 끝나도 장미는 가급적 귀가를 늦추려 애쓰곤 했다. 장미는 길 위에서 많은 시간을 보냈다. 길 위에서 장미는 평화로웠다.

장미는 비에 흠뻑 젖은 채 오들오들 떨고 있었다. 정신을 차리고 보니 집 앞이었다.

—전화 왔드라.

엄마가 무심히 말했다.

—누구?

장미의 눈과 목소리가 커졌다.

—한서영.

—뭐래?

장미의 눈도 목소리도 작아졌다.

—와 안 보이냐 카더라.

—뭐라 했어?

—내도 모른다 캤다.

장미는 욕실로 들어가며 쾅 소리가 나게 문을 닫았다. 더운 물로 몸을 씻고 방으로 들어갔을 때는 이가 절로 딱 딱거렸다. 이불을 뒤집어쓰고 잠을 청했다. 영원히 깨어나지 않기를 기도하면서.

다음 날 아침, 장미는 입이 타들어 가는 갈증에 눈을 떴다. 몸이 불덩이 같았다. 목이 특히 뜨거웠다. 쌀죽을 끓여 먹고 겨우겨우 학교에 갔다. 한서영이 무슨 일 있느냐고 물었다. 머리를 흘끔거리면서. 별일 아니라고 답하려 했지만 목이 아파 말을 할 수 없었다. 억지로 소리를 내 보려 하면 목에 박힌 가시를 건드린 것처럼 고통스러웠다. 한서영은 괜찮은지 거듭 물었다. 그때마다 장미는 고개만 끄덕였다.

오후 강의가 다 끝났을 때도 장미는 말을 할 수 없었다. 따뜻한 차를 사기 위해 매점에 들어가려던 장미의 발걸음이 멈칫했다. 유리창 너머에서 한서영과 서정우가 마주 앉아 커피를 마시고 있었다. 탁자 위에는 악보가 놓여 있었다. 서정우가 입을 열 때마다 한서영은 웃었다. 한서영을 바라보는 서정우의 눈빛이 예사롭지 않았다. 현실의 왕자도 라푼첼의 왕자처럼 눈이 멀었다. 한서영에게.

서정우가 고개를 이쪽으로 돌리는 순간 장미는 재빨리 기둥 뒤에 숨었다. 장미는 기둥에 기댄 채 입술을 깨물었다. 눈물은 나오지 않았다. 아니, 눈물조차 나오지 않았다. 헛웃음이 자꾸 새어 나왔다. 폐를 쥐어짜 내는 것 같은 웃음이었다. 세상이 납작해졌다. 납작해진 세상의 바늘 틈으로 장미는 무작정 걸었다. 정처 없이 걷다 보니 병원 앞이었다. 기진맥진한 장미는 응급실로 들어가 쪽지에 이렇게 적었다.

죄송하지만 갑자기 목소리가 나오지 않아요. 말을 한마디도 할 수 없어요. 도와주세요.

쪽지를 간호사에게 건네고 장미는 침대에 드러누웠다. 영영 목소리를 잃을까 봐 두려웠다. 간호사가 어리둥절한 표정을 짓더니 밖으로 나갔다. 잠시 후 돌아온 간호사의 손에는 링거 병이 들려 있었다. 눈앞이 흐려졌다. 장미는 꿈을 꾸었다. 엄마가 칼을 주며 말했다. 해 뜨기 전에 왕자의 심장을 고마 확 쑤시 뿌라. 글마 피가 니 발에 닿으모 인어로 돌아와 목소리를 되찾을 기고 안 그라믄 닌 고마 물거품이 되는 기라. 칼을 받아 들자 엄마는 서정우로 변했다. 서정우가 환하게 웃었다. 장미의 입가에도 미소가 피어났다. 서정우가 장미를 안으며 속삭였다. 서영아. 칼을 쥔 장미의 팔이 부르르 떨렸다. 장미는 서정우를 밀어내며 칼을 높이 치켜들었다. 여명 속에서 칼이 번뜩였다. 장미는 서정우의 심장을 향해 칼을 힘차게 내리꽂았다. 서정우의 가슴팍에서 피가 솟구쳤다. 흘러내린 피가 장미의 발을 적셨다. 피가 얼음처럼 차가웠다.

눈을 떴을 때 링거 병이 바닥을 드러내고 있었다. 장미는 침대에서 벌떡 일어나며 외쳤다.

—여기요. 링거 다 됐거든요!

장미는 제 목소리에 화들짝 놀랐다.

스티브 블래스 증후군

일요일에 도서관에 가자고 했다 거절당한 뒤로 한서영이 시야에 들어오기만 해도 명제는 표정이 굳었고 한서영이 다른 여학생과 얘기만 나눠도 자신을 비웃는 것 같아 얼굴이 화끈거렸다. 한서영은 여전히 스스럼없이 굴었지만 문제는 그것이었다. 모든 남학생에게 스스럼이 없다는 것. 가요제에 함께 나간다며 서정우와 붙어 지냈다. 처음에는 여자와 준비하더니 무엇 때문인지 파트너를 바꿨다. 여자가 머리를 우스꽝스러운 모양으로 자르고 나타난 즈음의 일이었다.

명제는 퇴짜 맞은 것을 만회하기 위해 이런저런 노력을 기울였지만 그럴수록 한서영과의 관계는 껄끄러워졌다. 열역학제2법칙은 인간관계에도 어김없었다. 한번 어긋난 관계는 돌이키려 할수록 헝클어진다는 것.

한서영과의 일이 뜻대로 풀리지 않자 노래패도 시들했다. 그나마 간간이 얼굴을 내민 것은 회장 때문이었다. 노래 실력도 형편없는 자신을 알뜰히 챙기는 이유가 궁금했다.

궁금증이 풀린 것은 봄이 무르익을 대로 익은 어느 날이었다. 3당 합당에 반대하는 투쟁의 열기가 동맹휴업 찬반 투표를 거치면서 한층 고조되었다. 학생들은 과와 동아리별로 운동장에 집결했다. 명제는 노래패 깃발 아래 자리잡았다. 울긋불긋한 깃발들이 만장처럼 나부꼈다. 연단에서 학생회 간부들이 연설할 때마다 함성과 박수로 운동장이 들썩였다. 야합, 파쇼 같은 단어가 자주 등장했다. 명제의 시선은 한서영의 뒷모습에만 고정되었다. 향긋한 냄새가 바람에 실려 왔다. 라일락 냄새였다. 한서영의 머릿결에서 나던 바로 그 냄새. 첫사랑이라는 뜻을 가진 꽃의 냄새.

집회가 끝나자 모두 일어나 주먹을 흔들며 노래했다. 사랑도 명예도 이름도 남김없이 한평생 나가자던 뜨거운 맹세. 학생들은 교문 쪽으로 행진했다. 교문 앞 도로는 전투경찰에 의해 봉쇄되어 있었다. 공기가 팽팽해졌다. 학생들이 구호를 외쳤고 경찰은 확성기로 해산을 종용했다. 최루탄이 날아왔고 돌멩이가 날아갔다. 최루탄이 터지는 소리가 들리면 대열은 흩어졌다가 다시 모여들었다. 명제는 흘러내리는 눈물과 콧물을 수습하느라 여념이 없었다.

―여기 있었네. 한참 찾았잖아.

노래패 회장이 반색하며 말했다.

―저를요?

명제가 소매로 콧물을 훔치며 물었다.

―네 도움이 필요해.

―무슨 일인데요?

―따라오면 알아.

회장은 최루탄의 매캐한 연기 속으로 성큼성큼 걸어갔
지만 명제는 몇 걸음 떼다 주저앉고 말았다. 회장이 주머
니에서 치약을 꺼내 코 밑에 짜 주었다. 숨 쉬기가 좀 나아
졌다. 회장은 자신이 쓰고 있던 마스크도 벗어 건넸다.

회장을 계속 따라가다 보니 어느새 시위대 맨 앞이었다.
전위에서는 격렬한 공방전이 벌어지고 있었다. 페퍼포그
가 다연발 최루탄을 쏘아 댔고 학생들은 화염병으로 응수
했다.

―주전투수였다고 했지. 솜씨 좀 볼까?

회장이 명제에게 시너가 담긴 소주병을 건네며 말했다.

화염병을 손에 쥔 명제의 머릿속에는 6년 전 동대문야
구장 마운드에서처럼 한 가지 생각밖에 없었다. 스트라이
크를 꽂아야 해. 한서영이 어디선가 지켜보고 있을지도 모
르니.

―못 보던 얼굴인데?

화염병을 던지고 돌아선 남학생이 명제를 뜯어보며 회장에게 물었다.

—비장의 카드야. 중학교 때까지 날리던 강속구 투수였대.

—정말? 그런데 왜 그만뒀대?

—노래를 너무 잘해서.

—재주가 많네. 아우성에 인재가 들어왔구나.

—강속구를 던지지는 마. 피할 시간은 줘야 하니까.

소주병 주둥이를 틀어막은 천에 불을 붙이고 회장이 명제의 어깨를 토닥였다. 명제는 마른침을 삼키며 소주병을 움켜쥐었다. 손에 땀이 배어났다. 6년 전 그때처럼.

당시 명제의 어깨에는 많은 것이 걸려 있었다. 잡아내야 할 타자가 있었고 진루를 막아야 할 주자가 세 명이나 있었다. 지켜야 할 점수와 양보할 수 없는 승부까지. 전국 대회 준결승전이었고 1점 차로 앞선 채 맞은 마지막 수비였다. 아웃 카운트 하나만 잡아내면 대망의 결승 진출이었다. 관중석에는 아버지도 있었다. 마지막 수비를 위해 마운드로 걸어 나오다 발견했다.

타석에는 상대 팀 투수가 들어서 있었다. 스트라이크 둘, 볼 셋. 더는 물러설 곳이 없었다. 포수는 속구를 달라는 사인을 보냈다. 감독의 지시였다. 어차피 위기 상황에서 자신 있게 던질 수 있는 구질은 두 가지뿐이었다. 빠른 공과 더 빠른 공. 반드시 스트라이크를 던지기 위해 더 빠른 공을 버리고 빠른 공을 택했다. 명제의 손을 떠난 공을 타자는 건드릴 수 없었다. 명제가 던진 공은 땅바닥을 향해 곤두박질치더니 포수 앞으로 데굴데굴 굴러갔다. 밀어내기 볼넷을 허용한 것이다. 역시 볼넷으로 나갔던 3루 주자가 홈 플레이트를 밟아 동점이 되었다. 누상의 나머지 두 명도 볼넷으로 출루한 주자였다.

다음 타자에게도 거푸 볼을 네 개 던졌다. 포수 미트를 향해 던진 공은 매번 땅바닥을 향해 날아갔다. 던지는 것이 아니라 내동댕이치는 것 같았다. 스트라이크 따위는 던지지 않기로 작정한 사람처럼.

스티브 블래스라는 메이저리그 투수가 있었다. 1972년에 19승을 기록할 정도로 빼어난 선수였다. 그해에만 반짝한 것은 아니었다. 메이저리그에서 활약한 8년 동안 통산 100승을 거둘 정도로 꾸준한 선수였다. 하지만 1973년은 악몽의 해였다. 승리는 고작 세 번뿐이었고 방어율은 10점에 육박했다. 문제는 볼넷이었다. 리그 최고를 향해 승승장구하던 좌완 투수는 당최 스트라이크를 꽂지 못했다. 88이닝 동안 볼넷을 84개나 내주고 말았다.

스트라이크를 던지지 못하는 투수에게는 두 가지 길뿐이었다. 스트라이크를 던질 때까지 계속 패배하거나 야구를 그만두거나. 스티브 블래스는 후자를 택해야 했다. 스트라이크를 못 던지는 투수를 참아 줄 메이저리그 팀은 없었다. 명제도 그날 이후 스트라이크를 던지지 못했다. 일찍이 스티브 블래스가 걸었던 길을 가야 했다. 명제를 데려가겠다는 고등학교 팀은 없었다.

불붙은 소주병을 힘껏 던지는 명제의 표정이 비장했다. 월드시리즈의 승패를 결정하는 공을 던지는 투수 같았다. 하지만 명제의 손을 떠난 소주병은 포물선을 그리지 못하고 멀지 않은 아스팔트 위에서 박살 났다. 스티브 블래스 증후군은 시간이 해결할 수 있는 게 아니었다. 스티브 블래스의 전철을 밟은 투수들에게는 공통점이 있었다. 증상의 원인이 뚜렷하지 않다는 것.

—긴장하지 말고 어깨에 힘을 빼.

회장이 화염병을 다시 건네며 말했다. 6년 전 감독한테 귀에 못이 박이도록 들은 말이었다. 감독은 용하다는 점쟁이까지 소개해 줬다. 점쟁이도 같은 말을 했다. 어깨에 힘이 너무 들어가 있다고. 처방은 달랐다. 감독은 라인업에서 뺐고 점쟁이는 힘 빼는 부적을 권했다.

두 번째 화염병도 포물선을 그리지 못했다. 세 번째 시도마저 기대를 저버리자 회장도 고개를 절레절레 저었다.

—비장의 카드라며? 노래만 해야겠네.

누군가 비아냥댔지만 명제는 아무 말도 할 수 없었다. 녹아내린 치약이 콧물과 섞여 자꾸 입술 사이로 흘러들었다. 고개를 떨군 채 치약 범벅의 콧물을 소매로 훔쳤다. 그 자리에서 사라지고 싶은 생각뿐이었다. 아버지 앞에서 시합을 망쳤을 때처럼. 아버지가 시합을 보러 온 것은 그때가 처음이자 마지막이었다.

6년 전 게임을 망치고 돌아갔을 때 명제에게 수학 참고서를 건넸던 아버지가 그날 저녁 내민 것은 입영 통지서였다.

2부

복권이냐, 벼락이냐

명제가 6년 만에 여자를 다시 만난 곳은 은행이었다. 정확히 말하자면 회사의 주거래은행 테헤란로 지점. 입사 첫날이었고 급여 통장을 만들기 위해 점심시간을 쪼개 들른 길이었다. 차례를 기다리는 내내 명제는 창구의 여자에게서 눈을 떼지 못했다. 어디서 본 듯했다.

명제의 번호가 뜬 것은 여자의 창구가 아니었다. 명제는 엉덩이를 들다 말았다. 번호가 세 번 더 바뀌도록 여자의 창구 앞에 선 중년의 사내는 요지부동이었다. 한 손은 옆구리에 올리고 나머지 한 손으로는 삿대질을 했다. 사내가 자리를 뜨고 나서도 여자의 전광판은 잠잠했다. 명제는 쭈뼛거리며 여자의 창구 앞으로 갔다.

—차례를 놓쳐서…….

명제는 말끝을 흐렸다. 여자의 눈에 눈물이 그렁그렁했다. 당황한 명제의 입에서 딸꾹질이 터져 나왔다. 여자는 티슈를 한 장 뽑아 눈물을 닦았다. 계좌 개설 신청서를 작성하는 동안에도 딸꾹질은 계속됐다. 그 와중에도 명제는 틈틈이 여자의 얼굴을 흘끔거렸다. 기억이 날 듯 말 듯 했다. 신청서와 주민등록증을 내미는 명제의 시선이 여자의 가슴에 달린 명찰에 꽂혔다.

—백장미? 딸꾹.

—누구세요?

여자가 의아한 눈초리로 쳐다보며 물었다.

—노래패. 딸꾹.

—혹시…….

여자의 눈이 가늘어졌다.

—맞아요. 딸꾹. 김명제.

여자의 입에서 두꺼비라는 말이 튀어나올까 봐 명제는 서둘러 말허리를 잘랐다.

—개구리?

명제는 굳은 얼굴로 고개를 끄덕였다.

—여기는 어떻게?

유니폼 때문인지 여자는 전혀 다른 사람 같았다. 초록색 반소매 블라우스가 까무잡잡한 피부에 잘 어울렸다.

—회사가 이 근처야. 딸꾹.

―이렇게 만나는 수도 있네.

―그러게요. 딸꾹.

명제는 여자의 얼굴을 찬찬히 뜯어보았다. 여자도 명제의 시선을 외면하지 않았다. 그렇게 한동안 서로를 바라보았다. 이제는 돌아갈 수 없는 한때의 흔적을 더듬는 것처럼.

여자가 피식 웃었다. 여자의 웃는 모습은 처음이었다. 여자와 말을 섞은 것도 처음이었다. 여자에 관해서라면 모든 게 처음 같았다.

그때 등 뒤에서 굵은 헛기침 소리가 들렸다. 덩치 큰 사내가 번호표를 보란 듯 내민 채 바짝 뒤에 버티고 서 있었다.

―오늘은 신입, 딸꾹, 사원 환영 회식이 있어서. 딸꾹. 다음에 또 올게. 딸꾹.

―노래는 하지 마!

―그래야지. 딸꾹.

명제는 얼굴을 붉히며 대답했다.

명제는 회식 자리에서 노래를 불러야 했다. 노래패 신입 환영회 때 부른 곡이었고 노래 실력은 변함없었지만 반응은 달랐다. 노래하는 내내 딴전을 피우던 사람들이 노래가 끝나자 기다렸다는 듯 우레와 같은 박수를 쳐 주었다. 노래 부르고 박수 받기는 처음이었다. 우는 사람은 없었다.

그날 새벽 집으로 가는 택시에서 명제는 여자를 떠올

렸다. 이런저런 자리에서 마지못해 노래를 부를 때마다 제 노래에 눈물짓던 여자가 생각나곤 했다. 대체 왜 그랬는지 꼭 묻고 싶었건만 엉뚱한 말만 늘어놓고 말았다. 너무 뜻밖의 재회였다.

여자가 근무하는 은행으로 가기 위해서는 우선 테헤란 로에 위치한 회사에 입사해야 했다. 명제가 입사한 곳은 영화에 전문적으로 투자하는 회사였다. 영화와 관련된 일을 할 수 있다는 점이 마음에 들었다. 채용 인원의 120배나 몰렸다. 최종 합격을 알려 온 회사는 하나 더 있었다. 비슷한 업종이었고 근무 조건도 크게 다르지 않았다. 둘 중 하나를 찍는 기분으로 지금의 회사를 골랐다. 그러니 최종적인 입사 확률은 240분의 1이었다. 게다가 회사의 주거래은행이 여자가 근무하는 데여야 했다. 근처의 은행은 열 곳이었다. 여자가 근무하는 은행에는 창구가 다섯 개지만 점심시간이라 두 곳만 손님을 받았다. 여자와 다시 만난 우연을 숫자로 환산하면 다음과 같았다.

$$\frac{1}{120} \times \frac{1}{2} \times \frac{1}{10} \times \frac{2}{5} = \frac{1}{6000}$$

이것은 여자의 창구 앞으로 갈 확률이었다. 거기 다른 사람이 앉아 있었다면 무의미한 숫자. 여자가 어떤 확률을 뚫고 거기 앉게 되었는지 알아야 했다. 편의상 여자도 사정이 크게 다르지 않았을 거라고 가정한다면 이런 수식을 얻을 수 있다.

$$\frac{1}{6000} \times \frac{1}{6000} = \frac{1}{36000000}$$

3600만 분의 1. 벼락 맞을 확률이 100만 분의 1이라면, 벼락이 떨어지는 자리에 모여 있던 36명 중 혼자 봉변을 당할 확률인 셈이다. 복권에 당첨될 확률보다 더 희박했다.

다음 날도 그다음 날도 명제는 믿기지 않는 확률에 사로잡혀 있었다. 뜻밖의 우연이 놀랍고 신기해서 인터넷을 뒤져 다양한 확률을 찾아보았다. 벼락에 맞아 죽을 확률도 600만 분의 1에 불과했다. 여자를 다시 만난 우연에 비하면 길 가다 김씨 성을 가진 사람을 만나는 일 정도였다. 여자를 다시 만난 지 나흘째 되던 날 점심을 먹던 명제는 자신을 찾아온 우연의 의미가 문득 궁금해졌다.

복권일까? 벼락일까?

명제는 서둘러 식사를 마치고 여자가 근무하는 은행을 향해 걸음을 재촉했다. 은행이 가까워질수록 맥박이 빨라지고 가슴이 두근거렸다. 곧장 창구 쪽으로 걸어갔지만 여자는 보이지 않았다.

명제는 대기석에 앉아 점심시간이 끝나기만을 기다렸다. 비어 있던 창구가 모두 영업을 재개하도록 여자는 나타나지 않았다. 초조해진 명제는 대신 창구를 지키는 남자 직원에게 여자의 행방을 물었다.

—다른 지점으로 옮겼습니다.

남자 직원이 명제를 노려보며 대꾸했다.

카운슬러 마라의 수수께끼

6년 만에 남자가 눈앞에 나타났을 때 장미는 눈물을 글썽이고 있었다. 계좌를 새로 개설하면서 통장 사본 챙기는 걸 깜박해 다시 들르게 한 고객은 바쁜 사람을 오라 가라한다며 흥분했다. 삿대질에 욕설까지 감수해야 했다. 고객의 비난보다 제 실수가 어처구니없어 속상했다. 더구나 옆 창구에는 애인과 눈이 맞은 신참이 앉아 있었다. 그래서 더 속상했다. 눈물을 수습하기 위해 화장실에 가려 던 참이었다. 하필 그때 남자가 창구 앞으로 다가왔다.

남자는 지나간 번호표를 내밀며 계좌를 만들어 달라 했다. 둥그스름한 얼굴, 새까만 눈썹, 꼬리가 살짝 처진 눈, 말끔한 피부. 선량하고 깔끔한 인상이었다. 검푸른 양복 재킷 아래로 슬쩍 삐져나온 와이셔츠 소매가 눈부시도록 하였다. 한여름에 긴팔 와이셔츠라. 둘 중 하나였다. 멋쟁이거나 냉방이 빵빵한 사무실에 근무하거나. 어쩌면 둘 다일 수도. 장미는 계좌를 새로 여는 데 필요한 신청서를 내밀었다.

신청서에 적힌 이름이 설지 않았고 주민등록증 사진 속 얼굴도 낯익었다. 여드름이 만발한 마른 얼굴, 턱없이 큰 검정 뿔테 안경. 장미는 사진 속 얼굴과 바로 앞에 서 있는 남자의 얼굴을 번갈아 쳐다보았다. 같은 사람이라고 믿을 수 없었다.

—장미? 딸꾹.

—실례지만 누구신지…….

—아우, 딸꾹, 성.

—네?

—노래, 딸꾹, 패, 아, 딸꾹, 우성.

—혹시…….

—맞아요. 딸꾹. 김명제.

—개구리 왕자!

장미가 자신도 모르게 외쳤다.

남자가 어색한 미소를 지어 보이며 고개를 끄덕였다.

—여기는 어떻게?

장미는 제 눈을 의심하지 않을 수 없었다.

—회사가 이, 딸꾹, 근처야.

―어쩜. 이렇게 만나는 수도 있네.

―그러게요. 딸꾹.

남자는 말을 높였다 낮았다 했다. 순진한 건 여전했다.

장미는 남자의 얼굴을 빤히 들여다보았다. 남자도 시선을 피하지 않았다. 한동안 서로를 바라보았다. 이제는 돌아갈 수 없는 한때의 흔적을 찾아내려는 것처럼.

남자가 피식 웃었다. 남자의 웃는 모습은 처음이었다. 남자와 말을 섞은 것도 처음이었다. 남자에 관해서라면 모든 게 처음 같았다. '처음'이라는 말은 늘 애틋했다. 돌이킬 수 없는 것을 떠올릴 때 마음 가장 낮은 곳에서 울리는 쓸쓸한 휘파람 소리에 붙일 법한 말.

―신용카드는 필요 없어?

장미가 남자에게 통장을 건네며 말했다. 무심코 튀어나온 말이었고 입에 밴 말이기도 했다. 장미는 혀를 깨물고 싶은 심정이었다.

―오늘은 신입 사원 환영 회식이 있어서. 딸꾹. 또 올게.

엉뚱한 대답에 장미는 안도했다.

―노래는 안 하는 거지?

장미가 미소 지으며 말했다.

―어. 딸꾹.

남자는 얼굴을 붉혔다.

쫓기듯 은행 문을 나서던 남자는 장미 쪽을 돌아보다

누군가와 부딪치자 당황하며 넙죽 고개를 숙였다. 장미는 남자의 허둥거리는 모습을 보며 피식거렸다. 웃을 일이 좀체 없던 나날이었다. 옛 애인은 장미가 다른 지점으로 옮기게 되자 다시 관심을 보이기 시작했다. 신입과는 삐걱거리는 눈치였다. 신입은 장미의 전근에 불안감을 감추지 못했다. 둘이 다시 만나는 거냐고, 지점이 다르면 더 자유롭게 만날 수 있는 거 아니냐고. 술김에 하소연도 했다. 이젠 그 사람을 놔주라고. 장미가 할 소리였다. 과거를 들먹이며 집적대는 쪽은 장미가 아니라 옛 애인이었다. 적반하장의 억지에 기가 막혔다. 소문으로만 떠돌던 둘 사이의 불화를 직접 확인했지만 고소하기보다는 씁쓸했다.

송별회의 마지막 코스로 간 노래방에서 장미가 고른 곡은 아바의 「The winner takes it all」이었다. 애인이 신참과 술집에서 손잡고 나오는 것을 목격한 뒤로 듣기만 해도 눈물 쏟던 곡이었지만 이제는 담담하게 부를 수 있을 것 같았다.

더 할 말도 더 내놓을 에이스도 없어요. 승자가 모든 것을 갖는 법. 패자는 승자 곁에 초라하게 서 있을 뿐…… 하지만 말해 봐요. 내가 당신에게 키스했던 것처럼 그녀도 당신에게 키스했나요?

'초라하게 서 있을 뿐'이라는 대목에서 음정이 미세하게 흔들렸지만 꿋꿋하게 끝까지 불렀다. 장미는 노래를 마치고 자리에서 일어나 화장실에 갔다. 콘택트렌즈 때문에 눈이 뻑뻑했다. 소변을 보고 나와 눈에 식염수를 떨어뜨렸다. 그때였다. 얼굴이 불콰한 사내가 비틀거리며 들어왔다. 옛 애인이었다.

—넌 노래 부를 때 제일 섹시해.

옛 애인이 장미를 벽에 밀어붙였다. 밀쳐 내려 안간힘을 썼지만 막무가내였다. 입술을 훔치려는 순간 장미는 하이힐 굽으로 옛 애인의 발등을 힘껏 밟았다. 옛 애인은 외마디 비명을 지르더니 한쪽 다리를 들고 깡충거렸다.

—미친 새끼.

욕지거리를 뇌까리며 화장실에서 나오던 장미는 문득 '카운슬러 마라'의 점괘를 떠올렸다.

—외롭다고 아무 놈한테나 마음 주지 마라. 여인의 마음은 갈대라고 한 놈은 똑똑한 놈이라. 갈대가 모여 사는 이유를 잊지 마라. 홀로 서 있는 갈대는 뽑히기 십상이라. 숲을 이룬 갈대처럼 마음을 꼭꼭 여며라. 그래야 함부로 못 뽑으리라. 일단 마음을 까 버리면 영영 게임 끝이라. 더 내놓을 카드가 없어라. 조급해 하지 마라. 주변을 정리하고 기다려라. 올해가 가기 전에 나타나리라. 허기가 극에 달할 때 세상을 뒤집을 새로운 놈이 나타나리라. 새로운

놈은 새로운 놈인데 완전히 새로운 놈은 아니니 과거를 잊지 마라.

카운슬러 마라의 말이 옳았다. 아무한테나 마음을 주는 게 아니었다. 옛 애인은 늘 제멋대로였다. 주위의 이목 따위는 안중에도 없었다. 한때는 그런 점에 끌리기도 했지만 이젠 영영 끝이었다. 옛 애인이 사랑하는 사람은 오직 자기 자신뿐이었다. 타인은 언제든 버릴 수 있는 카드에 불과했다. 단호하게 정리하지 못하고 질질 끌려다닌 스스로가 한심할 따름이었다.

카운슬러 마라의 점괘는 옛 애인에 대한 한 줌의 미련마저 깨끗이 쓸어 내는 데는 도움이 됐지만 다가올 인연에 대한 대목은 아리송했다. 새로운 사람인데 완전히 새로운 사람은 아니라니. 수수께끼 같았다. 그때 어디선가 기괴한 노랫소리가 들려왔다. 지독한 음치여서 노래라기보다는 악다구니에 가까웠다. 비오는 수요일엔 빨간 장미를. 불현듯 머리에 떠오르는 사람이 있었다. 인간의 성대로는 흉내 낼 수 없는 노랫소리 때문에 개구리 왕자라 불린 사내. 남자의 출현이 수수께끼의 실마리는 아닌지 곰곰이 따져보았다. 타이밍은 절묘했다. 내일 찾아온다면 허사였을 것이었다. 내일이면 장미는 광화문 지점에 있을 테니. 새롭지만 완전히 새롭지 않다는 조건에도 부합했다. 하지만 세상을 뒤집을 재목인지는 미지수였다.

장미는 룸에 있던 동료를 불러냈다.

―벌써 가게?

동료가 물었다.

―좀 피곤하네. 부탁이 있어.

―뭔데?

―창구에서 날 찾는 남자에게 줘.

장미는 제 명함을 건네며 말했다.

―누구?

―김명제. 그런데 조건이 있어. 사흘 안에 오면 줘.

―지나서 오면?

―찢어 버려. 사흘이야. 부탁해.

도깨비에 홀린 표정의 동료를 남겨 두고 장미는 복도를
걸어 나갔다. 노래방을 나서자 어둠이 와락 달려들었다.

테헤란로와 광화문 사이의 거리만큼

여자가 다른 지점으로 옮겼다는 말을 들었을 때 명제는 가슴이 철렁했다. 벼락 맞아 죽는 것보다 희박한 확률을 뚫고 만났는데! 무슨 일이 있어도 여자를 다시 봐야 했다. 이대로 소식이 끊기면 평생 후회할 것 같았다.

—연락처를 알 수 있을까요?

명제의 목소리가 절박했다.

—누구시죠?

남자 직원의 말투는 딱딱했다.

—대학 동창인데요.

—동창이 연락처도 몰라요?

—모르니까 묻는 거 아닙니까? 어느 지점으로 옮겼습니까?

—회사 기밀이오.

—전화번호도 회사 기밀인가요?

—여기가 114인 줄 알아?

—뭐야?

—꼬나보면 어쩔 건데?

남자 직원이 자리를 박차고 일어섰다. 명제와 남자 직원이 서로 멱살을 잡자 경비원이 달려와 뜯어말렸다. 남자 직원은 씩씩거리며 내실로 사라졌고 명제는 경비원에 떼밀려 은행 밖으로 쫓겨났다.

명제는 담배를 꺼내 물고 성냥을 꺼냈다. 성냥이 자꾸 부러졌다. 세 개를 부러뜨리고 나서야 불을 붙일 수 있었다. 한 모금 빨고 천천히 연기를 내뱉고 있을 때 누군가 말을 걸었다.

—저기요.

은행 여직원이었다.

—저요?

명제가 묻자 여직원이 고개를 주억거렸다.

—혹시 김명제 씬가요?

—제 이름을 어떻게…….

—장미가 이걸 전해 주라 했어요.

여직원이 명함을 내밀었다. 여자의 명함이었다. 명함을 받아 든 명제는 고맙다며 꾸벅 인사했다.

─광화문 지점으로 옮겼어요. 참! 명함을 언제 받았냐고 묻거든 어제 받았다고 하세요. 꼭이요.

여직원의 말이 알쏭달쏭했다.

─네? 알겠습니다. 고맙습니다.

명제는 다시 한번 고개 숙여 인사했다.

여직원이 돌아서자마자 명제는 여자에게 전화를 걸었다. 버튼을 누르는 손이 떨렸다. 두 번이나 잘못 눌렀다. 심호흡을 한 뒤 다시 눌렀지만 여자의 휴대전화는 꺼져 있었다.

여자의 휴대전화는 오후 내내 먹통이었다. 명제는 일이 손에 잡히지 않았다. 인터넷을 뒤져 광화문 지점의 위치를 확인한 게 오후에 한 일의 전부였다.

─안색이 안 좋은데? 어디 아픈가?

화장실 앞에서 맞닥뜨린 팀장이 물었다.

─속이 울렁거리고 가슴도 답답하고…….

─술병이 났군. 첫날부터 매일 들이부었으니. 오늘은 일찍 들어가 쉬어.

─감사합니다.

명제는 머리를 조아리며 인사했다.

사무실에서 가방을 챙겨 나온 명제는 엘리베이터를 기다리다 비상계단으로 구르듯 내려가 지하 주차장에 세워둔 차에 올라탔다. 주차장을 빠져나가자마자 액셀을 밟왔다.

명제가 당도했을 때 은행 문은 이미 닫혀 있었다. 차에서 내리자마자 전력으로 달려온 터라 두 손으로 무릎을 짚은 채 숨을 몰아쉬었다. 숨을 고른 뒤 여자에게 전화를 넣었지만 여전히 먹통이었다.

꼭 오늘 봐야 할 이유는 없었지만 오늘이 아니면 안 될 것 같았다. 그냥 돌아갈 수 없다는 오기도 생겼다. 영업시간이 끝난 지 얼마 안 되었으니 퇴근하지는 않았을 터였다. 명제는 빌딩 뒤쪽으로 돌아갔다. 예상대로 뒷문은 열려 있었고 은행은 아직 영업 중이었다. 창구 앞으로 곧장 걸어갔을 때 여자는 지폐 계수기에 1만 원권 뭉치를 올려놓고 있었다.

—어!

여자의 눈이 동그래졌다.

명제는 미소를 지어 보이려 했지만 얼굴은 딱딱해지기만 했다. 불현듯 스스로가 우스꽝스럽게 여겨졌다. 광화문까지 달려온 것은 명백히 충동적인 행동이었다. 게다가 여자에게 들려줄 그럴듯한 핑계를 미처 준비하지 못했다. 얌전히 집에 갔다면 수박을 쪼개 먹으며 느긋하게 쉬고 있을 텐데. 비디오라도 빌려 보면서. 슬슬 후회되기 시작했다.

—여긴 어떻게?

—이쪽에 볼일이 있어서 왔다가…….

―또 통장 만들러 온 건 아니지?

―통장은 됐고. 카드나 한 장 만들까 하고.

명제는 엉겁결에 대답했다.

―카드?

―응. 신용카드.

명제의 목소리에 힘이 없었다.

―그래? 미안하지만 기다려야겠는데. 대기 중인 손님이
있어서.

명제는 번호표를 뽑아 들고 대기석에 털썩 앉았다. 갑자
기 피로가 몰려왔다. 잘 익은 수박이, 시원한 맥주가, 신작
비디오가 사무치게 그리웠다. 여자의 창구는 아득하기만
했다. 테헤란로에서 광화문까지의 거리만큼.

퇴짜를 맞을지도 모른다는 두려움이 엄습하자 열정적
충동은 겨드랑이에서 급속히 식어 갔다. 영웅적 무모함이
퇴각한 자리에는 냉철한 회의가 밀고 들어왔다. 냉철한 회
의는 부역자부터 숙청했다. 여자의 명함이 구겨졌고 명함
을 건넨 여직원의 친절은 쓸데없는 오지랖으로 폄훼되었
다. 심지어 조퇴를 허락한 팀장의 배려조차 부하 직원 감
독 소홀로 매도되었다.

여자가 손짓했다. 자리에서 일어서는 명제의 몸은 무거
웠다. 몸보다 마음이 더 무거웠다.

명제는 신용카드 신청서를 작성해 여자에게 넘겼다.

―600만 원?

여자가 신청서를 훑어보며 물었다. 한 달 사용 한도액을 지적하는 것이었다.

―적은가?

―너무 많지.

―그렇지? 100만 원으로 바꿔 줘.

―그걸로 되겠어?

―너무 적은가? 200만 원은 어때?

여자가 서류를 처리하는 동안 명제는 진땀이 송골송골한 이마를 손등으로 훔쳤다.

―전화했었는데…… 꺼져 있데?

주민등록증을 돌려받으며 명제가 넌지시 물었다.

―어. 배터리가 바닥나서.

―그랬구나.

―명함은 언제 받았어?

―아까…… 어제 받았어.

―카드는 집으로 보낼까, 회사로 보낼까?

―집으로. 혹시 시간 괜찮으면 저녁이나 먹을까?

판결을 기다리는 죄수의 심정으로 여자의 입만 쳐다보는 명제의 가슴이 다시 세차게 뛰기 시작했다.

커피냐, 오렌지주스냐

장미가 첫 미팅에 나간 것은 고등학교 2학년 때였다. 3대 3 미팅이었다. 종업원이 주문을 받으러 오자 여학생들 사이에 긴장이 흘렀다. 마음에 드는 상대가 있으면 커피를, 그렇지 않으면 오렌지주스를 주문하기로 입을 맞췄던 것이다. 커피가 많으면 짝을 짓고 오렌지주스가 많으면 뭉쳐서 놀 작정이었다. 장미는 오렌지주스를, 다른 한 명은 커피를 주문했다. 한참 머뭇거리던 나머지 여학생은 콜라를 시켰다. 장미와 커피를 주문한 여학생의 눈이 가늘어졌다. 콜라를 주문한 여학생이 화장실에 가자 둘은 기다렸다는 듯 따라나섰다.

—콜라는 대체 뭐야?

커피를 주문한 여학생이 신경질적으로 물었다.

―나도 모르겠어.

콜라를 주문한 여학생이 울상을 지으며 말했다.

대학생이 되어서도 장미는 첫 미팅의 규칙을 고수했다. 커피인지 오렌지주스인지 판단이 서지 않을 때면 상대에게 메뉴판을 넘겼다. 기다렸다 같은 것을 주문하면 되니까. 동료 직원에게 명함을 맡길 때도 같은 심정이었다. 남자가 커피인지 오렌지주스인지 아리송했다. 처음 만난 사이라면 커피 쪽이었지만 개구리 시절의 어설펐던 모습이 마음에 걸렸다. 그래서 공을 남자에게 넘겼다. 말하자면 명함은 남자에게 넘기는 메뉴판 같은 것이었다.

공을 넘기는 방법의 단점은 상대의 결정을 초조하게 기다려야 한다는 것이다. 장미는 휴대전화를 수시로 체크했다. 첫째 날에는 들었다 놨다 했고 둘째 날에는 진동 소리만 들어도 깜짝 놀랐고 셋째 날에는 배터리가 닳지는 않았는지 거푸 확인했다. 그렇다고 남자의 연락을 간절히 기다린 것은 아니었다. 아무리 후하게 봐도 세상을 뒤집을 그릇 같지는 않았으니까. 하지만 기다림의 마력이란 오묘해서 그냥 기다리는 것과 간절히 기다리는 것은 크게 다르지 않았다. 뭔가를, 누군가를 기다리기 시작한 순간 세상의 모든 것이 작당이라도 한 듯 느리게 움직이기 시작했다.

남동생이 태어나던 여름, 외가에 맡겨진 장미는 상대성이론을 몸으로 터득했다. 아빠는 열 밤만 자면 데리러 온다고 했다. 낮잠을 자도, 닭 꽁무니를 쫓아도, 감자를 열 개나 캐도 해는 제자리걸음이었다. 소일거리가 바닥나면 동구 밖 느릅나무 아래 쭈그리고 앉아 해가 저물 때까지 황톳길을 하염없이 바라보았다. 어둠은 무서웠지만 땅거미가 내려앉는 순간은 기쁘게 맞았다. 외가로 돌아가자마자 장미는 일력을 뜯어냈다. 열 밤이 지나도 아빠가 오지 않자 뜯어낸 일력 뒤에 편지를 썼다.

아빠 보세요. 열 밤이 지났어요. 왜 장미 안 데려가요? 아빠 화났어요? 장미는 아빠가 안 와서 화났어요. 화나서 막대기로 퐁당이를 콕콕 찔렀어요. 내일 오면 화 안 낼게요. 내일도 안 오면 더 화낼 거예요. 모레도 안 오면 이름을 바꿀 거예요. 바꿀 이름도 생각해 뒀어요. 비밀이에요. 그다음 날도 안 오면 성을 바꿀 거예요. 바꿀 성도 생각해 뒀어요. 이것도 비밀이에요. 장미는 이름도 성도 바꾸고 싶지 않아요. 아빠 빨리 오세요. 참, 퐁당이는 닭 이름이에요. 알이 나올 때 자꾸 퐁당퐁당 소리가 생각나서 붙인 이름이에요. 아빠 보고 싶어요. 아빠가 내주는 수수께끼 생각이 나요. 자꾸자꾸 생각나요. 밤마다 아빠가 내주는 수수께끼를 푸는 꿈을 꿔요.

명함을 맡긴 지 나흘째 되던 날 장미는 휴대전화를 꺼

버렸다.

　남자가 새 지점에 나타났을 때 장미는 1만 원권 지폐를 계수기에 올려놓은 채 퇴근 후 뭘 할까 고민하던 참이었다. 집에 곧장 들어가기는 싫었다. 엄마의 간섭은 여전했다. 일곱 살 터울의 남동생에게는 지나치게 관대해서 화를 내거나 야단치는 법이 없었다. 그래서 더 억울했다.

　취직 후 몇 차례 독립을 도모했지만 번번이 엄마의 완강한 반대에 부딪혔다. 말만 한 계집애가 혼자 사는 게 아니라고 쏘아붙이곤 했다. 호시탐탐 기회를 엿보던 장미가 최근에 내린 결론은 결혼이었다. 그것만이 엄마의 손아귀에서 벗어날 수 있는 유일한 방법이었다. 동화 속 공주들이 왕자를 만나자마자 결혼하는 것도 그 때문인지 모른다.

　─왔어.

　남자를 발견한 장미가 중얼거렸다. '이제야'라는 말은 꿀꺽 삼켰다.

　남자는 땀을 줄줄 흘렸고 얼굴이 벌겋게 달아올랐다. 표정은 진지하고 절박해서 화급한 소식을 들고 달려온 전령처럼 보였다. 장미는 남자에게 휴지를 건넸다. 전령이 가져온 소식을 상상하면서.

　─웬일로?

　남자가 땀을 수습하자 장미가 물었다.

　─이쪽에 볼일이 있어서…….

남자가 눈을 깜박이며 대답했다. 빤한 거짓말이었다.

— 또 통장 만들러 온 건 아니지?

장미가 싱글거리며 물었다.

— 카드나 한 장 만들까 하고.

남자가 굳은 얼굴로 대답했다.

— 카드?

못 알아들은 건 아니었다. 악수를 물릴 기회를 주기 위해서였다.

— 신용카드.

남자는 실리 대신 자존심을 택했다.

— 그래? 미안하지만 기다려야겠는데. 대기 중인 손님이 있어서.

역시 거짓말이었다. 선의의 거짓말. 일을 먼저 봐줄 수도 있었지만 무심코 뱉은 말을 주워 담을 기회를 다시 한번 주고 싶었다.

— 그럼. 그래야지.

남자는 번호표를 뽑아 들고 대기석에 앉았다. 대기 중이던 손님의 일을 처리하면서 장미는 남자 쪽을 흘끔거렸다. 이제라도 남자가 말을 바꾸기를, 거짓이 아니라 진실을 말해 주기를 바랐다. 보고 싶어 왔노라고, 애당초 볼일 따위는 없었노라고. 진실을 듣게 될까 겁나기도 했다. 공이 자신에게 넘어올 테니까.

오라고 손짓하자 남자는 자리에서 벌떡 일어났다.

—신용카드를 꼭 만들어야 해?

남자에게 마지막 기회를 주었다. 옆 창구 직원의 뜨악한 눈초리가 느껴졌다.

—응.

남자의 대답은 단호했다.

장미는 저도 모르게 한숨을 내쉬었다.

—시간 괜찮으면 저녁이나 같이 먹을까?

신용카드를 끝내 신청하고서야 남자는 속내를 내비쳤다.

개구리 왕자가 좋아했던 난쟁이

여자가 냉면이 먹고 싶다고 했을 때 명제는 난감했다. 냉면이 싫은 건 아니었다. 오히려 면이라면 사족을 못 쓴다는 게 문제였다. 가뜩이나 음식 앞에서는 과묵해지는데 면을 앞에 두면 더 과묵해지는 명제였다. 고개를 그릇에 처박고 면을 입에 밀어 넣다 보면 어느새 바닥이 드러나곤 했다. 말 한마디 하기조차 힘들었다. 냉면의 면발은 잘 끊어지지도 않았다. 그렇다고 가위로 잘게 자르면 제맛을 느낄 수 없었다. 냉면이 별로냐고 여자가 물었다. 아니라고, 좋아한다는 대답이 떨어지기 무섭게 여자는 유명한 데가 있다며 앞장섰다.

명제는 눈 딱 감고 면발에 가위질을 했다. 제 살을 찢는 것처럼 가슴이 아팠지만 여자와의 원만한 대화를 위해서는 어쩔 수 없었다.

　대화는 쉽지 않았다. 타이밍을 맞추기가 어려웠다. 토막
난 면을 서둘러 삼키고 입을 열려고 하면 여자가 고개를
숙이고 있었다. 국물을 떠먹으며 여자가 고개를 들기를, 입
에 든 면을 다 씹어 삼키기를 기다렸다 겨우 한마디씩 건
넸다. 언제 취직했느냐? 갑자기 찾아와서 놀라지 않았느
냐? 이 집은 어떻게 알게 되었느냐? 졸업하자마자 취직했
다. 놀랐다. 직장 동료에게 들었는데 오기는 처음이다. 여
자의 짤막한 대답이었다. 대화는 번번이 끊겼고 침묵은 면
발만큼이나 질겼다. 여자에 대해, 여자의 삶에 대해 궁금
한 게 많았지만 무엇을 어떻게 물을지 난감했다. 잘 보이고
싶은 이성과의 식사가 오랜만이기도 했다. 제대 직후 사귀
었던 여학생 이후 처음이었다.

　고개를 떨군 채 육수를 꾸역꾸역 떠먹는데 누군가 어깨
를 건드렸다. 밀짚모자를 쓰고 분홍색 개량 한복을 걸친
할머니가 지팡이를 짚은 채 바투 서 있었다. 목에 건 나무
통에는 이런 글자가 큼지막하게 적혀 있었다.

　모金함

　명제는 지갑에서 무심코 지폐를 꺼냈다. 붉은색인 줄 알
았는데 푸른색이었다. 손길이 멈칫하는 순간 할머니와 눈

이 마주쳤다. 할머니가 빙그레 웃었다. 명제도 같이 웃었다. 명제는 푸른색 지폐를 반으로 접어 나무통에 밀어 넣었다. 다시 눈이 마주치자 할머니가 윙크했다. 할머니는 테이블 위에 세 통의 껌을 내려놓았다. 모두 커피 맛이었다. 다른 맛은 없느냐고 물으려 했지만 할머니는 그새 자취를 감추었다.

냉면 맛이 어떠냐고 여자가 물었다. 명제는 맛있다고 대답했다. 실은 면이 코로 들어갔는지 입으로 들어갔는지 모를 지경이었다.

근처 카페로 자리를 옮겼다. 여자는 메뉴판을 쓱 훑어보더니 먼저 고르라며 넘겨주었다. 명제는 메뉴판도 보지 않고 콜라를 주문했다. 냉면에 곁들여 먹은 빈대떡이 얹힌 모양이었다. 여자는 망설이더니 이렇게 말했다.

—같은 걸로요.

냉면집에서보다는 말을 붙이기가 수월했다. 화제는 주로 노래패에 관한 것이었다. 여자는 졸업할 때까지 노래패에 몸담았단다. 동아리 멤버들과 여태 연락하는 눈치였다. 명제가 이름을 기억하는 멤버는 많지 않았다. 안부가 궁금한 멤버는 두 명이었다. 회장의 근황부터 물었다.

—털보 선배는 집시법 위반으로 별을 달았어. 재작년에 게임 회사를 차렸대. 빈대도 투자했나 봐.

—빈대?

—경영학과 다니던 애.

—별은 내가 달았어야 했는데.

—무슨 소리야?

—천문학과였잖아.

농담을 던진 사람도 들은 사람도 침묵했다.

—쌍둥이 자매는 공무원 시험 준비 중이야.

침묵을 깬 쪽은 여자였다.

—둘 다?

—언니가 먼저 시작했는데 동생이 동참했어. 동생이 먼저였나?

노래패 사람들에 대해 얘기하고 있자니 대학 신입생 시절로 돌아간 기분이었다. 발바닥의 굳은살마저도 푸르던 그때.

신입 중에서 화제에 오르지 않은 사람은 둘이었다. 한 명은 이름까지 알았고 다른 한 명은 학과만 기억했다. 안부가 궁금한 사람은 이름까지 알고 있는 쪽이었다.

—치대생이 있었던 것 같은데.

명제가 말했다.

—어디서 충치를 뽑고 있겠지.

여자의 대답이 시큰둥했다.

—같은 과 여학생도 있었지? 한 뭐였는데.

명제가 콜라를 한 모금 마시고 물었다.

─한서영?

─맞다.

명제는 다시 콜라를 한 모금 마셨다.

─졸업하고 미국으로 유학 갔어.

─역시. 프로스트 시를 암송할 때 알아봤다.

─별걸 다 기억하네.

명제는 입을 다물었다.

─주민등록증을 보니 나이가 나보다 두 살 많던데…….

─삼수했어.

─몰랐네.

─삼수했다고 하면 선배들도 어려워하더라고. 납치되었
다 풀려난 사람 보듯.

─오빠라고 불러야 하나?

─새삼스럽게.

─오빠라 불러 주면 좋아하던데.

─피붙이 같아서 싫어.

여자가 치아를 드러내며 웃었다. 슬쩍 드러난 덧니가 매
력적이었다.

명제가 화장실에 다녀왔을 때 여자가 시계를 보더니 화
들짝 놀라며 자리에서 일어섰다. 자정까지는 집에 돌아가
야 한다는 것이었다. 여자는 황급히 밖으로 나갔다. 소파
에 핸드백을 남겨 둔 채.

서둘러 계산을 한 명제가 핸드백을 챙겨 들고 쫓아갔을 때 여자는 인도 가장자리에서 발을 동동 구르고 있었다. 앞쪽에는 택시를 잡으려는 사람들이 도로까지 내려와 진을 친 데다 빈 택시도 뜸했다.

—차로 데려다 줄게.

핸드백을 건네며 여자에게 말했다.

—아. 내 정신 좀 봐. 아니, 택시 타고 갈게.

여자는 앞쪽을 초초하게 쳐다보며 말했다.

—이러고 있을 시간이 없을 것 같은데.

여자는 손목시계를 보더니 입술을 깨물며 고개를 끄덕였다.

명제는 운전이 서툴렀고 길눈도 어두웠다. 여자의 집은 봉천동이었다. 운전에 신경 쓰느라 한강을 건널 때까지 한 마디도 못 했다. 다리를 지나고 한참 후에야 겨우 입을 뗄 수 있었다.

—자정까지 못 들어가면 어떻게 돼?

—벌금을 내야 해.

—얼마나?

—5만 원.

—비싸네.

—10분 초과할 때마다 5000원 추가야.

—간당간당하네.

명제가 손목시계를 보며 말했다.

— 조심해!

여자의 외침을 듣자마자 명제는 브레이크를 꽉 밟으며 핸들을 인도 쪽으로 확 꺾었다. 손목시계를 들여다보느라 유턴하는 차를 못 본 것이었다. 형이 5년 타고 넘겨준 티코가 제 속도를 못 이겨 빙글 돌더니 기우뚱했다. 명제는 눈을 질끈 감았다. 허공에 내던져진 느낌이었다. 영원처럼 느껴진 순간이 지나고 눈을 떠 보니 세상이 뒤집혀 있었다. 뒤집힌 것은 세상이 아니라 차였다.

세상을 뒤집은 사나이

차가 뒤집히는 순간에도 장미는 눈을 감지 않았다. 롤러코스터를 탈 때도 눈 감는 법이 없는 장미였다.

―괜찮아?

남자가 물었다.

장미는 손발을 놀려 보았다.

―그런 것 같아.

남자는 천 길 낭떠러지 끝에 매달린 사람처럼 의자를 꼭 붙들고 있었다.

―괜찮겠어?

장미가 물었다.

―어.

남자의 입술이 일그러졌다.

―문 열어 봐. 이쪽은 뒤에서 차가 와 위험해.

　―인도 턱에 걸려 안 열리네.

　장미는 천장을 더듬어 핸드백을 찾았다. 핸드백에서 휴대전화를 꺼내 119에 도움을 청했다. 집에도 전화를 넣었다. 차가 뒤집혀서 늦을 것 같다는 말에 엄마는 반신반의했다.

　―뭐라 카노?(날 속일 생각은 마라.)

　―정말이라니까.

　―어데고?(어딘데?)

　―달려오게?

　―문디 가스나!(어디 집에 들어오면 보자.)

　전화가 끊겼다.

　―벌금 5만 원도 보험 처리해 볼게.

　남자가 말했다. 터무니없이 진지한 표정에 장미는 픽 웃었다.

　―천재지변에 준하는 상황은 예외니까 괜찮아.

　―모녀간의 대화가 거시기하네.

　―엄마가 좀 별나. 어서 독립해야 되는데.

　―그래도 같이 지내면 든든하잖아.

　―차라리 없는 게 낫겠다 싶은 적이 많아. 계모가 아닌지 의심했을 정도야.

　―동화를 너무 많이 읽었구나.

—엄마가 안 놀아 준 덕분에.

장미는 남자 앞에서 스스럼없이 엄마 흉을 보는 자신이 놀라웠다. 뒤집힌 차 때문인지도 몰랐다. 사선을 함께 넘은 사람에 대한 친밀감 때문인지도. 경적을 울리는 차는 있었지만 돕기 위해 멈추는 차는 없었다.

—집에 전화 안 해?

장미가 물었다.

—받을 사람이 없어.

남자의 목소리가 깊은 우물에서 올라오는 것 같았다.

—다들 어디 갔어?

—형은 병원에 있을 테고 아버지는 전화를 잘 안 받으셔.

—어머니는?

—돌아가셨어.

—아, 그랬구나. 언제?

—재수할 때.

—어쩌다?

—단풍놀이 가던 관광버스가 브레이크 고장으로 고갯길에서 추락했어.

—저런, 여럿이 봉변을 당했겠네?

—엄마만 돌아가셨어. 통로에서 혼자 노래 부르고 계셨거든.

차 안에 침묵이 차올랐다. 남자는 침묵 속으로 깊이 가라앉았다. 장미도 섣불리 입을 열지 못했다.

─쭉 궁금했던 게 있는데 물어봐도 될까?

한참 뒤 남자가 정색하며 물었다.

장미는 남자의 물음에 긴장했다. 갑자기 배에서 꼬르륵
소리가 났다.

─배고파?

남자가 믿을 수 없다는 투로 물었다.

장미는 얼굴이 화끈거렸다.

─신경 쓰지 마. 간혹 이런 소리가 나.

─노래패 환영회 때 기억나?

장미의 기억은 이미 6년 전 봄날의 학교 앞 중국집을 불
러내고 있었다. 기억할 만한 과거의 한때는 색깔, 소리, 냄
새, 느낌이 한데 어우러져 머릿속에 저장되었다. 그날 두드
러진 이미지는 단연 길고 흰 손가락이었다. 스무 살의 풋
풋한 심장을 콩닥거리게 했던.

─내 노래 듣고 왜 울었어?

─내가?

─기억 안 나?

기억을 도우려는 듯 남자는 당시 상황을 자세히 설명했
다. 장미의 기억과 일치하는 부분도 있었고 다른 대목도
있었다.

─「밤에 피는 장미」 아니었어?

장미가 물었다.

―「수요일엔 빨간 장미를」이었는데.

―그럴 리가.

―자기 18번을 기억 못 하는 사람이 있겠어?

확신에 찬 남자 앞에서 장미는 자신이 없어졌다.

―그랬나?

―확실해. 내 노래를 듣고 운 사람은 너뿐이었으니까.

남자의 목소리가 아득했다. 돌아갈 수 없는 시절의 얘기라서 그런 것만은 아닌 듯했다. 「수요일엔 빨간 장미를」이 남자의 18번이라면 장미의 18번은 울음이었다. 툭하면 울어서 특별히 그때 일이 기억나지 않는다는 말은 차마 못 했다. 무엇 때문인지 분위기가 어색해졌다. 가슴은 뻐근하고 눈알은 쏨벅거렸다. 목도 뻣뻣했다. 도와주러 오는 사람은 없었다.

―껌 씹을래?

남자가 물었다.

껌을 건네는 남자의 손이 장미의 손에 닿았다. 남자의 손은 따뜻했다. 순간 기억의 밑바닥에서 뭔가가 움찔했지만 무엇인지는 알 수 없었다. 껍질을 벗긴 뒤 껌을 입안에 넣고 씹었다. 커피 맛이 입안 가득해질 때 장미는 문득 자신만의 미팅 룰을 떠올렸다. 커피냐, 오렌지주스냐. 입안 가득 퍼지는 커피 맛이 새삼스러웠다.

새삼스러운 게 하나 더 있었다. 카운슬러 마라의 수수께끼. 세상을 뒤집을 사내를 만날 거라던 점괘. 차창 밖의 뒤집힌 세상을 물끄러미 바라보던 장미는 거역할 수 없는 힘에 이끌리듯 천천히 남자 쪽으로 고개를 돌렸다.

운명의 손은 차가워

여자가 제 노래를 들으며 운 사실이 기억나지 않는다고
했을 때 명제는 안도하면서도 허탈했다.

—나도 궁금한 게 있는데.

여자가 말했다.

—뭔데?

—새끼손가락에 긴 반지.

—할머니가 엄마한테 물려준 거야. 정확히 말하자면 할
머니가 아버지에게 줬던 거야.

—왜?

—마음에 드는 상대가 나타나면 끼워 보라고. 손가락에
꼭 맞으면 평생의 배필이라고. 그리해서 할아버지와 결혼
했다면서.

—반지의 주인을 아직 못 찾았나 보네?

—좀 작아.

명제는 여자의 손가락을 흘깃 쳐다보았다. 손가락은 가
늘고 짧았다.

—의자를 붙들지 않아도 돼.

—어.

대답은 했지만 명제는 좌석에서 손을 떼지 못했다. 초등
학교 때 철봉을 잡고 한 바퀴 돌다 떨어져 팔이 부러진 뒤
로 뒤집히는 건 질색이었다. 팔이 떨리고 손에 땀이 찼다.
손이 미끄러질 것 같아 불안했다.

—팔에 쥐 나겠다.

—뒤집히는 거 별로거든.

—롤러코스터를 탔다고 생각해.

—타 본 적 없어.

—바이킹은?

—그것도.

—그럼, 물구나무섰다고 생각해.

여자가 손을 내밀며 부드럽게 말했다.

명제는 여자의 손을 잡았다. 눈의 나라에서 온 전령의
손 같았다. 차갑지만 부드러웠다. 무더운 여름날 소나기가
그친 뒤 불어오는 한 줄기 바람처럼. 불안은 잦아들고 따
뜻한 충만감이 천천히 밀려왔다. 여자와 함께라면 롤러코

스터든 바이킹이든 문제없을 것 같았다. 명제는 저도 모르게 눈을 감았다. 몸이 깃털처럼 가볍게 떠오르는 듯했다. 구름을 뚫고 지구를 떠나 우주로. 우주의 검은 침묵 속에서 웃음처럼 폭죽이 터졌다. 순간 명제는 눈을 번쩍 떴다.

―혹시?

명제와 여자가 동시에 말했다.

―먼저 말해.

여자가 웃으며 말했다.

―너부터.

―동시에.

―좋아.

―남이섬!

명제에게 남이섬이라는 단어는 '어둠 속에서 닿았던 누군가의 손'을 의미했다. 가끔 그 손에 대해 생각했다. 벚꽃이 팝콘처럼 터지는 봄밤이면 특히. 상념은 두서없었지만 상념의 끝에 떠오르는 이름은 한결같았다. 신입 환영회에서 프로스트의 시를 암송했던 여학생.

명제는 그 손의 주인공이 여자일 거라고는 상상도 못 했지만 여자의 손을 잡으며 되돌아보니 오래전부터 그날 밤의 진실을 알고 있었던 것 같았다. 그날 붙잡은 것은 눈사람의 손도, 여자의 손도 아닌 운명의 손이었다. 운명의 신은 여신이고 운명을 다스리는 여신은 냉정하게 마련이니까.

—너였구나!

여자도 놀라움을 감추지 못했다.

—그래, 너였어!

명제의 목소리가 떨렸다.

명제는 새삼 여자를 바라보았다. 여자의 부드럽고 다정한 눈빛에서 많은 말을 읽어 낼 수 있었다. 말이란 게 거추장스러운 순간이 있다. 지금이 그때임을 직감한 명제는 입을 다물었다. 운명의 차가운 손을 꼭 쥔 채.

—손이 차갑지?

여자가 미안하다는 듯 말했다.

—손이 차면 마음은 따뜻하대.

—그럼 넌 마음이 차갑겠네.

—손이 따뜻한 사람은 마음도 따뜻하대.

—마음이 차가운 사람은 없는 거네?

—있지만 확인할 수는 없어. 마음이 차가운 자들은 제 손을 남에게 맡기지 않으니까.

—와! 청산유수네.

—실은 형이 들려준 말이야.

—의사라는?

—발가락 봉합 전문의야. 일이 없을 때는 손가락도 붙여.

—특이하네.

—형은 어렸을 때부터 남달랐어. 머지않아 발가락 봉합

의 권위자가 될 거야. 그 전에는 자수의 대가가 될 거고.

—자수?

—꿰매는 기술을 갈고 닦는다며 바늘을 손에서 놓지 않아.

—대단하다. 집념이라면 너도 만만치 않잖아. 삼수 끝에 천문학과에 입학했으니.

—2지망이었어.

—1지망은 어디였는데?

—의대.

—그 전에도?

—세 번 모두.

여자는 입을 다물었다. 침묵 속에서 안식을 얻는 명제에게 침묵은 가장 아름다운 언어였지만 이번만큼은 달랐다. 여자의 갑작스러운 침묵이 명제는 불편했다.

—전에 근무하던 지점에서 네 소식 묻다가 봉변 당할 뻔했어.

—봉변?

—남자 직원에게 네 연락처를 물었더니 114가 아니라며 버럭 화를 내더라고.

—그랬어?

—네 이름을 듣더니 죽일 듯이 노려보던데?

여자가 다시 입을 다물었다. 괜한 말을 꺼낸 것 같았다.

침묵이 어색해 쥐어짜 낸 말은 더 무거운 침묵을 불러들이
곤 했다. 언제나 그랬다. 명제는 실수를 만회하기 위해 다
시 입을 열었다.

　—널 좋아했나 봐.

　여자는 여전히 말이 없었다. 명제도 입을 다물었다.

　한참 뒤 여자가 입을 열었다.

　—난 입이 무거운 남자가 좋더라.

　명제는 말없이 여자의 손을 꼭 쥐었다. 멀리서 사이렌
소리가 들려왔다.

세 개의 시험

장미는 외출 준비를 마치고도 자꾸 거울을 들여다보았다. 충혈된 눈 때문이었다. 뒤집힌 차에 한 시간이나 갇혀 있었던 탓이다. 이제 와서 못 나간다고 할 수는 없었다. 선글라스를 끼고 집을 나섰다. 하늘은 꾸물꾸물했다.

남자는 극장 앞에 먼저 나와 있었다. 남자도 선글라스를 쓰고 있었다.

—괜찮아?

남자가 물었다.

—응.

—표는 끊어 뒀어. 30분 쯤 여유가 있으니 차나 마시자.

장미는 남자를 따라 극장에 딸린 카페에 들어가 자리를 잡았다.

―뭐 마실래?

남자가 물었다.

―커피.

장미는 주저 없이 대답했다.

흘끔거리는 주위의 시선이 느껴졌다.

―저기, 선글라스는…….

장미가 말했다.

남자가 선글라스를 벗었다. 남자의 눈이 빨갰다. 장미도 선글라스를 벗었다. 남자와 장미는 서로를 바라보며 웃음을 터뜨렸다.

―이틀이 지났는데 아직도 이러네. 영영 이 모양이면 어쩌지?

장미가 말했다.

―하룻밤만 더 자고 나면 괜찮아질 거야.

―누구 맘대로?

―형이 그랬어.

―안과도 봐?

―집에서는 산부인과 빼고 다 봐.

―산부인과?

―사내들뿐이잖아.

남자가 쓸쓸하게 웃었다.

극장에 가자고 한 것은 남자였고 공포 영화를 고른 것

132

은 장미였다. 장미가 좋아하는 장르는 로맨틱 코미디였다. 내키지 않는 상대와 극장에 갈 때면 어김없이 로맨틱 코미디를 골랐다. 영화에 몰입할 수 있으니까. 공포 영화의 장점은 그다지 집중하지 않아도 된다는 점이다. 신경 쓰이는 상대랑 보기에는 그만이다. 심상치 않은 음향 효과로 살인마의 등장을 미리 예고해 주니 중요한 장면을 놓칠 염려도 없다. 게다가 무서운 장면은 자연스러운 스킨십을 위한 최고의 도우미다.

장미의 기대와 달리 영화 보는 내내 남자의 손은 팔걸이 위에서 꼼짝도 하지 않았다. 첫 번째 희생자가 목숨을 잃을 때 잠깐 움찔한 게 다였다. 그 뒤로는 요지부동이었다. 불에 타 죽은 줄 알았던 살인마가 갑자기 벌떡 일어나 주인공에게 달려들 때도 남자의 손은 팔걸이만 꼭 움켜쥐고 있었다. 장미는 남은 팝콘을 한입에 털어 넣었다.

— 공포 영화에서는 항상 처녀만 살아남는 것 같아.

극장을 나서며 남자가 말했다. 영화가 끝난 게 못내 아쉬운 얼굴이었다.

— 순결에 대한 강박이겠지.

장미가 시큰둥하게 대꾸했다.

— 맞아. 암컷의 순결에 대한 수컷의 치사한 집착이지.

남자가 고개를 주억거리며 중얼거렸다. 저녁을 먹고 집 앞까지 바래다주도록 남자의 손은 장미의 손을 찾지 않았다. 남자는 내내 공포 영화의 법칙에 대해 진지하게 얘기했다. 그 주제에 대해 논문이라도 준비하는 사람 같았다.

다음에 남자가 극장에 가자고 했을 때 장미가 고른 것은 액션 영화였다. 남자의 손은 여전히 팔걸이를 넘어오지 않았다. 저녁을 먹고 집 앞까지 바래다주도록 남자는 액션 영화의 법칙에 대해 진지하게 얘기하느라 장미의 손은 거들떠보지도 않았다. 그다음에 남자가 극장에 가자고 했을 때는 자포자기의 심정으로 로맨틱 코미디를 골랐다. 남자의 손은 여전히 팔걸이를 넘어오지 않았다.

—시원한 맥주나 한잔할까?

극장 밖으로 나서면서 남자가 말했다. 로맨틱 코미디의 법칙에 대한 진지한 탐구를 예상했던 장미는 귀를 의심했다. 술을 마시자는 건 처음이었다. 로맨틱 코미디의 유구한 법칙대로 자연스러운 스킨십을 위해 필요한 것은 영화가 아니라 술인지도 몰랐다.

—벌써부터?

—좀 이르지?

—잘 아는 치킨집이 있긴 한데.

—시원한 맥주에는 따끈따끈한 치킨이 최고지.

남자가 반색하며 말했다.

장미가 남자를 데리고 간 곳은 아빠의 가게였다. 가게에 들어서자마자 장미는 아빠와 눈짓을 주고받았다. 아빠의 가게로 데려간 사내는 남자가 세 번째였다. 첫 번째는 대학생 때 소개팅으로 만난 남학생이었고 두 번째는 은행에서 사귄 사내였다. 사내는 사내의 눈으로 봐야 정확히 평가할 수 있다는 게 아빠의 지론이었다. 은행에서 만나 사귄 옛 애인과 헤어지면서 아빠의 말을 믿게 되었다.

옛 애인에 대한 아빠의 반응은 회의적이었다.

—글만 영 파이라.(그 녀석은 도저히 안 되겠더라.)

근거는 세 가지였다. 프라이드 반 마리, 양념 반 마리를 주문하는 걸 보니 양다리 걸치기 십상이라 것. 수수께끼를 거들떠보지 않는 사람은 순수하지 않다는 것. 버린 뼈에 붙은 살이 적잖으니 알뜰함과는 거리가 멀다는 것. 아빠의 평은 예리했다. 옛 애인은 바람둥인 데다 씀씀이도 헤펐다.

남자를 일찍 데려온 감이 없지 않았지만 장미에게는 확신이 있었다. 카운슬러 마라의 예언대로라면 남자야말로 평생의 배필일 터였다. 하지만 남자가 메뉴판을 들여다볼 때는 긴장하지 않을 수 없었다.

—뭐가 좋겠어?

남자가 고개를 들고 물었다.

—아무거나.

장미가 대답했다.

—프라이드도 맛있을 것 같고 양념도 당기네.

장미는 물로 목을 축였다.

어려운 문제를 앞에 둔 학생처럼 남자는 눈을 가늘게 뜨고 메뉴판을 뚫어지게 쳐다보았다. 마침내 남자가 입을 열었다.

—맥주에는 프라이드가 제격이지. 여기 프라이드 한 마리 주세요. 생맥주 두 잔도요.

장미는 가슴을 쓸어내렸다. 첫 번째 관문은 무사히 통과했다. 두 번째 관문은 수수께끼였다. 수수께끼는 튀긴 닭과 함께 바구니에 담겨 나온 종이에 적혀 있을 터였다.

—이건 뭐지?

남자가 돌돌 말린 종이를 폈다.

—수수께끼가 적혀 있네! 맞히면 생맥주 한 잔이 공짜래.

보물 지도라도 발견한 듯 들뜬 목소리였다.

남자의 반색에 장미는 더 반색했다. 수수께끼를 푸는 것보다 수수께끼를 대하는 태도가 더 중요하다는 게 아빠의 철학이었다. 수수께끼 좋아하는 사람치고 악한 자는 없다며.

—뭐라 적혀 있어?

—얼굴은 여섯이고 눈은 스물하나인 것은? 뭐지?

장미는 답을 알았지만 잠자코 있었다. 남자가 고민하는 모습을 초조하게 지켜볼 뿐.

남자가 한참 고개를 갸웃거리더니 마침내 입을 열었다.

―주사원가?

딩동댕. 두 번째 시험도 통과였다.

생맥주 한 잔을 공짜로 받은 남자는 싱글거리며 닭을 뜯었다. 이제 마지막 관문이자 가장 까다로운 시험이 남아 있었다. 버린 뼈에 살점이 없어야 통과하는 시험.

―안 먹어?

닭 다리를 뜯어 먹던 남자가 물었다.

―천천히 먹을게. 먹을 만해?

남자는 엄지손가락을 세워 보였다.

남자가 버린 뼈에는 살점 하나 붙어 있지 않았다. 장미의 얼굴이 환해졌다.

완벽한 키스를 위해 필요한 것들

치킨집에 들어선 순간 명제는 맹렬한 허기를 느꼈다. 아침 겸 점심을 라면으로 때우고 나선 탓에 영화 보는 내내 배가 고팠다. 고소한 냄새를 맡자 주린 배가 아우성이었다. 평소에는 프라이드와 양념을 반 마리씩 주문했지만 이번에는 프라이드 한 마리를 택했다. 반 마리씩 주문하면 시간이 걸릴 것 같았으니까.

노릇노릇 튀겨진 통닭을 앞에 두고 명제의 눈이 가늘어졌다. 바구니 한쪽에 돌돌 말려 있는 종이 때문이었다. 종이를 펴 보니 수수께끼가 적혀 있었다. 답을 맞히면 생맥주 한 잔이 공짜라는 것이었다. 재미있는 치킨집이었다. 얼굴은 여섯이고 눈은 스물하나인 것은? 답이 아리송했다. 문득 길 건너편 피자 가게가 눈에 들어왔다. 주사위를 로

고로 사용하는 피자 체인.

―주사원가?

명제는 무심코 중얼거렸다.

―맞아, 주사위네!

여자가 반색하며 맞장구쳤다.

생맥주 한 잔을 공짜로 얻게 되어 기쁜 모양이었다. 명제는 공짜 생맥주보다 수수께끼를 풀었다는 사실이 더 기뻤다.

명제는 닭 다리를 집어 들고 살을 알뜰히 발라 먹었다. 포만감이 밀려오자 세상이 달라 보였다. 박애주의자라도 된 기분이었다. 눈에 보이는 모든 것이 사랑스러웠다. 특히 맞은편에 다소곳이 앉아 있는 여자. 이제 명제의 신경은 온통 여자에게 쏠렸다. 명제의 가슴을 가득 채운 세상에 대한 사랑은 뼈만 남은 통닭이 아니라 여자에게서 흘러나오고 있었다.

플로티노스라는 철학자는 모든 신성은 단 하나의 존재로부터 흘러나온다고 했다. 일자유출설(一者流出說)이라나 뭐라나. 명제에게는 여자야말로 단 하나의 존재였다. 세상 모든 빛은 여자에게서 흘러나왔다. 6년 만에 여자 앞으로 이끈 것은 복권에 당첨될 확률보다 드문 우연이 아니라 여자에게서 쏟아져 나오는 찬란한 빛이었다.

치킨집을 나서며 명제는 여자의 손을 잡았다. 한 번 잡

아 본 손이라 어색함은 없었다. 정확히 말하자면 두 번이
었다. 여자도 뿌리치지 않았다.

명제는 여자를 이끌고 걷기 시작했다. 뚜렷한 목적지는
없었다. 그저 함께 걷는 게 좋았다. 여자의 손을 잡고서라
면 세상 끝까지 걸어도 괜찮을 것 같았다.

—어디 가?

여자가 물었다.

—세상의 끝.

명제가 웃으며 대답했다.

걷다 보니 남산타워 전망대였다. 땅거미가 내려앉고 있
었다. 태양의 꽁무니를 놓친 한 줄기 잔광이 여자의 귀 위
에서 어렴풋했다. 여자의 귀는 활엽수의 물오른 잎 같았
다. 귓바퀴는 오목조목했고 귓불은 도톰했다. 명제는 가슴
이 뛰었다. 거기 신천지가 용기 있는 심장을 가진 탐험가
를 기다리고 있었다. 흘러내린 머리카락이 귀를 가렸다. 여
자가 머리카락을 귀 뒤로 천천히 쓸어 넘겼다. 그 무심한
동작이, 아니 동작의 무심함이 명제의 심장에 박차를 가
했다. 심장이 너무 달궈져 꺼내 놓고 싶을 지경이었다. 일
찍이 전장에서 죽은 적의 귀를 벤 이유를 알 것 같았다. 귀
는 밖으로 나온 심장이었다. 명제는 여자의 귀에서 제 심
장을 보았다.

—여기가 세상의 끝이야?

—세상이 끝장나기를 바랄 만큼 마음이 어두워질 때마다 찾아오곤 했어. 여기서 별을 보고 있노라면 그래도 세상이 계속 돌아가는 게 낫겠다 싶어지곤 했으니까.

—흠.

—저기 별이 보인다.

명제가 손가락으로 하늘을 가리키며 말했다. 보랏빛으로 질려 가는 하늘 한쪽에 서둘러 얼굴을 드러낸 별빛이 오롯했다.

—저 별 이름은 뭐야?

—장미.

—누구 맘대로?

—별 이름은 최초로 발견한 사람 마음대로 짓는 거야.

남산타워에서 내려와 걷던 명제는 인적이 드물어지자 걸음을 멈추고 두 손으로 여자의 볼을 감쌌다. 명제는 자신이 무엇을 하려는지 잘 알았다. 여자도 명제가 뭘 하려는지 모르지 않는 눈빛이었다. 여자의 귀에 입을 맞추고 싶었지만 모든 일에는 순서가 있는 법. 명제는 여자의 눈을 들여다보았다. 초콜릿색 눈동자가 꿈꾸듯 부풀었다. 온 우주가 숨을 죽였다. 명제의 얼굴이 지구의 자전축만큼 기울어진 채 여자의 얼굴을 향해 접근했다. 여자의 눈꺼풀이 파르르 떨렸다. 명제는 여자의 입술에 키스했다. 여자의 입술은 꽃잎이었다. 꽃잎 사이로 명제의 혀가 미끄러져 들어

갔다. 여자의 혀가 잠시 머뭇거리다 수줍게 받아들였다. 두 개의 혀가 왈츠를 추듯 서로를 다정하게 이끌었다.

라이프니츠는 말했다. 이 우주는 선택 가능한 모든 세계 중에서 신이 고른 최선의 세계다. 라이프니츠의 말에 고개를 끄덕이게 되는 순간을 명제는 이제 하나 더 갖게 되었다. 라이프니츠는 연인과 키스를 하고 나서 그 말을 했는지도 모른다.

─실은 다시 만났을 때 몰라봤어. 여드름이 심했던 것 같은데 깨끗해져서.

─철드니 없어지더라고.

─안경도 썼던 것 같은데.

─라식 수술했어.

라이프니츠는 안경을 끼지 않았을 거라고 명제는 확신했다. 이 세상을 한순간 최선의 세계로 만드는 마법 같은 키스를 위해서는 거치적거리는 게 없어야 하니까. 적당한 알코올, 한적한 장소, 낭만적인 분위기, 라식 수술, 적당량의 타액. 무엇보다 열정적 떨림. 완벽한 키스를 위해 필요한 것들의 목록이다. 여자의 귓불을 만지작거리자 금세 침이 고였다.

빨간 모자와 늑대

　남자가 자신을 집에 초대했을 때 장미는 올 것이 오고야 말았다고 생각했다. 다시 만난 지 33일 만이었다. 남자가 사는 곳이 궁금하기는 했지만 긴장하지 않을 수 없었다. 집 구경이나 시켜 주려고 부르는 건 아닐 테니까.

　위기는 기회이기도 했다. 세 개의 시험을 통과하기는 했지만 남자가 운명의 상대인지 장담할 수 없었다. 아침에 눈뜨자마자 누군가 떠오른다면 사랑하게 된 것이란 말대로라면 남자와 사랑에 빠진 게 분명했지만 불안하기도 했다. 보는 것만으로도 가슴이 터질 것 같은 상대가 나타나면 어쩌지? 유감스럽게도 그런 느낌은 아직 찾아온 적 없었다.

　주말이면 집이 빈다고 남자는 말했다. 아버지는 1박 2일로 낚시 여행을 가고 형은 주중에만 잠깐 들른단다. 저녁을 먹으며 와인이나 한잔하자고 했다. '와인이나 한잔'이 무엇을 의미하는지 장미도 모르지 않았다.

와인은 커피에 비하면 한층 노골적이었다. 커피는 불투명한 잔에 따르지만 와인은 투명한 잔에 붓는다. 그만큼 모호함이 줄어든다. 커피와 달리 와인은 몇 년산인지를 따진다. 분위기가 형이상학적이기보다 생물학적이기 십상이다. 무엇보다 와인은 피를 연상시킨다. 장미의 얼굴이 어두워졌다. 그러고 보니 빨간 모자가 할머니 집에 들고 가는 것도 케이크와 와인이었다. 늑대의 소굴에 발을 들이는 것도 늑대와 한 침대에 눕는 것도 두렵지 않았다. 문제는 그것이었다. 두렵지 않다는 것. 처음이 아니라는 것.

첫 경험은 옛 애인의 원룸에서였다. 술병이 나 누워 있다기에 위장약과 죽을 사 들고 갔다. 남성 잡지 화보에서 걸어 나온 듯 매끈하기만 하던 옛 애인은 초췌한 모습이었다. 눈은 데꾼했고 볼과 턱에는 수염이 거뭇거뭇했다. 날렵한 턱 선을 따라 돋아난 수염 때문이었을까. 반팔 셔츠에 파자마 바람인 옛 애인이 더없이 매력적으로 보였다.

전자레인지에 데운 죽을 떠먹으며 장미는 전에 느끼지 못한 행복을 맛보았다. 어릴 적 품었던 환상이 실현되고 있었다. 병상에 누운 애인을 밤낮으로 간호하는 환상. 그순간 옛 애인은 자신만을 바라보고 자신에게 모든 것을 내

맡긴 무구한 존재였다. 죽 그릇이 비기도 전에 서로의 입술을 찾았다. 장미의 입술이 벌어지려는 찰나 옛 애인이 입을 떼더니 화장실에 들어갔다. 양치질과 가글하는 소리가 어렴풋이 들려왔다. 옛 애인의 입에서 민트 향이 물씬 났다. 괜찮겠어? 팬티를 벗겨 내며 옛 애인이 물었다. 장미는 옛 애인의 턱수염을 쓰다듬으며 말했다. 처음이야. 턱수염은 보기보다 더 뻣뻣했다. 옛 애인은 싱긋 미소를 짓더니 다시 화장실로 갔다.

화장실에서 나온 옛 애인의 손에는 커다란 목욕 타월이 들려 있었다. 바꾼 지 얼마 안 된 시트라서. 장미의 엉덩이 밑에 목욕 타월을 깔며 옛 애인이 말했다. 장미는 사랑을 나누는 내내 시트를 망칠까 봐 노심초사했다. 그 때문인지 아프기만 할 뿐 별 감흥이 없었다. 옛 애인은 섹스가 끝나자마자 목욕 타월을 집어 들고 화장실로 향했다. 허벅지 안쪽에 묻은 체액이 서늘했다. 장미는 얼얼한 성기 주변을 티슈로 닦아 내고 서둘러 속옷을 입었다. 샤워를 마치고 나온 옛 애인이 장미에게 내민 것은 피임약이었다. 이런 말과 함께. 콘돔은 별로라서.

남자의 초대에 선선히 응하면서도 장미는 처음이 아니라는 사실이 마음에 걸렸다. 남자가 어떤 반응을 보일지 미지수였다. 암컷에게만 순결을 강요하는 건 치사한 짓이라는 남자의 말이 진심이기를 바랐다.

장미는 늑대의 굴 탐험을 위해 만전을 기했다. 이른 감
이 없지 않았지만 스트레이트파마를 했다. 머리가 조금이
라도 곱슬곱슬한 건 질색이었다. 지난번에 한 염색은 오래
간 편이었다. 약발이 떨어질 기미만 보이면 다시 할 참이었
다. 붉은 머리카락도 질색이었으니까. 아빠도 엄마도 갖지
않은 붉고 곱슬곱슬한 머리카락이 수상쩍고 창피했다. 뱃
살을 빼기 위한 속성 다이어트에도 돌입했다. 종일 의자에
앉아 있다 보니 배에만 살이 붙었다. 저녁을 고구마 한 개
로 때웠고 윗몸일으키기를 50개씩 했지만 뱃살은 여전했
다. 지푸라기라도 잡는 심정으로 아랫배를 랩으로 동여매
고 잤다. 시합을 목전에 두고 체중 감량에 열을 올리는 복
서가 된 기분이었다. 장롱을 뒤진 끝에 핑크빛 실크 팬티
도 찾아냈다. 세트로 산 브래지어까지. 옛 애인과의 첫 잠
자리를 위해 장만한 것이었다.

　약속 전날 밤 아랫배가 슬슬 아팠다. 생리가 시작될 모
양이었지만 이제 와서 약속을 미룰 수는 없었다. 남자는 수
시로 전화해서 뭘 먹고 싶은지, 술은 뭐가 좋은지, 변동 사
항은 없는지 물었다. 기대가 큰 만큼 실망도 클 것이었다.

　다음 날 아침 장미는 출근하자마자 남자에게 전화했다.

　—필요한 거 없어?

　—너만 있으면 돼.

　남자의 말은 미숙한 배우의 어설픈 대사처럼 들렸다. 할

머니로 변장한 늑대의 말처럼. 하지만 남자의 말랑말랑한 말이 싫지는 않았다. 남자는 입에 발린 말을 지나치게 아끼는 편이었다. 디저트로 먹을 치즈케이크를 사려니 정말 빨간 모자라도 된 것 같았다.

늑대의 소굴은 멀리 한강이 내려다보이는 언덕배기 오래된 주택가의 단층 벽돌집이었다. 넉넉한 마당이 있는 집이었다. 화단에는 갖가지 꽃이 만발했다. 아버지 작품이라 했다. 장미가 아는 건 해바라기가 고작이었다.

—벌써 국화가 피었네?

장미가 말했다.

—벌개미취야. 고려쑥부쟁이라고도 불러.

남자가 웃으며 말했다.

—국화랑 똑같이 생겼네.

—국화과 다년초니까. 꽃말은 추억이야.

—그런 것까지 알아?

—어렸을 때 각종 도감을 섭렵하는 게 취미였어.

—그랬구나. 이건 무슨 꽃이야?

—기린초. 꽃말은 기다림.

장미가 지목할 때마다 남자는 이름과 꽃말을 척척 댔다. 패랭이꽃, 달맞이꽃, 애기똥풀. 화단 앞에서 시간 가는 줄 몰랐다. 의외로 낭만적인 구석이 있는 남자였다.

남자가 집 구경도 시켜 주었다. 장미는 살 집을 보러 온 사람처럼 구석구석을 눈여겨보았다. 낡은 외관과 달리 집 안은 깔끔했다. 어머니가 돌아가신 뒤 대대적으로 뜯어고쳤다고 했다. 특히 눈길을 끈 곳은 부엌이었다. 싱크대가 높은 느낌이었다.

─엄마 키가 컸어. 170센티미터를 훌쩍 넘겼지. 학창 시절에는 배구 선수였대. 전에 있던 싱크대가 낮아서 허리에서 파스 떨어질 날이 없었어. 싱크대만이라도 고쳐 달라고 노래를 부르셨는데…….

남자는 쓸쓸한 표정이었다.

─덕분에 부엌일은 내 몫이 됐어. 세 남자 중 내가 가장 크거든. 잠깐만 기다려. 특선 요리를 대령할 테니. 심심하면 와인이라도 한잔하든가.

남자가 짐짓 쾌활한 목소리로 말했다.

요리를 돕겠다는 장미에게 남자는 와인 잔을 쥐여 주었다. 음악도 틀었다. 빌리 홀리데이였다. 장미는 빌리 홀리데이의 노래를 안주 삼아 와인을 홀짝이며 남자가 요리하는 모습을 지켜보았다. 앞치마를 두른 채 싱크대 앞에 차렷 자세로 서 있는 뒷모습이 귀여웠다. 어두워 가는 마당 한구석에서 여름이 익어 가는 냄새가 바람에 실려 왔다. 추억, 화해, 기다림, 순결한 사랑, 말 없는 사랑이라는 뜻을 품은 꽃들의 냄새. 똑똑똑 도마 소리, 자글자글 프라이팬에서 기름이 튀는 소리, 까르륵 골목에서 뛰어 노는 아이들 웃음 소리가 귓전에 아득했다. 아랫배의 통증도 아득해졌다. 늑대의 소굴은 더없이 평화롭고 아득했다. 장미는 까무룩 잠들었다.

남자가 어깨를 흔들었을 때 장미는 저도 모르게 입가를 손으로 훔쳤다. 시간을 확인해 보니 40분쯤 잠든 모양이었다. 짧지만 깊고 단 잠이었다.

남자는 옥상에 저녁을 차려 놓았다. 비치파라솔이 꽂힌 테이블이었다. 게살부터 홍합까지 신선한 해물이 듬뿍 들어간 크림스파게티는 맛이 풍성했다. 생리 즈음인 데다 다이어트 뒤끝이라 달콤하고 고소한 맛이 더 당겼다. 살짝 볶아 고명처럼 올린 시금치가 느끼함을 잡아 주었다. 소스도 생크림을 사다 직접 만들었다는 말에는 감탄을 금할 수 없었다. 남자와 산다면 굳이 이탈리안 레스토랑에 가지 않아도 될 것 같았다. 남은 소스가 아까웠지만 게걸스러워 보일까 봐 참았다. 이 정도 요리 솜씨라면 가슴이 터질 것 같은 느낌은 포기해도 상관없을 듯했다.

계단을 내려가더니 남자는 치즈케이크를 접시에 담아 왔다. 치즈케이크는 차가웠다. 냉동실에 잠깐 넣어 두었다고 했다. 차가워서 더 맛있었다. 행복에도 맛이 있다면 여름이 익어 가는 밤, 강이 내려다보이는 옥상에서 먹는 차가운 치즈케이크 같은 것이리라.

와인이 바닥날 즈음 남자가 다시 계단을 내려갔다. 이제 어둠은 완연해져 하늘과 지상에 무더기의 빛이 돋아났다. 지상과 하늘은 거울인 양 서로를 비추었다. 지상과 하늘 사이로 흐르는 모든 것이 여름날의 꿈처럼 다정했다.

남자가 망원경을 가져왔다. 최대로 늘이자 팔보다 더 길었다. 장미는 망원경을 하늘을 향해 추어올린 채 렌즈에 눈을 들이댔다. 거기 스스로 빛나는 것들의 향연이 펼쳐졌다. 편의상 우주라 불리는 아름다운 것들. 석탄 더미 위에 내려앉은 서리처럼 빛나는 별의 무리 가운데 고리 모양의 별이 확연했다.

—이상한 게 보여.

—따 줄까?

말이 끝나기 무섭게 거대한 손가락이 하늘 가장자리로부터 불쑥 나타나 고리 모양의 천체를 떼어 냈다. 남자의 손에 들린 것은 반지였다. 할머니가 어머니에게 물려줬다는 반지. 할아버지와 아버지가 마음을 빼앗은 여인에게 끼워 줬다는 반지. 남자가 반지를 끼워 줄 때 장미는 시험이라도 치르는 양 가슴이 두근거렸다.

손가락에 꼭 맞았다. 남자가 장미에게 키스했다. 부드럽지만 열정적인 키스였다. 빨간 모자는 늑대가 싫지 않았다. 아직까지는 그랬다. 이제 마지막 관문이 남아 있었다. 콘돔도 없이 섹스를 하고서 피임약을 내밀지만 않는다면 괜찮았다. 장미는 남자의 손에 이끌려 계단을 내려갔다.

남자의 방 앞에서 장미가 말했다.

—잠깐만!

장미는 화장실에 급히 들어갔다. 핸드백까지 챙겨 들고.

늑대와 빨간 모자

여자들은 왜 화장실에 핸드백을 들고 갈까? 명제는 여자의 핸드백에 뭐가 들었는지 도무지 짐작할 수 없었다. 명제는 침대 머리맡 스탠드에 불을 켰다. 노란 불빛이 초록색 침대보 위로 부드럽게 흘러내렸다. 스탠드도 침대보도 새것이었다.

오늘을 위해 명제는 단단히 준비했다. 먼저 집 안 곳곳을 쓸고 닦았다. 특히 제 방 청소에 정성을 다했다. 침구 세트도 새로 샀다. 초록색 바탕에 나뭇잎 문양이 프린트된 것이었다. 초록은 여자가 좋아하는 색깔이었다. 내친김에 침실용 스탠드까지 장만했다. 신혼 방이라도 꾸미는 기분이었다. 레몬 향이 나는 콘돔도 준비했다. 신선한 해물을 구하러 노량진 수산 시장까지 갔고 여자가 좋아하는 보르도산 와인도 잊지 않았다. 분위기를 띄우기 위한 곡까지 정해 뒀다. 빌리 홀리데이와 줄리 런던 사이에서 고심하다 빌리 홀리데이의 손을 들어 줬다. 그날 밤의 타이틀 곡은 「I am a fool to want you」였다.

이 모든 노력도 서론에 불과했다. 본론의 성패는 침대 위에서 판가름 날 것이었다. 명제는 이성과 몸을 섞은 적이 없었다. 시도한 적은 몇 번 있었다. 세 번. 상대는 복학하자마자 소개팅으로 만나 사귄 여학생이었고 장소는 매번 모텔이었다. 들어갈 때는 손을 잡았지만 나올 때는 서로 눈길을 외면했다.

세 번째 시도가 실패한 뒤 여학생은 연락을 끊었다. 전화할 때마다 집에 없다고 했다. 결별의 이유라도 알고 싶었지만 끝내 듣지 못했다. 짚이는 바가 없지는 않았다. 첫 번째 시도가 실패로 돌아갔을 때 여학생은 말했다. 처음인가 봐! 두 번째 시도가 무위로 돌아갔을 때 여학생은 물었다. 정말 처음인가 봐? 세 번째 시도가 무산되었을 때는 아무 말도 하지 않았다.

명제는 그날 저녁의 본론을 위해 많은 시청각 자료와 문헌을 참고했다. 상대의 사소한 변화도 놓치지 마라. 이를테면 헤어스타일, 의상, 매니큐어, 향수, 장신구 같은 것. 명제는 참고 문헌의 조언에 충실했다. 바뀐 머리 모양이 멋지다는 칭찬에 여자의 입꼬리가 올라갔다. 이제까지는 나쁘지 않았다.

　마침내 다가온 결정적인 순간, 명제는 옷을 벗을지 말지 고민에 빠졌다. 알몸으로 앉아 있는데 여자는 옷을 입고 나타나면 민망할 것이고 옷을 입고 있는데 여자는 벗고 나타나면 결례일 터였다. 결국 윗옷만 벗었다. 일종의 타협책이었다.

　여자는 화장실에 꽤 오래 있었다. 샤워 소리가 그치고 한참이 지났지만 기척조차 없었다. 노크해 볼까 하고 침대에서 일어서는 참에 여자가 조심스레 방문을 열고 들어왔다. 옷을 다 갖춰 입은 채였다.

　―안 씻어?

　여자가 물었다.

　―아침에 씻었는데.

　―요리하느라 땀 흘렸잖아.

　명제는 부리나케 화장실로 향했다. 서둘러 샤워를 마치고 방에 돌아갔을 때 여자는 이불을 턱까지 끌어 올린 채 누워 있었다. 명제는 바지를 벗고 이불 속으로 들어갔다. 여자의 이마와 코와 입술에 차례로 키스했다. 여자의 올망졸망한 이목구비의 굴곡을 따라 흘러내리는 노란 불빛이 아련했다. 마침내 여자의 귀에 혀를 갖다 댔다.

　―간지러워.

　여자가 몸을 틀며 깔깔거렸다.

명제는 여자의 귓바퀴로 혀를 밀어 넣었다. 생명의 비밀이 각인된 지도 같기도 하고 요정의 미로 같기도 한 그곳으로. 여자는 웃음을 참지 못하고 몸을 배배 꼬았다.

—너무 간지러워.

여자는 웃음을 터뜨리며 소리쳤다.

뜻밖의 반응에 명제는 당황했다. 참고삼아 보았던 동영상에도 없던 상황이었다. 사귀던 여학생과 제대로 사랑을 나누지 못해 헤어져야 했던 악몽이 되살아나는 듯했다. 실수는 한 번으로 족했다. 여자의 귀가 사랑스러웠지만 어쩔 수 없었다. 귀를 단념하고 브래지어 호크에 매달렸지만 그마저도 여의치 않았다.

—잠깐만.

여자가 두 손을 뒤로 돌려 간단히 브래지어를 푸는 것을 지켜보며 명제는 입술을 깨물었다. 실점을 만회하기 위해 여자의 알몸을 찬탄의 손길로 어루만졌다. 여자는 텅 빈 도자기처럼 고즈넉했다. 여자가 능숙하지 않아 다행이었다. 여자의 몸 구석구석에 훈김을 불어넣을 때 명제의 얼굴은 진흙으로 황금을 빚으려는 연금술사처럼 진지했다.

여자의 팬티를 벗겨 낸 명제는 벗어 둔 바지 주머니에서 콘돔을 꺼냈다. 단단해진 성기에 콘돔을 끼우고 다시 침대로 올라갔다. 여자는 여전히 반듯하게 누워 있었다. 명제는 여자의 무릎을 세우고 아랫도리를 밀착했다.

―저기.

여자의 목소리가 조심스러웠다.

―응?

―거기 아냐.

―알아.

짐짓 호기롭게 대답했지만 명제는 등줄기가 서늘했다.

―엉덩이를 조금만 들어 줄래?

여자에게 주문할 때 명제의 이마에는 진땀이 송골송골
했다. 명제는 여자에게 들어가기 위해 전력을 다했다. 섹스
가 끝난 뒤에는 여자를 다정하게 안고 흐트러진 머리를 가
지런히 쓸어 주었다. 참고문헌이 귀띔한 대로였다. 여성에
게 섹스는 사랑의 목적이 아니라 부록이다. 사랑을 얻기
위해 필요한 것은 첫째도 배려, 둘째도 배려, 아흔아홉 번
째도 배려다.

―담배 피워도 돼?

명제가 물었다.

―응.

벼르고 별렀던 일이 끝나자 명제는 허망했다. 뭐가 뭔지
혼란스러웠고 제대로 해냈는지 의심스럽기도 했다.

―박하 향이네.

―냄새에 민감한 편이거든.

―향이 좋네.

여자가 코를 실룩이며 말했다.

—이건 뭐야?

여자가 아랫배를 쓸며 물었다.

—수술 자국이야. 맹장 수술. 여섯 살 때였는데 의사가
취중에 수술하는 바람에 흉터가 크게 졌어.

—여기를 가르면 할머니가 튀어나오겠네.

—뭐?

—아니야.

여자는 뭔가를 골똘히 생각하는 표정으로 수술 자국을
어루만졌다. 마치 그것이 사라진 고대 문명의 상형문자라
도 되는 것처럼.

—저기, 아버지가 보자는데 괜찮겠어?

여자가 조심스레 물었다.

—당연히 인사드려야지.

명제는 시원스레 대답했다. 여자의 아버지를 만나는 게
부담스러웠지만 한편으로는 뿌듯하기도 했다. 자신과의
관계를 진지하게 여긴다는 뜻이었으니까.

—눈 좀 감아.

여자가 새치름하게 말했다.

—왜?

—화장실 가게.

명제는 눈을 감았다. 여자가 주섬주섬 옷을 챙겨 들고

나가는 소리가 들리자 눈을 떴다. 여자가 누웠던 자리에 피가 묻어 있었다. 잎사귀 사이에 수줍게 몸을 감춘 열매 같은 검붉은 핏방울. 이번만큼은 제대로 사랑을 나눈 게 분명했다. 명제는 새삼 여자에 대한 사랑으로 가슴이 벅차올랐다.

황금 벨트를 주고받을 때 오가는 말

　장미는 엄마가 나타나자 안도했다. 인사동 한정식집이
었고 상견례를 위한 자리였다. 아침까지만 해도 기다리지
말라고 어깃장을 놓던 엄마였다. 남자가 못마땅한 눈치였
다. 직장이 번듯하지 않다는 둥, 홀아비 밑에서 자라 그늘
이 졌다는 둥, 별 트집을 다 잡았지만 장미도 호락호락 물
러서지 않았다.

　─대기업은 아니지만 전도유망한 회사야. 그리고 시어
머니가 안 계시니 시집살이 염려는 없잖아.

　─문디 가스나!

　─엄마는 결혼 자체가 싫은 거지? 내가 왜 결혼을 서두르
는지 알아? 한시라도 빨리 엄마한테서 벗어나고 싶어서야.

　가슴 깊은 곳에 묻어 둔 말까지 쏟아 낸 장미는 왈칵

울음을 터뜨렸다. 애당초 축복 같은 건 기대도 안 했다. 엄마와 얼굴 붉히며 아옹다옹하는 것도 끝이라고 생각하니 마음 한구석이 휑했다. 장미는 울먹이면서도 단호하게 말했다.

—내 결혼을 막으려면 머리카락이 아니라 발목을 잘라야 할 거야.

—글마, 세 번 결혼할 팔자라 카드라!

엄마가 소리쳤다.

결혼을 반대하는 진짜 이유가 드러나자 배수진의 결기로 똘똘 뭉친 장미도 움찔했다. 황당하고 주술적인 억지였지만 바로 그 때문에 어떤 논리적이고 합리적인 이유보다 더 아팠다. 정말 잘한 결정일까? 장미는 더럭 겁이 났다. 애써 외면하고 있던 근원적인 질문을 마주하게 된 것이다. 동시에 새로운 두려움이 싹텄다. 지금 굴복한다면 영영 눈의 여왕의 마수에서 벗어나지 못할 거라는 두려움.

—애를 가졌어.

거짓말이었다. 그것은 궁지에 몰린 도박꾼이 충동적으로 내지른 최후의 블러핑, 외통수를 무릅쓴 임기응변의 고육책이었다. 엄마는 파랗게 질린 채 입을 다물지 못했다. 바들바들 떨리는 엄마의 입술을 보고 나서야 무슨 짓을 저질렀는지 깨달았지만 손을 떠난 주사위를 거둬들일 수는 없었다.

엄마는 머리를 올렸고 화장도 제대로 했다. 보라색 투피스를 입어 흰 피부가 더욱 두드러졌다. 엄마는 아직도 태가 고왔다. 뒤따라온 아빠는 눈이 마주치자 윙크를 날렸다.

—안 온다더니 머리도 했네.

장미가 빙글거리며 말했다.

—차라. (그만해라.)

엄마의 목소리가 싸늘했다.

약속 시간이 되자마자 남자와 남자의 아버지가 방으로 들어왔다. 장미는 자리에서 벌떡 일어섰다. 아빠도 일어섰고 엄마도 미적거리며 일어났다.

—먼저 와 계셨네요. 기다리시게 해서 죄송합니다.

남자가 인사했다.

—개안타. (괜찮아.)

아빠가 남자의 어깨를 두드리며 말했다.

—처음 거시기하겠습니다. (처음 뵙겠습니다.)

남자의 아버지가 목례를 하며 말했다.

아빠가 장미의 얼굴을 돌아보았다.

—처음 뵌다고 하셨어요.

남자가 말했다.

—여식을 잘 부탁합니대이. (딸을 잘 부탁드립니다.)

아빠.

—인자 거시기 하시죠 잉. (이제 자리에 앉으시죠.)

남자의 아버지.

—앉으시랍니다.

남자.

모두 자리에 앉았다. 장미는 물을 홀짝이며 엄마의 눈치를 살폈다. 엄마는 여전히 떨떠름한 표정이었다.

—아덜 수학을 갈치신다꼬예?(아이들 수학을 가르치신다고요?)

아빠.

—폴쎄 거시기 했어라.(벌써 은퇴했습니다.)

남자의 아버지.

—재작년에 정년퇴직하셨습니다.

남자.

한동안 침묵이 흘렀다.

—이모 정식으로 주문해 놨습니다. 고모 정식보다는 나을 것 같아서…….

메뉴판을 들여다보는 엄마를 향해 남자가 조심스레 말했다.

엄마는 대꾸도 없이 메뉴판을 내려놓았다. 다시 침묵이 찾아왔다. 장미의 배 속에서 꼬르륵 소리가 새어 나왔다. 배고파서 나는 소리는 아니었는데 남자가 종업원을 불러 음식을 재촉했다.

화전, 잡채, 궁중떡볶이, 구절판, 물김치, 떡갈비, 신선로……. 줄지어 나온 음식은 하나같이 맛깔스러웠지만 엄마는 젓가락을 대는 둥 마는 둥 했다.

아빠가 복분자주를 주문하자 장미는 불안해졌다. 아빠는 취기가 오르면 입이 걸어졌다. 말릴 수도 없어 애가 탔지만 엄마는 본체만체했다. 엄마는 언제나 그랬다. 소가 닭 보듯. 아빠 때문에 마음이 뜨거웠던 적이 있었는지 의심스러웠다. 사랑 없이도 애를 둘이나 낳는 것. 엄마의 사전에 결혼이란 단어는 그런 뜻인지도 몰랐다.

아빠는 남자의 아버지에게도 술을 권했다. 술잔을 채우고 비우는 동작이 침묵 속에서 반복됐다. 상견례라는 제목의 무언극을 보는 듯했다.

─김 서방, 받게.

아빠가 쇼핑백에서 작은 상자를 꺼내 남자 앞으로 내밀었다. 디저트로 나온 수정과를 마시다 말고 남자는 포장을 뜯고 상자를 열었다. 상자에서 나온 것은 벨트였다. 버클이 황금빛인 가죽 벨트.

─고맙습니다.

남자가 꾸벅 고개를 숙이며 아빠에게 인사했다. 아빠에게 엉뚱한 구석이 있기는 했지만 선물을 들고 나오리라고는 상상도 못 했다. 더구나 허리띠라니.

─허리띠 바짝 졸라매고 열심히 살라는 뜻이군요.

남자가 황금빛 버클을 만지작거리며 말했다.

—어데! 아랫도리 단디하라는 뜻이대이.(그런 뜻이 아니
네. 아랫도리 간수 잘하라는 뜻일세.)

아빠가 웃으며 말했다.

남자의 얼굴이 붉어졌다. 아빠의 주책에 난감해진 장미
는 시아버지의 눈치만 살폈다.

—거시기.

오랜 침묵을 깨고 남자의 아버지가 입을 열었다.

—이짝은 거시기한 거시기가 읎는디 거시기해서 우째
쓰깨라.(저는 준비한 선물이 없는데 미안해서 어쩌죠?)

아빠는 남자를 빤히 쳐다보았다.

—선물을 준비하지 못해서 죄송하다고 그러십니다.

—개안심다.(괜찮습니다.)

아빠가 손사래를 치며 말했다.

—마음 쓰지 마세요.

장미도 거들었지만 남자 아버지의 굳어진 얼굴은 좀체
풀리지 않았다. 대신 술잔 비우는 손길이 빨라졌다. 술을
한 병 더 주문한 것도 남자의 아버지였다.

—아버님, 괜찮으세요?

장미가 조심스레 물었다.

남자의 아버지는 고개만 가볍게 끄덕일 뿐 대꾸가 없었다.

—자들 집은 우짜실 낀데요?(애들 살 집은 어떻게 하실
작정인가요?)

엄마가 처음으로 입을 열었다.

장미는 입술을 깨물었다.

—긍께…….(그러니까…….)

남자의 아버지는 말을 잇지 못했다.

장미는 엄마를 증오한 적은 많았지만 창피하게 여긴 적
은 없었다. 처음으로 엄마가 창피했다. 창피해서 눈물이 날
지경이었다.

—따로 거시기한 거시 읎는디 우째쓰까라?(따로 준비를
못해서 어쩌죠?)

남자의 아버지가 처진 목소리로 말했다.

—개안십니더.(괜찮습니다.)

아빠가 웃으며 말했다.

엄마가 아빠를 흘겨보았다.

남자의 아버지는 곤혹스러운 빛을 감추지 못한 채 입을
굳게 다물었다. 남자도 마찬가지였다. 입을 꼭 다물고 있을
때 두 사람은 한 사람처럼 보였다.

머피의 결혼식

　해 본 사람들은 안다. 결혼이라는 통과의례가 얼마나 복잡다단한가를. 이혼을 억제하는 것은 부부 클리닉도, 가족에 대한 책임감도, 주위의 이목도 아닌 결혼이라는 제도의 번거로움이다. 보금자리를 물색하고 예식장을 예약하고 예물을 맞추고 예복을 고르고 웨딩 촬영을 하고 신혼여행을 준비하느라 명제는 녹초가 되었다. 가급적 간소하게 치르자고 여자와 뜻을 모았지만 빠뜨릴 수 없는 최소한의 것들만으로도 숨이 턱 밑까지 차올랐다. 문제는 돈이었다. 모아 둔 게 없었고 아버지가 내준 액수로도 어림없었다. 형에게는 한없이 관대하지만 명제에게는 턱없이 인색한 아버지였다.

　—성 거시기헐 때 거시기해야 쓴께 이걸로 거시기해

라.(형 개업할 때 보태야 하니 이걸로 만족해라.)

아버지는 들어와 살기를 바라는 눈치였지만 여자에게
는 말도 꺼내지 못했다. 여자의 엄마 때문이었다. 방 두 칸
짜리 아파트 전셋돈 마련을 위해 은행에도 손을 벌려야 했
다. 여자는 집을 얻는 데 보태라며 입사 때부터 부어 온 적
금 통장을 내밀었지만 단호하게 거절했다. 자존심 때문이
었다. 여자가 적금을 헐겠다고 말했을 때는 스스로에게 화
가 났다.

허례와 허식을 경계하는 여자였지만 신혼여행만큼은
남부럽지 않게 가고 싶어 했다. 해외에 한 번도 나가 보지
못했다며 이참에 유럽에 가 보고 싶다는 것이었다. 여자의
뜻이 워낙 확고해 토를 달 수 없었다. 명제도 해외여행은
처음이었다. 여행을 즐기는 편도 아니고 경비도 부담스러
웠지만 여자와 상의 끝에 일주일 일정으로 이탈리아와 프
랑스의 몇몇 도시를 둘러보는 상품을 골랐다.

일단 여행지가 정해지자 오래도록 고대해 온 것처럼 마
음이 들떴다. 결혼을 위해 감수해야 하는 이런저런 수고로
심신이 너덜너덜해질 때면 조만간 밟게 될 이국의 거리를
상상하며 기운을 냈다. 달콤한 상상 속에서 명제는 베니스
의 곤돌라에서 샴페인을 마셨고 콜럼버스 언덕에서 피렌
체의 붉은 스카이라인을 감상했으며 에펠탑에서 파리의
전경을 조망했다. 결혼 준비로 눈코 뜰 새 없는 와중에도

퇴근 후 여자와 함께 기내용 트렁크부터 유럽 여행 가이드 북까지 필요한 것들을 장만하러 다녔다.

결혼 준비는 순탄치 않았다. 청첩장에 적힌, 예식장 앞으로 오는 버스 번호를 일일이 수정할 때만 해도 줄줄이 들이닥칠 불행의 전조일 줄은 꿈에도 몰랐다. 아버지와 여자 엄마의 똑같은 이름도 눈에 밟혔다. 성마저도 같았다. 김정옥.

두 사람이 동명이인이라는 사실을 처음 알게 되었을 때만 해도 천생연분이라며 신기해했지만 청첩장을 들여다보고 있자니 걱정이 앞섰다. 실수나 장난으로 오해받기 십상이었다. 방법이 없지는 않았다. 명제는 두 사람 이름 뒤에 한자를 적기 시작했다. 다행히 한자는 달랐으니까.

결혼식 날 예식장으로 가는 길에 명제는 두 통의 전화를 받았다. 고등학교 동기와 여행사 직원에게서 걸려 온 것이었다. 고등학교 동기는 직장 상사가 모친상을 당해 급히 지방에 내려가야 한다고 했다. 결혼식 끝나고 공항까지 태워 주기로 한 친구였다. 팀장을 모셔야 해 어쩔 수 없다며 미안해했다. 명제는 괜찮다고 했다. 친구의 불찰이 아니었으니까. 차가 없어서 공항에 못 가는 일도 없을 테고. 명제는 안타까워하는 친구를 되레 위로했다.

두 번째 전화를 받았을 때 명제는 여행사 직원을 위로할 수 없었다. 여행사의 부도로 모든 여행 스케줄이 취소

되었다는 날벼락 같은 소식이었다. 신혼여행 건만큼은 평크 내지 않으려고 마지막까지 애를 쓰다 보니 이제야 연락하게 되었다며 죄송하다고 했다. 굴지의 대기업들이 줄줄이 파산할 때도, 나라가 거덜 날지 모른다는 흉흉한 소문에도 설마 했던 명제였다. 경제 위기는 결코 남의 일이 아니었다.

명제는 눈앞이 캄캄했다. 하객을 맞으면서도 무산된 신혼여행 생각뿐이었다. 웃으려 애쓸수록 얼굴은 진흙이라도 바른 듯 굳어졌다. 하객은 둘 중 하나였다. 앞으로 계속 볼 사람과 볼 일이 없을 것 같은 사람. 이름을 아는 사람과 이름도 모르는 사람. 이름은 오리무중이지만 얼굴은 익은 사람도 더러 있었다. 노래패 사람들이 그랬다. 여자 쪽에서 연락한 모양이었다.

노래패 회장은 단박에 알아보았다. 구레나룻은 여전했다. 이름은 가물가물했는데 그때도 그냥 '털보'로 통했다.

—오랜만이다!

털보 선배가 반갑게 손을 내밀며 말했다.

—선배는 그대로네요.

—넌 딴사람이 됐구나.

—그래요?

—개구리가 마침내 왕자가 됐어.

—선배도 참!

털보 선배는 언제든 연락하라면서 명함도 건넸지만 축의금은 신부 쪽에 냈다.

쌍둥이 자매도 나타났다. 쌍둥이 자매가 지난 세월 동안 한 일은 서로를 더 닮는 것뿐인 듯했다. 언니는 한쪽만, 동생은 양쪽 다 쌍꺼풀이 있었는데 이제는 둘 다 양쪽에 쌍꺼풀이 있어서 구별할 수 없었다.

여자에게서 얘기 많이 들었다고 했지만 어떤 이야기였는지는 말하지 않았다. 다행히 개구리라는 말은 들리지 않았다. 쌍둥이 자매도 여자 쪽에 축의금 봉투를 접수했다.

—축하해!

푸른색 줄무늬 양복을 차려입은 훤칠한 키의 사내가 손을 내밀었다. 치대생은 여전히 핸섬했다. 원숙한 매력 속에 그 옛날 미소년의 분위기가 어렴풋했다.

—서정우?

—딴 사람인 줄 알았어. 길거리에서 봤으면 몰라봤을 거야.

—네가 여긴 어떻게?

—오면 안 돼?

—그런 뜻이 아니라…….

말꼬리를 흐리는 명제의 미간이 좁아졌다. 서정우의 출현이 반갑지만은 않은 명제였다. 속내를 감추기 위해 애써 미소를 지으려 했지만 뜻대로 되지는 않았다. 서정우는 신랑 신부 양쪽에 축의금을 냈다.

준비하기까지의 번거로움에 비하면 예식은 허망할 정도로 간단했다. 평탄하지는 않았다. 장인의 손을 잡고 입장하는 여자의 눈이 퉁퉁 부어 있었다. 여자가 울 때면 머릿속이 하얘지는 명제였다. 명제는 울어 본 적이 없었다. 엄마가 돌아가셨을 때도 눈물은 명제를 외면했다. 슬프지 않은 건 아니었다. 뼛속까지 슬펐지만 눈물은 나오지 않았다. 마음이 무너진 자리에는 눈물 대신 모래바람이 일었다. 입을 열면 모래가 우수수 쏟아지는 듯했다. 내뱉을 수 없다면 삼켜야 했다. 늘 그랬다. 아버지는 말만 앞세우는 사람을 경멸했으니까.

여자의 손을 넘겨받을 때도 명제는 답을 짐작할 수 없는 문제로 머리가 버석거렸다. 오늘 같은 날 왜 우는 걸까? 신혼여행을 갈 수 없게 되었다는 말은 언제 하는 게 좋을까? 이것만은 확실했다. 아주 긴 하루가 되리라는 것.

3부

제주도의 아침은 파랗다

　신부 대기실에서 장미는 내내 좌불안석이었다. 아랫배가 욱신거렸다. 생리가 예상보다 일주일이나 빨랐다. 생리대를 미처 준비 못 했는데 낭패였다. 문득 중학생 때의 일이 떠올랐다. 화장실에 갔다가 엉덩이께의 검붉은 얼룩을 발견한 장미는 기겁했다. 생리대를 아끼느라 제때 갈지 않은 탓이었다. 방과 후에도 의자에서 일어서지 못했고 어둠을 틈타 겨우 집에 갈 수 있었다. 늦은 이유를 사실대로 털어놓자 엄마는 이렇게 쏘아붙였다. 니 끼는 니가 빨그래이.
　장미는 웨딩드레스 자락을 치켜들고 화장실로 종종걸음 쳤다.
　─또?
　여왕처럼 당당하게 손님을 맞던 엄마가 눈을 가늘게 뜨며 물었다.

—배가 아파서.

—다이어트한다꼬 그저께부터 빈속인 아가 무신 배탈이고?

엄마가 의심 어린 눈초리로 쳐다보며 말했다.

뜨끔한 장미는 도망치듯 화장실로 향했다. 속옷을 확인해 보았지만 다행히 아직 기별은 없었다. 신부 대기실에 돌아와서도 신경은 온통 아랫도리에 쏠렸다. 서정우가 찾아왔을 때도 마찬가지였다. 본과에 올라가면서 노래패에 발길을 끊었으니 4년 만이었다. 지금은 강원도 어디에서 공중보건의로 근무 중이라고 했다. 희고 긴 손은 여전했다.

—여긴 어떻게?

—누구 결혼식인데…… 당연히 와야지.

서정우는 미소를 지으며 말했다. 상냥하고 부드러운 말투도 여전했다.

장미도 어색하게 미소 지었다. 뜻밖의 재회였다. 얼굴을 보고 목소리를 들으니 예전의 기억과 감정이 한꺼번에 밀려들었다.

잠시 침묵이 흘렀다.

—개구리랑 친한 줄은 몰랐네. 아! 두꺼비라고 그랬던가?

서정우가 싱글거리며 말했다.

—개구리가 아니라 개구리 왕자였어. 그리고 대학 다닐

176

때 친했던 게 아니라 올해 우연히 다시 만나 사귀게 된 거야.

서정우가 물끄러미 쳐다보았다. 괜한 말을 늘어놓은 것 같아 장미는 후회스러웠다.

—이따 피로연장에서 봐.

서정우는 인사를 남기고 신부 대기실을 나갔다. 장미는 서정우의 뒷모습에서 눈을 떼지 못했다. 가끔 서정우를 생각했었다. 그때마다 한결같은 질문이 고개를 내밀었다. 함께 가요제에 나갔다면 어떻게 되었을까?

불쑥 나타난 엄마가 검정 비닐봉지를 장미에게 내밀었다.

—인기척 좀 하고 다녀. 애 떨어지겠네.

—미쳤나?

—그래. 엄마 때문에 미치겠어.

—문디 가스나. 그래 결혼이 하고 싶었나.

엄마는 눈을 흘기며 검정 비닐봉지를 손에 쥐여 주고 대기실을 빠져나갔다. 비닐봉지에는 생리대가 들어 있었다. 일반용과 취침용. 그리고 진통제. 코끝이 시큰거리는가 싶더니 왈칵 눈물이 쏟아졌다.

신혼여행 계획에 심각한 차질이 생겼다는 말을 피로연장에서 들었을 때 장미는 농담인 줄 알았다. 그러나 남자의 표정이 심상치 않았다. 여행사의 부도 소식을 전할 때는 남자의 미간에 굵은 골이 파였다.

─그럼 어떡해?

장미의 목소리가 높아졌고 남자의 얼굴은 굳어졌다.

나쁜 소식은 좋은 소식보다 빨리 퍼지는 법. 어느새 술
자리 여기저기서 탄식이 터졌다. 어머! 어떡해! 어느 여행
사래? 오늘 밤에는 어디서 자?

─언제 들었어?

─예식장 오는 길에.

─그런데 왜 이제야 얘기해?

─말할 기회가 없었어.

─대책은?

─다른 여행사를 알아보기에는 너무 늦었어. 게다가 내
일은 일요일이라 쉴 테고.

─그러게 더 큰 여행사로 하자고 했잖아.

─부도난 게 내 탓이야?

─평생 한 번뿐인 신혼여행인데 못 가게 됐다는 말을
할 때는 대안을 마련해 놨어야지.

남자는 담배를 입에 물었다. 성냥에 불이 잘 안 붙었다. 옆
자리에 앉은 누군가 라이터를 건넸지만 남자는 성냥만 고집
했다. 장미는 애가 탔다. 해외여행은 미뤄도 되지만 신혼여행
은 물릴 수 없었다.

─제주도는 어때?

맞은편에 앉은 서정우가 조심스레 물었다.

―호텔 방 구하기 어려울 텐데?

장미가 되물었다.

―친구가 호텔 매니저라 그쯤은 해줄 수 있을 거야.

―들었어?

장미가 남자를 돌아보며 물었다. 남자는 담배 연기를 천천히 내뿜은 뒤 입을 열었다.

―비행기 표는?

심드렁한 말투였다.

―배로 가면 돼. 인천항에서 저녁에 출발해 다음 날 아침 제주항에 도착하는 페리가 있어. 비행기 표가 없어서 나도 그러려던 참이야.

―제주도에는 무슨 일로?

남자가 따지듯 물었다.

―고향이잖아.

장미가 끼어들었다.

남자의 얼굴이 굳어졌다.

서정우의 차를 타고 인천항에 도착할 때까지도 남자는 얼굴을 풀지 않더니 객실에 들어서자마자 침대에 드러누워 눈을 감았다. 배가 움직일 때도 꿈쩍 안 했다. 선창에 갇힌 항구의 불빛들이 하나둘 스러지는 것을 지켜보고 있자니 돌아올 수 없는 곳으로 밀항이라도 하는 듯 쓸쓸한 기분에 사로잡혔다.

다음 날 아침 눈을 뜬 장미는 바람을 쐬러 뱃머리로 나
갔다. 바다인지 하늘인지 구분할 수 없는 푸른 적막을 배
경으로 서정우가 서 있었다.

—언제부터 있었어?

—좀 됐어.

짧지 않은 침묵이 흘렀다. 물살이 배를 스치는 소리만
소슬했다.

—궁금한 게 있는데…….

서정우가 입을 열었다.

—가요제를 포기한 진짜 이유는 뭐야?

6년 전 집으로 전화했을 때 물었어야 할 질문이었다. 장
미야말로 궁금했다. 그때는 왜 묻지 않았는지. 왜 그토록
쉽사리 자신을 포기했는지. 돌이켜 보면 스무 살은 그럴듯
하게 들리는 외국어처럼 모호하고 짐작할 수 없는 것들로
가득 찬 시절이었다. 분명해진 점도 있었다. 이제는 너무
늦었다는 것, 차라리 모르는 게 나은 진실도 있다는 것.
망망한 수평선 위에 검은 점이 모습을 드러냈다. 제주도였
다. 바람이 찼다. 장미는 옷섶을 여몄다.

제주도의 밤은 파랗다

목을 죄는 갈증에 눈뜬 명제는 선실에 누워 있다는 사실이 새삼스러웠다. 여자는 보이지 않았다. 속이 메슥거려 화장실로 달려가 변기에 고개를 처박고 속을 비웠다. 입을 헹구고 담배를 한 대 태우자 세상의 윤곽이 차츰 또렷해졌다.

명제는 바람을 쐬러 밖으로 나갔다. 바다 위의 하늘은 보랏빛이었다가 초록빛이었다가 검푸른 빛이 되었다. 어쩌면 그 모두를 섞어 놓은 색인지도 몰랐다.

사위를 둘러보던 명제는 멈칫했다. 뱃머리에 여자의 뒷모습이 보였다. 곁에는 서정우가 서 있었다. 명제는 몇 모금 빨지 않은 담배를 바다로 휙 던지고 발길을 돌렸다.

여자가 객실로 돌아왔을 때 명제는 어디 갔다 왔는지

묻지 않았다. 대신 여자의 얼굴을 빤히 바라보았다. 뭔가를 읽어 내려는 것처럼. 이제 일어났느냐는 여자의 물음에는 마지못해 고개만 까닥였다. 여자도 명제를 빤히 쳐다보았다. 긴히 할 말이 있는 사람처럼.

—다 왔어. 짐 챙기자.

여자가 짐짓 쾌활한 목소리로 말했다.

여자가 정작 하려던 말이 무엇이었는지 궁금했지만 명제는 묻지 않았다.

서정우가 소개한 호텔은 바다를 굽어보는 언덕에 서 있는 3층짜리 흰색 건물이었다. 호텔이라기보다는 별장 같았다. 여자는 멋지다며 호들갑을 떨었지만 명제는 시큰둥했다.

—절친한 사인가 봐요? 이런 부탁 안 하는 놈인데.

서정우의 친구가 바다 쪽 방으로 안내하며 물었다.

—아, 네.

명제의 목소리가 어눌했다.

여자가 욕실에 들어가 있는 동안 명제는 짐을 풀었다. 옷가지는 옷장에 걸고 화장품과 세면도구는 탁자 위에 올려놓았다. 융프라우 정상에서 먹으려던 컵라면도 있었다. 현지에서 파는 건 너무 비싸다며 여자가 챙긴 것이었다. 고추장도 나왔다. 역시 여자가 챙긴 것이었다. 고추장은 냉장고에 넣고 컵라면은 트렁크에 도로 집어넣었다. 여자는 구두도 챙겼다. 빨간 구두. 샹젤리제 거리를 청바지에 운동화

차림으로 걸을 수는 없단다. 가뜩이나 짐도 많은데 파리에
서의 한나절을 위해 구두까지 챙기는 허영이 요령부득이
었다. 여행사가 부도나고 유럽 여행이 무산된 게 모두 빨간
구두 탓 같았다. 그것은 불운을 불러들이는 수상쩍은 물
건, 행운에 초를 치는 설레발의 징표처럼 보였다.

호텔 식당에서 허기를 달래고 렌터카를 빌려 해안 도로
를 달렸다. 겨울로 접어드는 제주도의 하늘은 청동빛으로
고즈넉했다. 여미지를 둘러보고 민속박물관을 거쳐 성산
포로 향했다. 여자는 풍광이 바뀔 때마다 탄성을 내뱉었
고 카메라 셔터를 연방 눌러 댔다. 성산포에서는 말도 탔
다. 명제는 구경만 했다.

성산포 입구에서 갈치조림을 먹었다. 여자가 고른 메뉴
였다. 여자는 밥 한 그릇을 뚝딱 해치웠지만 명제는 깨작
거리다 숟가락을 내려놓았다.

―배 안 고파?

―속이 안 좋아.

뱃멀미를 한 뒤로 내내 속이 쓰렸다. 마음이 더 불편했
다. 여자가 뱃머리에 서정우와 나란히 서 있던 모습이 자
꾸 어른거렸다. 명제는 궁금했다. 둘이 어떤 사이였는지.
정말 궁금한 것은 따로 있었다. 둘이 어디까지 갔는지. 캐
묻지 않은 것은 거짓말을 듣게 될까 봐 두려웠기 때문이
다. 듣게 될까 봐 두려운 것은 어쩌면 진실인지 몰랐다.

저녁은 호텔 레스토랑 뷔페로 했다. 레스토랑은 신혼부부 일색이었다. 감탄사를 연발하며 맛나게 먹는 여자와 달리 명제는 음식은 본체만체하며 주변만 흘끔거렸다. 옆 테이블의 커플은 예복 차림이었다. 음식은 딱 한 접시에 따로 주문한 와인을 홀짝거리며 대화를 나누고 있었다. 중매로 만나 데이트 서너 번 만에 결혼한 분위기였다. 그 옆 테이블의 커플은 티셔츠 차림이었고 뻔질나게 자리에서 일어나 음식을 가져왔다. 대화는 없었다. 다년간의 연애 끝에 더는 해 볼 게 없어서 결혼한 게 틀림없었다. 그곳에서 음식을 담아 온 접시의 수는 식욕이 아니라 연애 기간에 비례하고 상대에 대한 관심에 반비례하는 것 같았다.

—와인 마실래?

명제가 물었다.

—괜찮겠어?

—그 정도는 살 수 있어.

—속이 안 좋다며.

—괜찮아.

—음식도 안 먹으면서.

명제가 포크를 소리 나게 내려놓자 여자의 눈이 커졌다.

—마시고 싶으면 주문해. 비싼 뷔펜데 먹는 둥 마는 둥 하니까 속상해서 그런 거잖아.

—됐어.

명제는 물을 한 모금 넘기며 생각했다. 둘이 어떤 사이였을까?

잠자리에 들기 전 양치질을 할 때도 머릿속은 온통 그 생각뿐이었다. 명제는 화장실에서 나와 여자 곁에 누웠다. 확인할 게 있다는 듯 여자의 가슴께로 손을 얹었다.

―오늘은 안 돼.

―왜?

―그날이야.

―정말?

―거짓말이라도 한다는 거야?

여자는 벽을 향해 모로 누우며 말했다. 침대에서 여자의 등을 보기는 처음이었다. 명제는 한숨을 내쉬며 스탠드를 껐다.

몇 시간 뒤 명제가 어둠 속에서 스탠드를 더듬은 것은 허기 때문이었다. 침대에서 빠져나와 커피포트에 물을 붓고 전원을 연결했다. 조심조심 트렁크를 뒤져 컵라면을 꺼내 끓인 물을 부은 뒤 화장실로 들고 갔다.

명제는 변기에 걸터앉아 면이 익기를 기다렸다. 젓가락이 없다는 사실을 깨달은 순간 명제의 이마에 주름이 졌다. 명제는 컵라면을 세면대 위에 올려놓고 화장실을 나갔다. 트렁크를 샅샅이 뒤졌지만 나무젓가락은 보이지 않았다. 여자가 뒤척이자 명제는 숨을 죽인 채 살금살금 화장실로 돌아갔다. 다시 변기 위에 걸터앉아 주변을 둘러보던 명제의 눈에 칫솔이 들어왔다. 두 개의 칫솔 손잡이로 라면 가닥을 건져 올리려 했지만 쉽지 않았다. 겨우 건져 올린 라면 가닥을 씹어 넘기는데 뭔가 울컥 치밀었다. 명제는 세면대에 컵라면을 올려놓은 뒤 화장실을 나가 객실 불을 켰다. 여자가 꿈쩍도 하지 않자 커튼을 젖히고 창문까지 활짝 열었다. 창밖은 아직 캄캄했다.

─몇 신데?

여자가 신경질적으로 눈을 비비며 몸을 일으켰다.

─물어볼 게 있어.

─뭐?

─나무젓가락은 안 챙겼어?

여자의 얼굴이 파래졌다. 제주도의 밤보다 새파랬다.

귀가 아파서

나무젓가락이 어디 있느냐고 남자가 새벽 3시에 물었을 때 장미는 수많은 동화가 결혼식과 함께 서둘러 끝난 이유를 알 것 같았다. 어릴 적 장미는 궁금했다. 신데렐라가 성에서 어떻게 살았는지, 백설공주는 왕자와 얼마나 행복했는지. 동화는 '오래오래 행복하게 살았습니다.'라고 얼버무렸으니까. 그들의 결혼 생활이 어땠는지 알 수 없지만 나무젓가락 때문에 새벽 3시에 단잠에서 깨지는 않았으리라 장담할 수 있었다.

장미는 치미는 화를 간신히 삭이며 남자를 노려보았다. 남자는 자신이 저지른 죄가 얼마나 심각한지 모르는 얼굴이었다. 그게 더 부아를 돋웠다.

—몰라.

장미는 상한 음식을 내뱉듯 쏘아붙인 뒤 이불을 머리끝까지 뒤집어쓰고 다시 드러누웠다. 나무젓가락이 트렁크 바깥 주머니에 있다는 사실을 모르지 않았지만 남자가 꽤 씸했다. 제주도에 와서도 뚱한 표정인 남자가 못마땅했다. 손꼽아 기다리던 유럽 여행이 날아간 게 못내 서운했지만 한 번뿐인 신혼여행을 즐겁게 보내려고 노력 중인 장미였다. 융프라우의 만년설을 음미하며 먹으려던 컵라면인데. 장미는 눈을 질끈 감았다. 눈을 떴을 때 다시 동화 속으로 돌아가 있기를 기도하며.

아침에 장미가 눈을 뜬 곳은 동화 속 세상이 아니라 현실이 분명했다. 증거는 둘이었다. 먼저 아랫배의 통증. 동화 속 세상에 생리통 같은 건 없었다. 나머지는 남자였다. 남자는 테라스에서 담배를 피우고 있었다. 담배 피우는 왕자가 등장하는 동화는 들은 적도 읽은 적도 없었다. 장미는 욕실로 향했다. 몸도 마음도 찌뿌드드했다. 원인을 모르지는 않았다. 너무 잘 안다는 게 문제였다. 서정우 때문이었다. 아니, 문제는 남자였다.

서정우를 머릿속에서 밀어내려 할수록 남자의 단점이 도드라졌다. 장미는 살갗에 부딪혀 흩어지는 물방울을 물끄러미 바라보았다. 부서져 내리는 물방울이 제 마음 같아 씁쓸했다.

식당에서 아침을 먹고 나오다 로비에서 서정우의 친구

를 만났다.

　—혹시 정우네 가 보셨어요?

　—네?

　—정우 아버지가 목장을 하시거든요.

　—와!

　—가 볼 만합니다. 약도를 그려 드릴까요?

　—괜찮습니다.

　남자가 끼어들었다.

　—잘생긴 놈들이 많은데. 경주마로 팔려 갈 정도로.

　—가 봐야 할 데가 많거든요.

　남자가 잘라 내듯 말했다.

　객실로 돌아온 장미는 남자가 화장실을 들락거리고 옷을 갈아입는 것을 지켜보기만 할 뿐 꼼짝도 하지 않았다.

　—내 선글라스 어디 있어?

　남자가 트렁크를 뒤지며 물었다.

　장미는 대꾸하지 않았다.

　—못 봤어?

　이번에도 장미는 입도 뻥긋하지 않았다.

　—사람이 물으면 대답을 해야 할 거 아냐.

　—어쩜 그럴 수 있어?

　마침내 장미가 입을 열었다.

　—뭘?

—내가 말 좋아하는 거 뻔히 알면서.

—난 말이 싫어.

—서정우가 싫은 거겠지. 아니면, 서정우네가 큰 목장을 하는 게 못마땅하거나.

—생사람 잡지 마.

—인천항까지 오는 동안 차 안에서 한마디도 안 했잖아. 얼마나 민망했는지 알아?

—나보다 그놈이 더 신경 쓰였다는 거야?

—이제야 본심을 드러내시네.

—누가 할 소리. 둘이 어떤 사이였어?

—뭐?

장미의 눈에서 불똥이 튀었다.

—아니다. 대체 그놈과는 어떤 사이야?

—말 다했어?

장미는 기가 막혀 말문이 막혔다. 아니, 대꾸할 가치도 없었다. 억울하기도 하고 분하기도 해서 눈앞이 부예졌지만 눈물을 참기 위해 이를 악물었다.

장미는 구구단을 거꾸로 외며 트렁크에 제 짐을 집어넣기 시작했다. 파리에서 신으려고 산 빨간 구두가 눈에 들어오자 눈물이 핑 돌았다. 어이없이 날아간 유럽 여행의 꿈이, 엉망이 돼 버린 신혼여행이, 초장부터 꼬인 결혼 생활이 속상하고 또 속상했다. 장미는 빨간 구두를 집어던졌다. 어차피 싸구려 에나멜 구두였다. 장미가 짐을 다 챙기고 옷을 갈아입을 때까지도 남자는 굳은 얼굴로 지켜보기만 했다.

—뭐하자는 거야?

—보면 몰라?

장미는 트렁크를 끌고 객실을 나섰다. 이제는 멈출 수도 돌아갈 수도 없었다. 파국을 향해 달려가는 운명의 수레바퀴를 멈출 수 있는 게 아주 없지는 않았다. 남자의 사과였다. 사과까지도 필요 없었다. 붙드는 시늉만으로도 충분했지만 남자가 따라오는 기적은 없었다. 호텔 출입구가 저만치 보였다. 문을 나서면 정말 끝장이었다. 호텔 출입구를 나서며 장미는 남자에 대한 분노와 배신감으로 치를 떨었다.

제주공항 탑승 대기석에 앉아서도 장미는 출입구 쪽만 흘끔거렸다. 휴대전화도 수시로 확인했지만 감감무소식이었다. 장미는 비행기가 움직이기 시작했을 때야 휴대전화를 껐다.

40분 뒤 비행기가 김포공항 상공에 진입할 즈음 장미는 울음을 터뜨렸다. 구구단도 소용없었다.

—어디 불편하세요?

스튜어디스가 물었다.

—귀가 아파서요.

장미는 힘겹게 대답했다.

거짓말이었다. 서정우와 어긋난 게 아쉬워 그러냐는 남
자의 잔인한 말이 진실에 가까울지 모른다는 생각 때문이
었다. 아주 거짓말은 아니었다. 남자와 좋았던 순간들을
떠올리자니 귀가 아렸다. 남자가 유난히 예뻐해 주던.

욕조의 물이 식기 전에 챙겨야 할 것

　여자가 알아들을 수 없는 말을 중얼거리며 짐을 챙길 때만 해도 명제는 설마 했다. 여자가 트렁크를 끌고 객실을 나간 뒤에도 마음속으로 숫자를 세며 꼼짝 않고 서 있었다. 열을 헤아리는 동안 돌아올 거라 기대했지만 스물까지 세도록 여자는 기척도 없었다. 명제는 주머니를 뒤져 담배를 찾았다. 당혹스러웠다. 정말 떠나리라고는 상상도 못했다. 눈앞의 상황을 받아들이기까지는 두 개비의 담배가 더 필요했다. 여자가 바닥에 내팽개친 선글라스가 눈에 들어오자 갑자기 화가 치밀었다. 정작 성내야 할 사람은, 트렁크를 끌고 객실 문을 박차고 나가야 할 사람은 자신이었으니까.

　명제는 객실 문을 쾅 닫았다. 쫓아가야 하는 게 아닐까 하는 망설임에 쐐기를 박듯. 명제는 욕조 가득 더운 물을 받고 몸을 담갔다. 야구 하던 시절, 억울하게 단체 기합을 받거나 해서 누군가의 얼굴에 종주먹을 들이대고 싶은 충동을 가눌 수 없을 때면 대중탕을 찾곤 했다. 뜨거운 물속에 앉아 있노라면 분노가 거짓말처럼 잦아들었다. 대중탕에서 돌아오면 한 시간쯤 눈을 붙이곤 했다. 꿈도 없는 잠에 심신을 내맡기고 나면 분노에 대한 기억마저 희미해졌다. 이번에는 졸음이 욕조까지 찾아왔다. 간밤에 잠을 설친 탓이었다.

눈을 떴을 때 물은 식어 있었다. 물이 식어서 눈뜬 것인지도 몰랐다. 욕조의 물을 빼고 미지근한 물로 샤워했다. 머리도 감았다. 욕조 가장자리에 머리카락이 뭉쳐져 있었다. 여자의 것이었다. 명제는 머리카락을 모아 휴지통에 버렸다. 돌돌 말린 생리대가 눈에 들어왔다. 여자의 말은 사실이었다.

면도를 하다 턱을 베었을 때 여자가 영영 돌아오지 않을지도 모른다는 불안이 명제의 가슴속에 핏물처럼 번져 나갔다. 면도를 끝내고 칫솔에 치약을 묻혔다. 컵에 담긴 여자의 칫솔이 눈에 밟혔다. 칫솔 말고도 세면대 위에는 여자의 물건이 많았다. 샤워 캡, 샴푸, 트리트먼트, 나무 빗, 보디로션, 헤어드라이어. 유럽에서 묵을 호텔에는 없는 게 많다며 알뜰히 챙긴 것들이었다.

입을 헹구던 명제는 이상한 기분에 사로잡혔다. 양치질

을 또 하고 있었다. 면도도 마찬가지였다. 아침을 먹고 와서 양치질과 면도는 물론 머리도 감은 터였다. 명제는 거울을 물끄러미 들여다보았다. 거기 성난 얼굴의 사내가 있었다. 명제는 분노의 대상이 여자가 아니라 거울 속의 사내라는 사실을 깨달았다.

명제는 욕실을 빠져나가 외투 주머니를 뒤졌다. 휴대전화가 없었다. 객실을 샅샅이 뒤졌지만 허사였다. 테이블 위에 올려놓은 기억이 떠올랐다. 휴대전화를 올려놓을 때 테이블에는 많은 것이 있었다. 휴대전화 충전기, 워크맨, 카메라, 제주 관광 지도, 비타민제, 소화제, 아스피린, 휴대용 티슈. 이제는 아무것도 없었다. 트렁크에 모조리 쓸어 담은 모양이었다.

명제는 객실 전화기의 수화기를 서둘러 집어 들었다. 여자의 휴대전화 번호 뒷자리가 기억나지 않아 제 휴대전화 번호를 눌렀다. 신호 음이 울렸지만 받지 않았다. 두 번 더 걸어도 마찬가지였다. 수화기를 내려놓으며 탁상시계를 쳐다보았다. 여자가 떠난 지 벌써 한 시간이 넘었다. 명제는 황급히 짐을 꾸렸다. 바닥에 내동댕이쳐진 빨간 구두도 챙겼다. 명제는 호텔을 나가 부랴부랴 택시에 올라탔다.

여자의 휴대전화 번호가 떠오른 것은 공항에 당도할 무렵이었다. 택시 기사의 휴대전화를 빌려 연락을 시도했지만 여자의 휴대전화는 꺼져 있었다. 택시에서 내린 명제는 부리나케 탑승구로 달려갔다. 경비의 제지를 뿌리치고 탑승 대기실로 달려갔지만 비행기는 이미 활주로를 박차며 날아오르고 있었다. 김포행 비행기가 분명했다. 불길한 예감은 빗나가는 법이 없었으니까. 명제는 대기석에 털썩 주저앉았다. 옆자리에 눈에 익은 스카프가 보였다. 장밋빛 스카프. 여자의 것이었다.

김포공항에 도착하자마자 공중전화를 찾아 여자에게 전화를 걸었지만 여전히 꺼져 있었다. 제 휴대전화는 신호음만 들렸다. 명제는 집으로 향했다. 선택의 여지가 없기도 했지만 여자가 집에 가 있을지 모른다는 기대도 없지는 않았다. 그러나 명제를 맞은 것은 여자가 고른 새 가구뿐이었다.

명제는 메모지를 뒤져 처갓집 전화번호를 찾아냈다. 전화를 받은 이는 장인이었다. 제주도 날씨는 어떠냐는 물음에 좋다고 대답했다. 여자는 잘 있느냐는 물음에는 네, 라고 얼버무렸다. 여자를 바꿔 달랄까 봐 서둘러 전화를 끊었다.

거짓말이 서툰 명제였다. 거짓말을 해야 할 때면 차라리 침묵을 택했고 진실을 말해야 할 때도 종종 침묵했다. 자신의 진실이 다른 사람에게는 거짓일 수도 있었으니까. 의례적인 말을 해야 할 때도 침묵의 성벽 뒤로 숨었다. 말은

거추장스럽고 더러운 것이었다. 야구를 할 때 좋았던 점은
말이 필요 없다는 것이었다.

여자의 행방을 짐작조차 할 수 없었다. 명제는 두 시간
쯤 방 안을 서성거리다 무작정 밖으로 나섰다. 여자의 스
카프를 꼭 쥔 채. 빨간 구두도 쇼핑백에 챙겼다. 뾰족해진
여자의 마음을 누그러뜨리는 데 도움이 될 거라는 계산이
었다. 지금쯤 여자는 새 구두를 팽개치고 간 것을 후회하
고 있을 테니.

명제는 길을 걷다 공중전화 부스가 나타날 때마다 들어
갔지만 소득이 없었다. 다리가 아파 한 발짝도 뗄 수 없게
되자 무작정 버스에 올라탔다. 한강을 건널 때는 인천항을
떠나던 밤이 떠올라 심란했다. 어디서부터 어긋났는지 알
수 없었다. 불운은 행운과 달라서 그전에 일어난 모든 일
이 원인인 성싶었다. 여행사가 망한 것, 제주행 페리에 올
라탄 것, 바람 쐬러 뱃전으로 나간 것. 예외가 없지는 않았
다. 서정우. 불운을 불러들인 것들의 목록에 그 이름은 없
었다. 자존심을 지키기 위한 의도적인 삭제였다.

명제는 을지로 입구에서 내렸다. 정확히 말하자면 내리
고 보니 을지로 입구였다. 트렁크를 끌고 가는 젊은 여성이
눈에 들어와 황망히 내렸지만 열 명 남짓한 남녀가 모두
트렁크를 끌고 있었고 맨 앞 사람 손에는 여행사 깃발이
들려 있었다.

명동 쪽으로 걸으면서도 공중전화 부스가 보일 때마다 들어갔다. 열한 번째 부스에서 나올 때는 여자와 다툰 이유를 잊었고 열두 번째 부스에서 나올 때는 여자와 다퉜다는 사실조차 가물가물했다. 오로지 여자를 찾아야 한다는 각오뿐이었다. 여자는 불행이라는 용에게 끌려간 거야. 여자를 구하기 위해서는 용의 은신처부터 찾아야 해.

용의 사주를 받은 어둠이 사위를 조여들었다. 바람도 거세졌다. 옷깃을 여미려는 순간 스카프가 손에서 빠져나갔다. 스카프는 바람을 타고 날아올랐다. 명제는 사람들 틈을 비집으며 필사적으로 쫓았다. 스카프를 놓치면 영영 여자를 찾을 수 없을 것만 같았기에.

세상 끝까지 날아갈 것 같던 스카프가 어느 상가 2층 간판에 걸렸다. ×용의 전당, 가위손. 첫 글자는 스카프에 가려져 읽을 수 없었다. 스카프를 올려다보던 명제의 눈에 저 멀리 우뚝 서 있는 거대한 탑이 들어왔다. 남산타워였다.

명제는 택시를 잡아타고 용의 탑으로 한달음에 달려갔다. 예감이 맞았다. 여자는 남산타워 전망대에 있었다. 여자의 눈이 촉촉했다.

—왜 이제야 왔어?

—차가 밀렸어.

—오늘은 별이 안 보여.

—저 아래 많아.

―불빛이잖아.

―어떤 사람들에게는 별이야. 우리 것도 있어.

―불 켜 놓고 온 거야?

―불 꺼진 집에 들어가는 건 싫거든.

―그건 뭐야.

―구두.

―아!

―신어 봐.

―지금?

명제는 한쪽 무릎을 세우고 앉아 그 위에 구두를 올려놓았다. 여자가 발을 내밀어 구두를 신었다. 여자는 발이 작아 빨간 구두가 잘 어울렸다.

―예뻐.

―정말?

명제가 웃으며 고개를 끄덕였다. 여자가 명제의 팔짱을 꼈다.

―트렁크는?

―근처 호텔에 방을 잡아 뒀어.

―집에 안 들어올 작정이었어?

―찾아오기 전까지는.

여자가 미소를 지었다. 명제는 날아갈 것 같았다. 이제 불운은 얼씬도 못 할 것이었다.

욕조에 물을 채우기 전 확인해야 할 것

결혼은 연애의 무덤이라던 셰익스피어의 경고는 옛말이 되었다. 셰익스피어가 살던 시절에는 멀티플렉스 영화관이, 패밀리 레스토랑이, 24시간 편의점이, 대형 할인 마트가 없었다. 이제는 무덤에서도 연애가 가능했다. 데이트 뒤 한집에 들어온다는 점만 빼면 연애 시절과 다를 바 없었다. 게다가 엄마와 떨어지게 돼 장미는 날아갈 듯 홀가분했다. 솔직히 말하자면, 엄마의 눈을 피해 마음이 맞는 사내애와 장롱에 숨은 기분이었다.

어떤 이들은 시댁 식구들과 부딪칠 때 결혼 사실이 새삼 뼈저리다고들 했지만 장미에게는 먼 나라 얘기일 뿐이었다. 시어머니는 없었고 시아주버니는 바빴으며 두 명의 시고모는 왕래가 드물었다. 그리고 시아버지는 무심했다.

엄마는 콩가루 집안에 시집가서 팔자가 늘어졌다며 비아냥댔다.

남자는 집들이하자는 소리도 입 밖에 내지 않았다. 넌지시 물었더니 안 해도 된다고, 밖에서 한턱내면 된다며 손사래를 쳤다. 본래 왁자한 자리를 즐기는 타입이 아니기는 했다. 손 안 대고 코 푼 기분이었다. 그래도 직장 생활이 걱정돼 재차 떠보았다.

—안 해도 된다고 했잖아. 왜 같은 말을 또 하게 만들어?

과민한 반응이 뜨악했지만 남자의 마음이 바뀔까 봐 더는 왈가왈부하지 않았다.

누군가 그랬다. 잠잠해진 휴대전화가, 적막해진 메일 보관함이 결혼 사실을 쓸쓸히 일깨운다고. 역시 장미와는 무관한 얘기였다. 결혼 뒤에도 휴대전화는 분주했고 메일 보관함은 북적거렸다. 결혼식에 못 가 미안하다는 둥, 언제 저녁이나 먹자는 둥 옛 애인은 수시로 문자를 날렸지만 장미는 눈 하나 깜짝하지 않았다. 사내들은 여자 친구의 옷을 벗기기 전에 가장 다정한 법이니까. 그것을 깨우쳐 준 장본인이 바로 헤어진 애인이었다.

장미가 결혼을 실감하는 때는 일요일이었다. 예전에는 학교나 직장을 쉴 수 있어 좋았지만 결혼 뒤에는 집에 있는 게 마냥 좋지만은 않았다. 밀린 집안일을 해야 했으니까. 남자와 분담하기는 했다. 빨래는 장미 몫이었고 청소는 남자가 맡았다. 청소를 마치면 남자는 통닭이나 피자를 시켜 먹으며 축구 중계나 비디오를 보았다. 바람을 쐬러 가자고 하면 피곤하다며 하품을 해 댔다. 실제로 졸기도 했다. 어쩌다 시댁을 찾아간 일요일에도 시아버지와 소파에 나란히 앉아 텔레비전만 봤다. 집에서와 다른 점이 있다면 축구 중계가 아니라 야구 중계를 본다는 것뿐이었다.

결혼 후의 일요일은 더 이상 예전의 일요일이 아니었다. 빛나던 연애 시절의 광휘는 돌돌 말린 양말을 펼 때 풀썩거리는 먼지 속에서 창백해졌다. 정리 정돈이 철저한 남자였지만 신던 양말을 공처럼 말아서 아무 데나 던져 놓는 버릇이 있었다. 다리가 달린 가구 밑은 다 들여다보아야 했다. 심지어 책상 서랍에서 나온 적도 있었다. 공처럼 돌돌 말린 것은 양말이 아니라 흘러가 버린 호시절, 돌아갈 수 없는 청춘의 황금기 같았다. 잔소리도 소용없었다.

양말에 관한 잔소리가 길어질수록 남자의 대답은 짧아졌다. 결혼한 이듬해 봄에는 급기야 아무 대꾸도 하지 않게 되었다. 그러던 어느 일요일, 빨래 바구니에 담긴 남자의 바지 주머니에서 대공원 입장권이 나왔을 때도 그랬다.

—내 말이 안 들려?

장미의 목소리가 가팔랐다.

그즈음 장미는 신경이 곤두서 있었다. 직장에 불어닥친 구조 조정의 찬바람 때문이었다. 지점마다 정리 해고 인원이 할당되었다. 명예퇴직 희망자가 없으면 지점장이 칼을 빼 들어야 했다. 직원들은 목을 잔뜩 움츠린 채 눈치만 살폈다. 장미의 입지는 취약했다. 맞벌이인 데다 애도 없었다. 이참에 그만둘까 싶기도 했다. 애당초 엄마가 원한 직장이었다. 어디서 듣고 왔는지 유니폼 입는 직업을 골라야 인생이 술술 풀릴 거라며 성화였다. 귀가 얇기도 했지만 장미는 자신의 적성이 오리무중이었다. 무엇보다 인생의 향방을 결정해야 한다는 게 두려웠다. 대학의 전공도 엄마가 정해 준 거였다. 다른 나라 말을 배워야 할 팔자라 했다.

—어?

남자가 텔레비전에 시선을 고정한 채 말했다. 그것은 말이 아니라 소리에 불과했다. 남자는 부쩍 말수가 줄었다. 멍한 눈길로 앉아 있기 일쑤였다.

—요새 왜 그래?

—뭘?

남자의 눈길은 여전히 텔레비전에 붙들려 있었다. 또 축구 중계였다.

장미가 텔레비전을 끄자 남자는 애지중지하던 장난감을 빼앗긴 아이의 얼굴로 쳐다보았다.

—금요일 낮에 대공원에는 왜 간 거야?

장미는 대공원 입장권을 남자의 눈앞에 들이밀었다. 남자의 미간이 좁아지는가 싶더니 눈빛이 흔들렸다.

—그러니까…….

남자는 선뜻 대답을 못 했다. 장미는 남자가 말을 잇기를 기다렸다.

—새로 투자한 영화 촬영 현장을 보러 간 거야.

—딴 여자랑 놀러 간 건 아니고?

—그 시간에? 놀이 기구도 못 타는 내가?

결혼 전 남자와 대공원에 놀러 간 적 있었다. 장미의 애원에도 불구하고 남자는 놀이 기구 근처에도 가지 않으려 했다. 왜 돈을 내면서까지 비명을 지르는지 이해할 수 없다며 동물원 주변만 얼쩡거렸다. 만에 하나 남자가 바람을 피우더라도 절대 가지 않을 곳을 꼽으라면 단연 대공원이었다.

장미는 욕조에 따뜻한 물을 채우고 몸을 담갔다. 남자를 텔레비전에 빼앗긴 오후면 목욕을 하거나 책을 읽거나 산책을 나갔다. 그럴 때면 장미는 나른한 고독에 젖었다. 언제나 모든 걸 함께하는 게 결혼 생활이라고 믿었다. 그래서 룰도 모르는 축구 중계를 억지로 보기도 했다. 하지만 스물두 명의 건장한 사내들이 90분 동안이나 공 하나를 쫓아 다니는 단조롭고 원시적인 경기는 지루하기 짝이 없었다. 비디오를 함께 보는 것도 여의치 않았다. 장르를 가리지 않는 남자였지만 로맨틱 코미디는 예외였다. 내용이 빤하다고, 낯간지러운 대사들이 싫다며 멀리했다. 연애 시절에는 극장까지 가서 군말 없이 보았던 터라 섭섭한 마음을 가눌 수 없었다.

여느 때 같으면 아바의 노래를 흥얼거렸을 테지만 그날따라 장미의 입은 무거웠다. 무거운 것은 입이 아니라 마음이었다. 왠지 마음 한구석이 찜찜했다. 남자의 해명이 석연치 않았다. 영화 촬영 현장까지 챙긴다는 얘기는 금시초문이었다. 뭔가 감추고 있다는 느낌을 떨칠 수 없었다. 평일 낮의 대공원 입장권은 남자만의 은밀한 영역으로 들어가는 티켓인지도 몰랐다. 푸른 수염의 지하실 열쇠처럼.

장미에게도 비밀이 있었다. 서정우에게 메일을 보낸 것은 베풀어 준 호의에 대한 인사를 위해서였다. 인천항까지 태워 줘서 감사하다고, 호텔 방을 얻어 줘서 고맙다고 적었다. 덕분에 신혼여행을 즐겁게 다녀왔다고도 했다. 서정우도 곧장 답장을 보내왔다. 당연히 해야 할 도리를 했을 뿐이라고, 도움을 줄 수 있어서 기뻤다고, 신혼여행이 즐거웠다니 다행이라는 의례적인 내용이었다. 그 뒤로도 메일 왕래는 드문드문 이어졌다. 안부를 묻는 짧은 글만 보내는 장미였지만 서정우의 메일을 열 때는 은근한 기대에 가슴이 설렜다. 하지만 비가 오면 비가 온다고 눈이 오면 눈이 온다고 볕이 좋으면 볕이 좋다고 말하는 게 다였다. 강원도 기상관측소에서 보내는 메일 같았다. 장미는 내심 실망했고 실망하는 자신에 놀랐다. 죄의식은 느끼지 않았다.

그랬다면 애당초 메일 같은 건 보내지 않았으리라. 비가 오면 비가 온다고 눈이 오면 눈이 온다고 볕이 좋으면 볕이 좋다고 건네는 인사는 죄의식과 무관했다. 비와 눈과 볕에게는 죄가 없다. 죄는 비와 눈과 볕을 핑계 삼는 마음에게 있는 법. 비가 와서 그립다고, 눈이 내려 심란하다고, 볕이 좋아 쓸쓸하다는 마음들에게. 기별은 잊을 만하면 날아왔다. 비가 오거나 눈이 내리거나 볕이 좋은 날. 읽은 메일을 지우지는 않았다. 메일 보관함에는 비와 눈과 볕이 쌓여갔다.

서정우에게 답장을 보낸 날이면 남자와 오래 몸을 섞었다. 다음 날 아침에는 평소보다 일찍 눈을 떴고 남자가 자는 모습을 새벽의 늙은 어둠 속에서 물끄러미 지켜보곤 했다. 남자는 38킬로미터 지점을 통과하는 마라토너처럼 입을 앙다물고 있었다. 장미는 남자의 발바닥을 간질였다. 남자의 입이 오므라들면서 슬쩍 벌어졌다. 젖을 빨고 난 아이처럼. 길고 막막한 밤의 바닥을 다진 남자의 고독한 레이스가 끝나는 때였다.

장미는 목욕을 마치고 서정우에게 안부 메일을 보냈다. 밤에 남자와 몸을 섞지는 않았다.

운명의 오프사이드

　명제는 일요일이 탐탁지 않았다. 엄마가 죽은 뒤로는 더 그랬다. 아버지는 낚시 여행을 떠나고 형은 병원에 매여 있어 혼자 집을 지키기 일쑤였다. 밀린 집안일은 명제의 손길만 기다렸다. 빨래가 특히 고역이었다. 남자 셋이 쌓아 둔 빨래는 만만치 않았다. 차곡차곡 개켜진 빨랫감은 아버지 것이었다. 양말조차 짝을 맞춰 나란히 내놓았다. 엄마 살아생전에는 말아서 아무 데나 던져 두던 아버지였다. 꼼꼼한 성격에 어울리지 않는 버릇을 고친 것은 엄마의 죽음이었다.

　집안일을 마치면 피자나 통닭을 시켜 먹으며 비디오를 보거나 스포츠 중계를 시청하곤 했다. 영화는 로맨틱 코미디만 아니면 괜찮았고 스포츠는 주로 축구를 보았다. 명제는 축구의 단순성이 마음에 들었다. 단순할수록 진리에 가깝다는 '오컴의 면도날' 이론도 있지 않은가. 베컴의 면도날 같은 크로스를 특히 좋아했다. 베컴의 크로스는 축구라는 스포츠가 추구하는 단순성을 아름다움의 경지로 끌어올린 마법이었다. 명제가 야구를 했던 건 전적으로 아버지의 관심을 끌기 위해서였다. 아버지는 야구광이었다.

명제가 여자와의 결혼을 결심하게 된 것도 어느 일요일 오후 축구 중계를 보면서였다. 여자를 다시 만난 지 3주쯤 지난 일요일이었다. 득점 없이 탐색만 거듭되는 지루한 게임이었다. 하품을 하던 명제는 문득 일요일 오후 축구 중계를 함께 볼 사람이 있으면 좋겠다는 생각을 했다. 그때 떠오른 게 여자였다.

결혼 후 숱한 일요일이 지나갔지만 명제가 꿈꿨던 일요일은 꿈일 뿐이었다. 여자는 스포츠에 젬병이었다. 여자와 축구를 보기 위해서는 오프사이드 같은 기본적인 룰부터 설명해야 했다.

—공격수는 수비수보다 상대 골문으로부터 한 발짝이라도 더 가까운 곳에서 패스를 받을 수 없어.

—왜?

여자가 천진한 표정으로 물었다.

—상대편 골문 앞에서 기다리다 패스를 받으면 골 넣기가 너무 쉬울 테니까.

―골이 많이 나야 재미있는 거 아냐?

―상상해 봐. 서로 상대 골문 앞에만 공격수들이 진을 치고 있는 상황. 수비수들도 막기 위해 골대 앞으로 몰려들 테지. 그러면 골대 앞에만 선수가 득시글하겠지.

―그러면 안 돼?

―외계인이 있다고 생각해?

―갑자기 웬 외계인?

―외계인은 분명히 있어.

―어떻게 장담해?

―지구에만 생명체가 살 거라면 우주가 그리 드넓을 필요가 없을 테니까.

―오프사이드랑 무슨 상관이야?

―하나를 알면 열을 안다. 유추의 원리지. 골대 앞에만 모여 있을 거면 축구장이 그리 넓을 필요가 없잖아?

명제가 혀를 차며 말했다.

그날 밤 명제가 가슴을 만지작거리자 여자는 손길을 뿌리치며 말했다.

―오프사이드야.

―뭐?

―키스를 빼먹었어.

여자가 입을 삐죽이며 대답했다.

일부러 키스를 생략한 것은 아니었다. 다만 필요성을 못

느꼈을 뿐. 그것은 골과 상관없이 주고받는 무의미한 패스와 다를 바 없었다. 백패스처럼.

　—생략하면 안 돼?

　—몸도 안 풀고 시합에 나가려고?

　—뛰다 보면 풀려.

　—야구할 때도 그랬어?

　—야구 얘기가 갑자기 왜 나와?

　—하나를 알면 열을 안다. 유추의 원리야.

여자가 돌아누우며 쏘아붙였다. 침대에서 등을 보이는 것은 일종의 옐로카드였다.

결혼 이듬해 봄의 어느 일요일, 여자가 대공원 입장권을 들이댔을 때도 명제의 눈에는 옐로카드로 보였다. 이미 운명의 신으로부터 몇 차례 받아 본 적 있었으므로 낯설지는 않았다.

결혼 휴가가 끝나고 회사에 출근한 날 명제를 기다린 것은 나라의 외환 금고가 바닥나서 국제통화기금에 손을 벌려야 한다는 뉴스와 회사의 파산 소식이었다. 운명의 신이 또 휘슬을 불었다. 행복의 골 망을 흔들 결정적인 순간마다 들려오던 냉혹한 파열음. 오프사이드라고, 너무 쉽게 행복을 얻으려 했다고, 인생은 그리 만만치 않다고 운명의 신이 보내는 날카로운 경고였다. 전국 중학교 야구 대회 결승행을 다툴 때, 의대를 거푸 지원할 때, 첫사랑에 빠졌을 때 그랬던 것처럼.

오프사이드를 지적 받은 선수들의 반응은 각양각색이다. 심판에게 항의하기도 하고, 동료를 탓하기도 하고, 자신을 책망하기도 한다. 명제는 감독의 눈치를 보는 타입이었다. 운명의 신으로부터 경고를 받을 때마다 아버지는 새로운 작전을 주문했다. 결정적인 시합을 망쳤을 때는 수학 참고서를 내밀었고 첫사랑이 아스팔트에 부딪힌 화염병처럼 산산조각 났을 때는 입영 통지서를 내밀었다. 이번만큼은 사정이 달랐다. 감독의 귀에는 운명의 휘슬이 들리지 않을 테니까. 문제는 여자였다. 명제는 여자의 실망과 마주할까 봐 두려웠다. 결정적인 순간 스트라이크를 던지지 못하고 공을 그라운드에 패대기친 이유를 그제야 알 것 같았다. 두려움 때문이었다. 아버지를 실망시킬지도 모른다는 두려움. 인정받고 싶다는 열망만큼 깊은.

국민은 바닥난 나라의 곳간을 채우기 위해 금붙이를 모셔 둔 장롱 서랍까지 열었지만 기업들은 고용의 문을 굳게 닫아걸었다. 그나마 가뭄에 콩 나듯 생긴 자리에는 엄청난 지원자가 몰렸다. 이력서를 수십 번 냈지만 면접을 보기도 힘들었다. 직장 구하는 것만큼이나 직장에 다니는 행세도 쉽지 않았다. 여자에게 사실을 털어놓을 수는 없었다. 명제에게는 이러지도 저러지도 못하는 방황의 나날이었다.

운명의 신은 우유부단한 사내를 혐오한다. 운명을 관장하는 것은 여신이니까. 운명의 신의 눈 밖에 난 명제가 할 수 있는 것은 많지 않았고 해야 할 것은 많았다. 시간을 때우는 게 가장 힘겨웠다. 실직 사실을 감추기 위해서는 아침부터 저녁까지 밖으로 돌아야 했다. 적은 돈으로 오래 머물 수 있는 곳은 그리 많지 않았다. 게다가 아는 사람의 이목을 피할 수 있어야 했다. 대공원은 그런 곳이었다.

—새로 투자한 영화 촬영 현장을 보러 간 거야.

하나의 거짓을 지키기 위해 얼마나 더 많은 거짓이 필요할지 막막했지만 당장의 불은 꺼야 했다.

—딴 여자랑 놀러 간 건 아니고?

명제는 안도했다. 즉흥적인 거짓말이 먹혔으니까. 자신이 초라하고 한심하기도 했다. 그래서였을까. 풀 죽어 있던 성욕이 독 오른 뱀처럼 고개를 쳐들었다. 명제는 여자의 입술을 물어뜯듯 빨았다.

—빨래해야 해.

여자가 명제를 밀어내며 말했다.

—이따 해.

명제는 여자를 소파에 눕혔다.

여자의 가슴을 주무르는 명제의 숨이 거칠어졌다. 거친 숨을 몰아쉬며 명제는 1986년 멕시코 월드컵 8강전의 마라도나처럼 상대 골문을 향해 거침없이 공을 몰았다. 젖꼭지를 돌려세우고 젖가슴 사이를 파고들고 배꼽을 무너뜨리고 불두덩을 함락하며 파죽의 기세로 전진했다. 여자의 골 망이 출렁일 때까지. 출렁이는 골 망 너머로 명제는 천국을 엿보았다.

—사랑해.

명제가 여자의 귀에 대고 속삭였다. 섹스 뒤 마음의 빗장을 풀고 누워 있을 때 여자가 가장 사랑스러웠다.

—뭐라고?

—사랑한다고.

—짐승. 축구 중계 보다가 그럴 수 있어?

—…….

—다음 주 목요일 저녁 시간은 비워 뒀지?

—왜?

—아빠 생신이라고 얘기했잖아.

—그랬던가?

—어쩜 그럴 수 있어? 나는 당신 아버지는 물론이고 형생일까지 기억하는데.

명제는 담배를 입에 물고 불을 붙였다.

—선물은 내가 살 테니 저녁이나 사. 결혼하고 처음 맞는 생신이니까 근사한 데서 대접했으면 좋겠어. 괜찮지?

—응.

명제는 마음이 무거웠다. 잠시 자리를 비웠던 근심이 돌

아왔다. 세상에 공짜는 없었다. 천국을 맛본 대가를 치를
차례였다. 천국행 열차 표는 왕복권이고 후불제였다.

푸른 수염이 지하실에 감춰 둔 것

　　결혼 전 장미는 남자와 몇 가지를 약속했다. 대부분 금전 문제였다. 월급은 각자 관리하기, 생활비는 갹출하기, 저축은 함께하기, 집 마련 전에는 아이를 갖지 않기. 장미가 제안했고 남자가 동의했다. 마지막 항목만 빼고. 출산을 미루자는 남자의 제안은 뜻밖이었다. 장미는 가급적 아이를 빨리 갖고 싶기도 했다. 토를 달지는 않았지만 헛헛함은 어쩔 수 없었다.

　　어릴 적 장미는 엄마가 학교에 올 때만큼은 자랑스러웠다. 또래의 엄마보다 젊었으니까. 장미가 초등학생일 때는 막내 이모냐는 소리를 들었고 중고등학교 시절에는 큰언니냐는 말을 들었다. 뭐가 그리 급했는지 엄마는 열여덟에 장미를 낳았다. 장미가 배 속에 들어서는 바람에 진학도 포기해야 했다. 그래서였을까. 엄마는 장미 때문에 인생이 꼬였다는 말을 서슴없이 내뱉었다. 장미는 억울했다. 저지르지도 않은 죄 때문에 벌을 받는 기분이었다.

장미는 좋은 엄마가 될 자신이 있었다. 엄마와 반대로만 하면 될 터였다.

—나, 회사 그만둘까?

아빠 생신날 밤, 남자 곁에 누우며 넌지시 물었다.

—그만두면?

—아이나 낳아 기르지.

—안 돼.

남자의 목소리가 단호했다.

—왜?

—약속은 약속이니까. 집 장만하고 갖기로 했잖아.

—약속을 그리 중요하게 여기는 사람이 이달 생활비는 왜 감감무소식이야?

—다음 주에.

—회사에서 안 좋은 일 있었어?

—갑자기 회사 얘기가 왜 나와?

—저녁 식사 내내 돌 씹은 얼굴이었잖아.

—내가?

—요즘 대체 왜 그래? 무슨 고민 있어?

—없어.

—그런데 담배는 왜 그리 많이 피워?

—장인 앞에서는 안 피웠거든.

—옷에 늘 담배 냄새가 찌들어 있잖아.

—옛날에는 향기롭다더니.

남자는 등을 보인 채 돌아누웠다. 남자의 등이 거대한
벽 같았다. 다투려고 말을 꺼낸 것은 아니었는데 말을 섞
다 보니 언성이 높아졌다. 요즘 부쩍 그랬다. 뭐가 문제인
지 알 수 없었다. 속상하고 섭섭했다. 돈 앞에서 아등바등
해야 하는 현실이 속상했고 진심을 몰라주는 남자가 섭섭
했다. 회사를 그만두고 싶다는 뜻을 내비쳤을 때 장미가
원한 것은 조언이 아니라 위로였다. 애정이 담긴 따뜻한 한
마디. 하지만 남자는 섹스 직후에만 다정했다.

남자는 축구 중계를 보다가도 섹스가 동했지만 장미는
남자에게 사랑을 느낄 때만 몸이 열렸다. 정확히 말하자면
남자의 사랑을 느낄 때만 몸이 열렸다. 완전히 내 편이라
는 믿음으로 가슴이 벅차올라야 속살은 꽃망울을 터뜨렸
다. 제 편이 골을 넣을 때 포효하는 골키퍼의 환한 얼굴처
럼. 어느 날 남자와 축구 중계를 보다 장미는 궁금해졌다.
자책골을 허용한 골키퍼는 어떤 심정일까? 털보 선배한테
서 걸려 온 한 통의 전화가 답을 가르쳐 주었다.

—명제 요즘 뭐해? 생각해 본다더니 통 연락이 없네. 전
화도 안 받고.

—회사로 해 보세요.

—취직했어?

—네?

—어, 혹시 몰랐던 거야? 괜한 말을 했나.

장미는 뒤통수를 얻어맞은 기분이었다. 정신을 추스르고 나서야 겨우 입을 열 수 있었다.

—알아요. 친구가 소개해서 임시로 나가는 데가 있어요.

장미는 서둘러 전화를 끊었다. 가슴에 축구공만 한 구멍이 뚫린 듯했다. 곧장 남자에게 연락했지만 신호 음만 들렸다. 네 번째 시도 만에 목소리를 들을 수 있었다. 주변이 소란스러웠다.

—왜 이리 시끄러워?

—외근 나왔어. 저녁 먹고 들어가자고?

—오늘은 집에서 먹어.

—웬일로?

—그냥. 그러고 싶어.

장미는 퇴근길에 집 근처 마트에 들러 남자가 좋아하는 낙지볶음과 해물탕 거리를 샀다. 서툰 솜씨였지만 시간과 공을 들여 정성껏 상을 차렸다. 하지만 남자는 음식에 대해 일언반구도 없었다.

—요새는 회식이 뜸하네?

장미가 남자의 눈치를 살피며 물었다.

―어.

남자는 낙지볶음을 젓가락으로 뒤적거리며 대답했다.

―어떤 영화에 투자 중이야?

―이런저런.

남자의 시선은 여전히 텔레비전에 꽂혀 있었다.

―낙지볶음은 어때? 오랜만이라 간을 못 맞추겠더라고.
좀 짜지?

―응.

남자가 건성으로 대답했다.

―못 먹겠어?

―어.

장미는 숟가락을 소리 나게 내려놓았지만 남자의 고개
는 요지부동이었다. 장미는 낙지볶음이 담긴 접시를 집어
들고 부엌으로 가 음식을 쓰레기통에 몽땅 버렸다.

―뭐해?

남자는 그제야 장미를 쳐다보며 물었다.

―짜서 못 먹겠다면서?

―언제?

―방금 그랬잖아. 정신이 딴 데 가 있으니 내 말이 귀에
들어올 리 없지.

―그렇다고 먹고 있는 걸 버려?

―얼마나 힘들여 장만한 건지 알기나 해?

장미는 눈물이 앞을 가렸다. 배신감 때문이었다. 실직은 넘어갈 수 있었지만 거짓말은 참기 힘들었다. 믿음마저 무너지면 자책골을 넣은 수비수는 상대편 공격수나 다름없었다.

―다음 달부터 생활비 올려야겠어. 너무 빠듯해.

장미가 휴지로 눈물을 닦으며 말했다.

과거는 현재의 미래다

　낙지볶음을 얼마나 공들여 장만했는지 아느냐고 여자
가 항변했을 때 명제가 정작 하고 싶은 말은 따로 있었다.
미안해. 마음은 미안해서 개펄인데 입 밖으로 튀어나온
말은 마른 모래였다. 속내를 표현하는 데 서툰 명제였다.
사랑한다는 말은 힘겨웠고 미안하다는 말은 더 힘겨웠다.
자라면서 들어 본 적 없었으니까. 아버지는 감정이 담긴
말을 한 번도 들려주지 않았다. 말 자체에 인색했다. 이제
껏 아버지와 나눈 대화를 녹음한다면 카세트테이프 한 면
이면 충분할 터였다. 침묵은 집안 내력이 되어 버렸다.
　침묵에 길들여진 명제는 말을 믿지 않았다. 누군가 그랬
다. 인간이 말을 만든 것은 진실을 드러내기 위해서가 아
니라 감추기 위해서라고. 그 말만큼은 그럴듯했다. 명제는

눈물도 믿지 않았다. 눈물은 가증스럽고 요망한 것이었다. 진실이 아니라 감정을 강요하니까. 그러나 언제부턴가 여자의 눈물이 부럽기도 했다. 여자가 눈물지을 때마다 움츠러든 것은 제 침묵이 견딜 수 없이 초라해서였다.

눈물을 수습한 여자가 생활비를 올리겠다고 했을 때도 명제는 미안한 마음을 감추기 위해 침묵했다. 돈 융통할 길을 모색하느라 머리가 분주하기도 했다. 피시방 시급으로는 어림없었다. 그나마 이제껏 버틴 것은 신용카드 덕이었다. 기왕의 카드 빚을 막기 위해서는 새 카드가 필요했다. 이토록 오래 속이게 될 줄은 몰랐다. 거짓은 인중에만 쌓이는 듯, 시간이 흐를수록 입을 떼기가 더 힘들어졌다.

재취업의 기회가 아주 없지는 않았다. 어디서 소식을 들었는지 털보 선배가 전화했다. 온라인 야구 게임을 구상 중이니 힘을 보태라는 것이었다. 당장은 영세해도 성장 잠재력만큼은 무궁무진하다고도 했다. 생각해 보겠다며 전화를 끊었지만 탐탁지 않았다. 명제는 주머니가 바닥난 노름꾼처럼 초조했다. 털보 선배가 약속한 급여로는 한 번의 베팅조차 할 수 없었다. 일단 발을 담그면 의리 때문에 발을 빼기도 쉽지 않을 테고. 털보 선배에게 가타부타 연락하지 않은 것은 거절의 말을 하기가 두려워서였다.

그즈음 명제에게는 두려운 게 많았다. 처가 식구의 생일이, 결혼기념일이, 카드 결제일이 두려웠다. 여자의 생일도 두려웠다. 두려워서 잊고 싶었고 실제로 잊었다. 6월의 어느 날 아침, 저녁에 뭐할 거냐고 여자가 물었을 때도.

—회식 있는데.

대치동에 수학 전문 학원을 차린 고등학교 동기를 만나기로 했으니 새빨간 거짓말은 아니었다. 저녁이나 먹자며 연락한 쪽은 명제였다. 보수만 괜찮다면 학원에서 일할 용의도 있었다.

—그렇구나.

여자의 눈빛에 그늘이 졌다. 잔불마저 꺼진 숯처럼 컴컴한 눈빛.

피시방 카운터에 앉아 있는 내내 여자의 눈빛이 눈에 밟혔다. 그날이 여자의 생일이라는 사실을 일깨워 준 것도 그 눈빛이었다. 명제는 교대할 아르바이트생에게 부탁해 평소보다 일찍 피시방을 나섰다. 동기와의 약속도 취소하고 광화문 쪽으로 향했다. 가는 길에 꽃다발도 샀다. 여자 나이만큼의 백장미를.

더는 속일 수 없었다. 문제는 지나간 거짓이 아니라 다가올 거짓이었다. 얼마나 더 많은 거짓말을 해야 할지 알 수 없다는 것. 명제를 괴롭힌 것은 바로 그 불확실성이었다. 불투명한 것은 미래로 족했다. 당장의 안개는 걷어 내야 했다. 하지만 의심은 뭔가를 기대하는 순간 찾아오기 마련이었다. 이번에도 그랬다. 여자는 자리에 없었다. 몸이 불편해 일찍 퇴근했다는 것이었다.

명제는 여자에게 전화했다.

— 오늘 약속 있어?

시치미를 떼며 물었다.

— 회식 있다며. 나도 친구 만나기로 했어. 늦을 거야.

누구? 라는 말이 입안에 맴돌았지만 알았다고 말한 뒤 전화를 끊었다. 불투명한 것은 미래뿐만이 아니었다. 현재 조차 장담할 수 없었다. 명제는 짙은 안개 속에 던져진 기분이었다.

치즈케이크와 와인까지 사 놓고 기다렸지만 여자는 자정이 넘도록 귀가하지 않았다. 연락도 없었다. 전화를 걸 때마다 고객이 전화를 받을 수 없다는 메시지만 들렸다. 불길한 상상이 꼬리를 물었다. 마침 프랑스 월드컵 개막일이어서 밤새 개막식과 개막전을 지켜봤다. 개막전은 브라질의 신승이었다. 스코틀랜드는 디펜딩 챔피언을 맞아 선전했지만 결승 골을 자책골로 내주고 말았다. 이변은 없었다. 축구는 브라질이 이기고 이탈리아가 지지 않는 스포츠였다.

월드컵도 불안을 몰아내지는 못했다. 명제는 좀체 눈을 붙일 수 없었다. 여자가 연락한 것은 날이 밝은 뒤였다. 술을 마시다 필름이 끊기는 바람에 친구 집에서 잤다며 곧장 출근하는 길이라고 말하는 여자는 태연했다. 별일 없어

다행이라는 안도보다 연락도 않은 무신경이 야속했지만 아무것도 묻지 않기 위해 명제는 이를 악물었다. 추궁하면 거짓말만 더 듣게 될 것이었다. 명제는 진실을 듣는 것만큼이나 거짓말을 듣는 것 또한 두려웠다. 진실을 들으면 자신을 미워하게 될 것 같았고 거짓말을 들으면 여자를 미워하게 될 것 같았다.

─할 말 없어?

그날 저녁 여자가 물었을 때 명제는 더 물러설 곳이 없음을 직감했다. 여자가 원하는 것은 진실이었다. 사랑에 관한 진실. 애정이 건재한지 확인하고 싶은 간절한 욕망. 명제는 여자를 여전히 사랑했다. 문제는 그것이었다. 사랑하기 때문에 상대도 그런지 확인하고픈 욕망이 더 간절했다. 마침내 명제가 입을 열었다.

─어제 회사에 갔었어.

여자의 얼굴이 데스마스크처럼 굳어졌다.

─갑갑해서 바닷가에 바람 쐬러 갔어.

─왜 거짓말했어?

─나는 거짓말한 적 없어.

짚이는 구석이 있었다. 바닷가에 있는 친구, 하룻밤의 추억도 어색하지 않은 인연, 입에 올리고 싶지 않은 이름. 명제는 여자의 뻔뻔함에 치가 떨렸다.

─거짓말은 당신 전공이잖아. 남편 실직 소식을 대학 선

배한테 들어야겠어?

침통한 목소리로 소리치는 여자의 눈꺼풀이 파르르 떨렸다.

명제의 숨통을 조이던 죄책감의 첫대는 여자의 거짓 앞에서 맥없이 부서졌다. 죄책감이 사라진 자리에 들어선 것은 분노였다. 여자가 실직 사실을 모른 체해서, 바닷가에 간다는 걸 숨겨서 분한 건 아니었다. 바닷가에서 만났을 사내 때문이었다. 그간 여자에게 미안해한 게 억울했다. 무엇보다 자존심이 상했다. 제주행 페리 갑판에서 보았던 장면이 새삼스러웠다. 그 후로 계속 만나 온 것인지도 모른다. 불투명한 것은 미래도 현재도 아닌 과거였다. 모든 게 이미 그때 정해진 것이다. 그것이 참을 수 없었다. 자신이 바꿀 수 있는 게 애당초 전무했다는 것. 자존심을 지키기 위해 명제가 할 수 있는 일은 서정우의 이름을 입에 올리지 않는 게 고작이었다.

이기는 축구와 지지 않는 축구가 맞붙으면 어떻게 될까? 브라질과 이탈리아의 역대 전적은 5승 2무 5패였다. 무승부. 축구의 적은 야구나 농구가 아니라 무승부다. 사람들은 무승부를 싫어한다. 현실에도 널려 있으니까. 명제는 여자의 외박에 대해 더 추궁할 수 없었다. 진실을 강요하려면 먼저 자신의 거짓에 대해 사과해야 했으니까.

명제의 분노가 가라앉기 위해서는 신이 세상을 창조하

는 데 걸린 시일보다 이틀이 더 필요했다. 분노가 가라앉자 자괴감이 얼어붙은 쇠처럼 숨통을 조였다. 월드컵 경기를 보던 참이었다. 일요일 새벽이었고 상대는 네덜란드였다. 한국 대표 팀은 다섯 골을 먹는 동안 한 골도 넣지 못했다. 다섯 번째로 골 망이 흔들렸을 때 명제는 뼈에 사무치는 절망을 느꼈다. 세상은 무너졌고 다른 세상을 세울 희망은 보이지 않았다. 축구는 브라질이 이기고 이탈리아가 지지 않으며 한국이 경우의 수를 따지는 스포츠였다. 경우의 수를 따지는 것은 여자를 다시 만났을 때 한 번으로 족했다. 당장 할 수 있는 일은 패배를 깨끗이 인정하는 것뿐. 여자에게 짐이 되고 싶지는 않았다.

현재는 미래의 과거다

남자가 헤어지자고 했을 때 장미는 실망을 가눌 수 없었다. 짐이 되고 싶지 않다고 남자는 말했다. 못난 소리였다. 고작 그것밖에 안 되느냐고 소리쳤다. 혼인신고도 여태 안 했으니 복잡할 거 없다고 했을 때는 남자가 가여웠다. 가여워서 실망스러웠다. 장미가 원한 건 가여운 시종이 아니라 든든한 왕자였다. 개구리가 왕자가 되어 나타난 줄 알았는데 남자는 개구리로 돌아갔다. 내내 개구리였는지도 모른다.

짐이 되기 싫다는 말은 너무 그럴듯해서 외려 미심쩍었다. 진짜 이유는 따로 있을 거였다. 마음에 걸리는 게 있기는 했다. 남자는 외박에 대해 말을 아꼈고 아무 일도 없었던 것처럼 굴었다. 그래서 더 불편했다. 차라리 꼬치꼬치

묻고 성내는 편이 더 낫겠다 싶었다. 애정의 반대말은 증오가 아니라 무관심이니까. 하지만 지레 변명하기는 싫었다.

장미가 바닷가로 훌쩍 떠나기까지는 두 가지 일이 겹쳐야 했다. 남자의 거짓말과 서정우의 기별. 남자는 장미의 생일을 기억하지 못했다. 실직자 주제에 회식이 있다며 거짓말까지 늘어놓았다. 무신경은 견딜 수 있지만 뻔뻔함은 참기 힘들었다. 우울한 기분으로 출근한 장미는 평소처럼 이메일부터 확인했다. 서정우가 메일을 보내왔다. 생일 축하 메일인가 싶었지만 날씨와 계절에 대한 얘기와 안부를 묻는 인사뿐이었다. 여느 때와 아주 같지는 않았다.

바다가 보고 싶으면 언제든 놀러 와. 요즘은 농어가 좋아.

혼자 있고 싶어 분식집에서 사 온 김밥으로 점심을 때우는 내내 장미는 서정우의 메일을 곱씹었다. 마지막 두 문장이 마음 가장자리에 작은 파문을 일으켰다. 파문은 동심원을 그리며 마음 한복판으로 퍼져 나갔다. 김밥이 맨송맨송했다. 단무지가 빠졌다는 사실을 깨달은 순간 문득 바다가 보고 싶어졌다. 반이나 남은 김밥을 쓰레기통에 버렸다. 김밥만 버린 게 아니었다. 망설임도 함께 버렸다. 장미는 조퇴를 하고 삼척행 버스에 몸을 실었다. 서정우를 만나려면 삼척에서 차를 갈아타야 했다. 처음부터 하룻밤

묵을 계획은 아니었다. 밤늦게라도 서울로 돌아올 심산이
었다.

연락을 받은 서정우는 버스 정류장까지 마중 나왔다.
막연히 상상했던 모습과는 판이했다. 단정하게 빗어 넘긴
머리는 윤기가 흘렀고 말끔하게 면도한 턱은 매끈했다. 흰
색 실크 셔츠에 쪽빛 양복바지를 차려입었다. 바닷가 외딴
마을의 보건 진료소에 근무하는 공중보건의가 아니라 서
울 도심의 병원에서 막 퇴근한 사람 같았다. 서정우는 환
하게 웃었다. 버스가 출발한 순간부터 내내 장미의 가슴
을 짓누르던, 충동적인 결정에 대한 우려와 후회를 깨끗이
날려 버리는 미소였다. 바닷가의 방풍림 사이로 난 오솔길
을 나란히 걸을 때는 오길 잘했다는 생각마저 들었다. 늦
은 오후의 햇살 아래 드러누운 푸른 바다가 소나무 사이
로 사금파리처럼 반짝거렸다.

자신을 배려하는 서정우의 모습을 대할 때마다 장미는
남자에 대한 서운함이 새삼 사무쳤다. 바닷가 횟집에서 서
정우는 장미 앞에 놓인 숟가락과 젓가락을 냅킨으로 닦아
주었다. 남자라면 어림없는 일이었다.

서정우를 만나고 보니 장미는 남자의 뻔뻔함보다 무신
경이 더 거슬렸다. 다른 건 다 참아도 생일을 깜박한 건 용
서할 수 없었다. 결혼 후 처음 맞는 생일이 아닌가. 다음번
생일인들 장담할 수 있을까. 현재를 보면 미래를 알 수 있

는 법. 장미는 배려 받지 못할 게 뻔한, 다가올 수십 번의 생일이 가여웠다. 대단한 이벤트나 선물을 바란 건 아니었다. 장미가 갈구한 것은 다만 남자의 관심이었다.

서정우와 단둘이 있자니 옛날로 돌아간 기분이었다. 모든 게 그대로인 것 같았다. 깔끔하고 다정한 서정우, 사소한 말 한마디도 되새기게 하는 긴장감, 한 꺼풀을 벗겨 낸 듯 또렷해지는 공기.

—국경 없는 의사회에 들어가겠다고 했던 거 기억나?

—치과의는 가입할 수 없어. 국경 없는 치과의사회라면 몰라도.

장미는 피식 웃었다. 서정우의 말은 진담 같기도 하고 농담 같기도 해서 자꾸 되새기게 되었다. 반면 남자의 말은 진담은 진담 같고 농담마저 진담 같았다. 큰맘 먹고 찾아온 바닷가에서도 남자를 떠올리는 자신이 싫어 장미는 거푸 술잔을 비웠다.

서정우는 농어회가 담긴 접시에 거의 손을 대지 않았다.

—안 먹어?

—회는 별로야.

—하긴. 어렸을 때부터 질리도록 먹었을 테니.

—그때도 입에 안 댔어.

—왜?

—그냥. 바다에서 나는 건 다 싫었어.

―그런데 왜 바닷가 보건소를 지원했어?

―배정받은 거야.

장미는 말없이 잔을 비웠다. 당연히 지원했을 거라는 믿음의 근거는 대체 무엇이었을까. '국경 없는 의사회'에 들어가는 게 꿈이라던 말은 환심을 사려는 연기가 아니면 젊은 날의 치기였던가. 소주를 두 병이나 바닥내도록 서정우는 결혼 생활이나 남자의 안부에 대해 묻지 않았다. 배려하는 건지 무관심한 건지 분간할 수 없었다. 장미의 근황에 관심을 보이는 것 같다가도 자신의 무료한 삶에 대한 푸념을 늘어놓았다. 알다가도 모를 사람이었다. 스스럼없고 솔직한 타입 같았지만 속내를 짐작하기는 어려웠다. 반면 남자는 과묵하고 데면데면하지만 눈빛만 봐도 마음을 읽을 수 있었다. 의례적인 인사에 김칫국부터 마시고 달려온 건가 싶어 당혹스러웠다. 어둠의 군대처럼 밀려드는 불편한 감정에 맞설 수 있는 수단은 술뿐이었다. 술잔을 들어 올리는 팔이 가망 없는 전투에 동원된 투석기 같았다.

술이 먼저 무너뜨린 것은 불편한 감정의 성채가 아니라 장미 자신이었다. 어둠이 발치까지 밀려들었을 때 장미는 서울행 막차 시간을 알아보아야 한다는 이성의 외침을 귓등으로 흘릴 만큼 취해 있었다. 장미는 부축하는 서정우의 가슴에 제 존재의 무게를 몽땅 올려놓았다. 머릿속에 사이키 조명을 심어 놓은 듯 정신이 깜박깜박했다. 깜박이

는 조명 아래서 온 세상이 똑딱똑딱 춤을 췄다. 똑 하면 서
정우가 음식값을 치렀고 딱 하면 암흑, 다시 똑 하면 주방
의 사내가 서정우에게 검정 비닐봉지를 내밀었고 딱 하면
다시 암흑. 해장거리를 넣었으니 내일 아침 끓여 먹으라는
사내. 괜찮다는 서정우. 지난번에 사랑니를 뽑아 줘서 고
맙다며 비닐봉지를 안기는 사내. 당연히 할 일을 했다는
서정우. 그리고 첫사랑의 단단한 가슴에 머리를 기댄 채
이 모든 것이 허깨비인 양 바라보는 한 여인. 시트러스 향
과 땀구멍으로 배출된 체액이 황금률로 빚어낸 치명적인
냄새에 취한 한 여인. 스물일곱 번째 생일을 어둠의 수평
선 너머로 막 띄워 보낸 유부녀.

　다음 날 아침 낯선 방에 혼자 누워 있는 자신을 발견했
을 때 장미가 맨 먼저 한 일은 옷매무새를 확인하는 것이
었다. 스커트가 구겨졌을 뿐 옷차림은 어제 그대로였다. 장
미는 방을 둘러보았다. 서정우의 숙소인 모양이었지만 세
간이라고는 앉은뱅이책상과 비키니장이 전부였다. 옷장 곁
에는 기내용 트렁크가 세워져 있었다. 잠시 머물다 떠날
사람의 거처 같았다. 앉은뱅이책상 위에 쪽지와 숙취 해소
용 드링크가 놓여 있었다. 장미는 쪽지를 집어 들었다.

　곤히 자기에 안 깨웠어. 가는 거 봐야 하는데 급한 환자
가 생겨 먼저 나가. 미안.

서정우의 글씨는 반듯반듯했다.

장미는 지끈거리는 이마를 손으로 짚은 채 기억을 더듬어 보았다. 횟집에서 나온 뒤부터 가물가물했다. 소나무 아래서 소주를 더 마신 것 같기도 했고 바닷물에 발을 담근 것 같기도 했고 해변에서 춤을 춘 것 같기도 했다. 또렷한 것은 어둠 속에서 뒤척이던 파도 소리뿐이었다. 서정우와 입을 맞췄던 것 같기도 했다. 입술을 만지작거리는 장미의 얼굴이 흐려졌다. 관자놀이를 콕콕 쑤시는 숙취 때문은 아니었다. 난생처음 필름이 끊겼다는 것, 술 상대가 서정우였다는 것, 기억의 공백 속에서 무슨 일이 벌어졌는지 알 수 없다는 것 때문이었다. 마음을 진정시키고 머리를 쥐어짜 보았지만 허사였다. 스커트의 주름만 자꾸 눈에 밟혔다.

서정우의 쪽지를 다시 찬찬히 들여다보았다. 처음에는 대수롭지 않게 여겼던 마지막 말이 새삼 마음에 걸렸다. 배웅하지 못해 미안하다는 뜻이 분명했지만 왠지 다른 뜻이 담겨 있는 것만 같았다. 머리가 더 지끈거렸다. 휴대전화를 확인해 보았다. 통화권 이탈이라는 메시지가 떴다. 숄더백을 챙겨 메고 서둘러 방을 나섰다. 방 밖 주방에서 악취가 진동했다. 쓰레기통에 처박힌 검정 비닐봉지 속에서 썩고 있는 것은 횟집 주방장이 준 생선이었다.

속초 터미널에 도착하자마자 장미는 회사에 전화했다.

남자에게는 연락하려다 그만두었다. 거짓말을 해야 한다는 게 괴로웠다. 걱정하고 있을 남자의 얼굴이 버스를 탄 뒤에도 눈앞에 어른거렸다. 한참을 망설이다 연락했다. 술을 먹다 필름이 끊기는 바람에 친구 집에서 자고 곧장 출근하는 길이라고 말했다. 사실 그대로였지만 진실과는 거리가 멀었다. 알았다는 말만 하고 남자는 전화를 끊었다. 누구와 술을 마신 건지 물으면 어떡하나 걱정하던 장미는 머쓱해졌다. 그래도 남자에게 둘러댈 거짓말을 궁리하느라 근무시간 내내 일이 손에 잡히지 않았다.

그날 저녁 얼굴을 마주하고도 남자는 외박에 대해 일언반구 없었다. 남자의 침묵은 외박에 대한 매서운 힐난처럼 느껴졌다.

—어제 회사에 갔었어.

남자가 오랜 침묵을 깨고 내뱉은 말이었다. 어쩌면 그때가 남자의 진심을 확인할 수 있는 마지막 기회였는지도 모른다. 몇 마디 날 선 말이 오갔지만 진심에 대한 갈증은 여전했다. 남자가 확신에 찬 말로 깜박거리는 마음을 붙들어주기를 바랐다. 하지만 남자는 다시 깊고 어두운 침묵 속으로 가라앉았다. 장미는 남자의 컴컴한 눈빛에서 모든 것을 포기한 자의 자학적인 평온과 모종의 결심을 굳힌 자의 서늘한 결기를 엿보았다. 그래서 더 불안했다.

남자의 침묵은 쉽사리 깨지지 않았다. 새벽에 눈을 뜨

면 침대 옆자리는 비어 있곤 했다. 화장실에 가는 척 나가 보면 남자는 소파에 앉아 소리 죽인 텔레비전을 멍하니 보고 있었다. 남자의 불면이 안쓰러웠지만 결별에 대한 불안을 해소하는 방법은 결별뿐인 것 같았다. 돌돌 말지 않고 얌전히 벗어 놓은 남자의 양말을 발견한 순간, 장미는 인정하지 않을 수 없었다. 다 끝났다고, 이젠 돌이킬 수 없다고.

그날 저녁 장미는 남자를 회사 앞 카페로 불러냈다. 결별의 말을 집에서 하고 싶지는 않았다. 그러고 보니 남자가 땀을 뻘뻘 흘리며 찾아온 날 왔던 카페였다. 모든 게 시작된 바로 그곳.

시간은 힘이 세지만

여자가 결별을 수락했을 때 명제는 섭섭하면서도 후련했다. 후련함은 뜻밖이었다. 다음 날 집에 돌아와 현관문을 열었을 때는 집이 텅 빈 느낌이었다. 실제로 집은 텅 비어 있었다. 여자가 짐을 친정으로 옮긴 것이다. 여자는 혼수로 들여놓은 세간을 알뜰히 챙겨 갔다. 장롱만 빼고. 세간 욕심이 없던 여자였지만 장롱만큼은 최고급을 고집했더랬다. 여자답지 않은 호사였다. 그토록 애지중지하던 물건만 남겨 두다니 의아했다. 자신을 떠올리게 하려고 일부러 장롱을 남겨 둔 것인지도 몰랐다. 헤어지자고 한 것에 대한 복수를 위해. 트로이를 멸망시켰던 그리스인들의 목마처럼.

명제는 장롱을 조심스레 열어 보았다. 장롱 안도 휑하기는 마찬가지였다. 세간이 빠져나간 집에 들어섰을 때도 실감하지 못했던 여자의 부재가 그제야 사무쳤다. 장롱을 처분하고 싶었지만 차마 그러지 못했다. 신혼여행 때 짐을 챙겨 떠나 버린 여자가 흘린 빨간 구두가 자꾸 떠올랐다. 장롱마저 사라지면 여자를 다시는 못 볼 것 같았다. 텅 빈 장롱에는 회한만 켜켜이 쌓여 갔다.

회한으로부터 벗어나기 위해 명제는 일상에 투항했다. 전세 보증금을 빼서 급한 빚을 갚은 뒤 아버지 집으로 들어갔다. 은퇴 후 부쩍 늙어 버린 아버지를 돌볼 사람이 필요하기도 했다. 아버지는 결혼하겠다는 말을 들었을 때 그랬던 것처럼 아무것도 묻지 않았다.

취직도 했다. 털보 선배의 회사에 들어가 일에만 매달렸다. 회한을 몰아낼 수만 있다면 무슨 일이든 상관없었다. 야근을 불사하며 새로 개발하는 야구 게임에 몰두했다. 하지만 자학에 가까운 과로도 타인의 머릿속에 든 기억은 어쩌지 못했다. 불행으로 침몰한 과거를 공유한 측근은 시한폭탄과 같다. 털보 선배가 그런 존재였다.

사무실에 털보 선배와 둘만 남게 된 어느 날 밤이었다. 컵라면에 뜨거운 물을 붓고 나서 털보 선배가 물었다.

—쭉 궁금했던 게 있는데…… 화염병을 땅바닥에 패대기친 이유가 뭐냐?

—화염병이 공처럼 보이더라고요.

—공도 땅바닥에 집어 던졌다는 거야? 선수 시절에?

—그래서 그만뒀어요.

—왜 그랬는데?

—아버지가 경기장에 나와 지켜보고 있었어요. 처음으로.

—그러면 더 잘 던졌어야지.

—실수할까 봐 두려웠어요.

털보 선배는 고개를 주억거리더니 생각에 잠겼다.

—야구공이 화염병이라면.

잠시 후 털보 선배가 중얼거렸다.

—네?

—타자는 전투경찰복을 입고 방망이 대신 곤봉을 휘두르는 거야. 투수는 마스크를 착용하고.

털보 선배의 말이 점점 빨라졌다.

—정말 그런 게임을 만들 거예요?

—농담으로 들려?

털보 선배는 컵라면 뚜껑을 열고 젓가락으로 면을 휘휘 저었다.

—연락은 안 하냐?

컵라면을 먹은 뒤 담배를 피우며 털보 선배가 넌지시 물었다. 털보 선배는 종종 여자에 관한 소식을 들려주었다. 타인에게서 여자에 관한 얘기를 듣는 것은 힘겨웠다. 여자의 이름은 칼이어서 듣는 것만으로도 심장은 피를 흘렸다.

하지만 벤 자리가 아물기도 전에 근황이 궁금해져 털보 선배와 단둘이 있게 되면 명제는 귀를 쫑긋 세우곤 했다.

―누구하고요?

―누구긴, 네 전처지.

'전처'라는 말에 명제는 목이 멨다.

―안 해요.

정말이었다. 여자와는 연락이 끊겼다. 힘이 센 시간은 많은 것을 지웠다. 마지막까지 살아남은 것은 냄새였다. 여자의 체취는 머릿속에 끈덕지게 들러붙었다. 구두 밑창에 눌어붙은 껌처럼 떼어 내려 할수록 집요하게 엉겼다. 참을 수 없이 보고 싶을 때면 전화를 걸었다. 그러니 연락을 안 한다는 말은 거짓이었지만 한마디 말도 없이 끊곤 했으니 아주 거짓은 아니었다.

여자에게서는 연락이 없었다. 딱 한 번 전화가 오긴 했다. 헤어진 뒤 두 번째 맞는 결혼기념일 밤이었고 남산타워에서 내려오던 참이었다. 이루 말할 수 없이 반가웠지만 여자는 짤막하게 안부만 물었다. 명제는 어떤 말도 입 밖에 내지 못했다. 할 말이 너무 많다는 게 문제였다.

여자의 목소리가 들려오면 명제는 마음의 밑바닥까지 캄캄해졌다. 체취보다 더 그리운 게 목소리였다. 양말 좀 말아 놓지 말라고 핀잔하던 목소리, 코 고는 소리 때문에 잘 수가 없다고 푸념하던 목소리, 축구 중계 좀 작작 보라고 잔소리하던 목소리. 그리고 아바의 노래를 멋지게 부르던 목소리. 여자와 헤어진 후 명제는 아바의 노래를 기피했고 축구를 끊었으며 코를 골지 않았다. 그리고 양말을 얌전히 벗어 놓았다.

어느 일요일, 무심코 던져 놓은 양말을 펴던 명제는 코끝이 찡했다. 눈물은 나오지 않았다. 여자는 저만 우는 게 억울하다며 명제의 눈물을 보는 게 소원이라고 입버릇처럼 말하곤 했다. 그럴 때면 명제는 말했다. 난 태어날 때도 안 울었어.

―은행 그만뒀대.

털보 선배가 말했다.

명제는 말없이 담배만 빨아 댔다.

털보 선배의 책상에 놓인 서정우의 청첩장을 발견했을 때 명제는 불길한 물건이라도 주운 것처럼 주변을 둘러보았다. 주위에는 아무도 없었다. 모두들 회의실에 모여 앉아 머리를 쥐어짜고 있었다. '불타는 다이아몬드'의 버전업을 위한 회의였다. 새로 출시한 온라인 야구 게임의 성적은 나쁘지 않았다. 세기말의 불안 때문인지 엽기 코드가 대세였다. 엽기적인 게임으로 입소문이 나면서 선전했다. 특히 30대의 반응이 뜨거웠다. 상대적으로 반응이 미적지근한 10대를 공략하기 위해 엽기적인 요소를 강화한 새 버전을 준비 중이었다.

서정우의 청첩장은 화려했다. 겉면에는 황금 마차를 타고 가는 왕자와 공주의 그림이 컬러로 프린트되어 있었다. 청첩장을 집어 든 명제의 손이 떨렸다. 설마. 명제는 마른 침을 삼키며 천천히 겉장을 넘겼다. 신부의 이름을 확인하고 나서야 안도의 숨을 내쉬었다.

—청첩장 안 받았어?

털보 선배였다.

—받았어요.

—신부가 내로라하는 병원장 외동딸이래. 새끼, 대학 때부터 뺀질뺀질하더니.

—언제래요?

—청첩장 받았다면서.

명제는 입을 다물었다. 거짓말은 아무나 하는 게 아니었다.

서정우의 결혼식을 명제는 손꼽아 기다렸다. 여자를 만날 수 있을 거라는 기대 때문이었다. 뭔가를 간절히 기대하기는 오랜만이었다. 제 결혼 전야에도 푹 잤던 명제였지만 서정우의 결혼식 전날 밤에는 잠을 이루지 못했다. 한참을 뒤척이다 침대에서 빠져나왔다. 담배 생각이 간절했지만 담뱃갑은 비어 있었다. 명제는 아버지 방에 들어갔다. 아버지는 낚시 여행 중이었다. 책상 서랍까지 샅샅이 뒤졌지만 허탕이었다. 대신 명제의 손에는 수첩이 들려 있었다. 표지가 나달나달해진 교무 수첩. 처음 몇 장에는 담임을 맡은 반 아이들의 신상 명세가 깨알 같은 글씨로 꼼꼼히 기록돼 있었다. 그 뒤에는 각 반별 진도가 날짜마다 적혀 있었고 교과 내용 밑에는 어김없이 암호 같은 글이 달려 있었다.

영감 할매 노상 방뇨. 경찰. 벌금. 영감 1만 원, 할매 5000원. 영감 왈. 왜 두 배. 경찰 왈. 흔들었으니까.
영감 할매 노상 방뇨. 경찰. 벌금. 영감 5000원, 할매 1만 원. 영감 왈. 이번엔 왜 반값. 경찰 왈. 입석이니까.

서랍마다 똑같은 크기와 모양의 수첩이 가득했다. 수첩은 하나같이 빈 페이지라고는 찾아볼 수 없었다.
명제는 거실로 나가 장식장에서 먹다 남은 잭 다니엘을 꺼내 스트레이트로 홀짝였다. 아버지가 사랑한다는 말을 들려준 적 없듯 아버지에게 그 말을 건넨 적 없었다. 하지만 받지 못한 사랑만 크게 느껴졌다. 사랑에 관한 한 늘 피해자를 자처했다. 그래야 마음이 편했으니까. 깨달음은 또 다른 깨달음을 불러냈다. 여자에게 짐이 되기 싫어 결별을 결심했다고 믿었지만 거짓이었다. 여자가 짐스러워 헤어지려 했고, 그래서 후련했던 것이다. 명제는 스스로를 속여

온 자신이 가증스럽고 부끄러웠다. 더불어 너무 늦게 도착한 깨달음을 한탄했다. 영원한 추억은 없다. 시간은 힘이 세니까. 그러나 마지막 추억마저 어둠에 묻혀도 깨달음의 빛은 언젠가 찾아온다. 사랑도 힘이 세니까.

The more we try

사랑을 잃었을 때 장미의 영혼을 갉아먹은 것은 버림받았다는 사실이 아니라 버림받았다는 생각이었다. 어두운 생각은 더 어두운 생각을 불러들였다. 잠을 청하려 누워 있으면 온갖 망상이 찾아왔다. 그때 이랬다면 어땠을까? 저때 그랬다면 어땠을까? 아무것도 바꾸지 못하는 병적인 감정의 찌꺼기들.

남자의 손을 탄 가구들이 망상을 부추겼다. 발 디딜 틈 없이 방 안 가득 들어찬 침대, 화장대, 텔레비전, 오디오 등의 신혼살림이 자꾸만 과거를 불러냈다. 적금을 헐어서 산 세간이라 두고 올 수 없었다. 장롱은 둘 데가 없어 눈물을 머금고 포기해야 했다. 뒤척이다 잠을 깬 새벽이면 비어 있는 옆자리가 낯설기만 했다. 낯익은 가구에 둘러싸여 멍하

니 앉아 있다 보면 남자가 멀리 출장을 간 것 같았다. 일요
일 오후마다 남자를 빼앗아 갔던 텔레비전은 한 번도 켜
지 않았다.

망상보다 더 힘든 건 엄마의 냉담한 태도였다. 이혼 전
과 다름없는 아빠와 달리 엄마는 더욱 싸늘해졌다. 말을
붙이지 않았고 말을 건네도 무시하기 일쑤였다. 눈을 마주
치는 법조차 없었다. 밥상을 차릴 때도 장미 몫의 숟가락
은 놓지 않았고 곁에 있을 때도 눈에 보이지 않는 것처럼
굴었다. 엄마에게 장미는 집 안에 없는 사람이었다. 장미
는 투명 인간이 된 기분이었다. 엄마에 대한 반감 때문에
짐짓 아무렇지 않은 척, 씩씩한 척했지만 그럴수록 스스로
가 초라하게 여겨졌다.

망상과 엄마로부터 달아나기 위해 일부러 사람들과 어
울렸다. 전과 달리 회식이나 이런저런 모임에 꼬박꼬박 얼
굴을 내밀었고 끝까지 자리를 지켰다. 연락이 뜸했던 사람
들에게도 전화해 약속을 잡았다. 두 사람은 예외였다. 남
자와 서정우. 이유는 달랐다. 남자와 소식을 끊은 것은 상
처를 주고 싶었기 때문이고 서정우에게 연락하지 않은 것
은 상처받기 싫어서였다.

둘 다 먼저 연락을 해 오긴 했다. 잊을 만하면 걸려 오는
말없이 끊기는 전화. 남자의 전화라는 것을 단박에 알 수
있었다. 익숙한 침묵이었다. 한여름 무성한 나무의 짙은

그늘 같은 침묵. 장미도 아무 말 하지 않았다. 눈에는 눈, 침묵에는 침묵.

결혼 후 맞은 첫 번째 생일을 기억하지 못한 게 못내 마음에 걸렸던 걸까. 남자는 헤어진 이듬해 생일 축전을 보내왔다. '귀하의 생일을 축하합니다.' 전신환도 함께 부쳤다. 10만 원. 생일을 챙기지 못한 미안함의 액수. 돈이라니. 어이가 없었다. 남자의 돈을 빨리 처분하고 싶은 마음에 그날 종로의 어학원에 가서 영어 회화반에 등록했다.

대학 졸업 무렵 유학을 준비하던 한서영이 부러웠던 장미였다. 원하는 걸 마음껏 해 볼 자유로운 정신과 경제적 여유, 그것은 장미가 누려 본 적 없는 행운이었다. 그러니 영어 회화반에 등록하기 위해 지불한 돈은 콩나무 씨앗 같은 것이었다. 무럭무럭 자라서 구름을 뚫고 올라간 콩나무가 어떤 세상을 보여 줄지 궁금했다. 희망의 그림자라도 붙들고 싶었다. 희망 없이 사는 건 죄악이니까.

서정우는 메일을 보내왔다. 남자와 헤어졌다는 사실을 아는 눈치였다. 만나자는 뜻을 내비치기도 했다. 볼일이 있어 서울에 오는데 잠깐 만날 수 있느냐고 물었고 바다가 보고 싶지 않으냐고 부추겼다. 광어가 좋다고도 했고 전어가 좋다고도 했다. 답장을 보내지는 않았다. 알코올이 지워 버린 하룻밤의 기억이 못내 마음에 걸렸다. 무엇보다 서정우의 마음을 알 수 없었다. 더 알 수 없는 것은 제 마음이었다. 서정우를 멀리한 것은 남자 때문이었다. 남자가 미웠지만 그 때문에 서정우와 만날 수 없었다. 서정우를 만나게 되면 남자를 더는 미워하지 못할 테니까.

누군가를 잊기 위한 만남은 공허하기만 했다. 왁자한 술 자리에서 대학 신입생처럼 떠들고 돌아온 날 밤의 적막은 한결 힘겨웠다. 의식적인 만남도 점점 뜸해졌다. 뜸해진 게 또 있었다.

남자와 헤어진 뒤 밤마다 울었다. 엄마에게 들키지 않기 위해 숨죽여 울었다. 울다 지쳐야 겨우 잠들 수 있었다. 울 다 잠드는 게 아니라 잠들기 위해 우는 것 같았다. 하지만 시간 앞에서는 슬픔도 무뎌졌다. 눈물이 점점 뜸해졌다.

남자와 헤어진 뒤 맞은 두 번째 결혼기념일의 눈물은 전 적으로 어떤 노래 때문이었다. 살다 보면 같은 노래를 여 러 번 듣게 되는 날도 있다. 그날이 그랬다. 케니 로긴스의 「The more we try」를 세 번이나 들었다. 첫 번째는 영어 회 화 수업 때였다. 강사가 그 노래를 들려주며 가사를 받아 적게 했다.

당신은 나를 꿈속의 남자로 만들려 했죠.
뭔지도 알 수 없는 꿈이었지만
내 얼굴에서 당신의 얼굴을 보았다 여긴 거죠.
노력하면 할수록 우리는 더 외로워질 뿐

당신의 말이 진실임을 증명한다 해도

당신이 나를 알려 하지 않는다면 어떤 가르침도 소용없어요.

당신으로 인해 깨달은 것은 사랑이 필요하다는 사실뿐이기에.

깨달음은 언제 찾아오는가. 깨달음은 찾아오는 게 아닐 것이다. 빛이 그러하듯 깨달음 또한 우리 안에 있으니 어둠이 깊을 대로 깊어져 바깥에 목매던 시선이 내면을 향할 때 비로소 깨달음을 알아보게 되리라. 늘 그곳에 있어 온 깨달음을. 어떤 이는 수술대에 누워서, 어떤 이는 산꼭대기를 눈앞에 두고, 또 어떤 이는 철 지난 팝송 가사를 받아 적다가. 사랑하는 사람의 사랑을 받고 싶었고 행복을 약속한 사람과 행복을 나누고 싶었다. 하지만 짧았던 결혼 생활은 잘 지내려 할수록 외로워지는 나날이었다. 상대의 얼굴에서 제 얼굴만 찾으려 하면 마주 보고 있어도, 아니 마주 볼수록 외로워지리니. 우는 모습을 보는 게 소원이라고 투정했을 때 남자의 얼굴에서 찾으려 한 것은 남자가 아니라 장미 자신이었는지 모른다.

그날 밤 장미의 발걸음은 세상의 끝을 향했다. 남자가 마음이 캄캄해질 때마다 찾는다던 곳. 장미의 마음이 그랬다. 남산타워를 코앞에 두고 장미는 망설였다. 전망대에 남자가 없을까 봐 두려웠고 남자가 있을까 봐 더 두려웠다. 결정적인 선택의 순간마다 엄습했던 불안이 어김없이 발목을 붙들었다. 장미는 결국 돌아서고 말았다.

집으로 가는 버스에서 그 노래를 또 들었다. 라디오에서 흘러나오고 있었다. 이번에는 울지 않았다. 우연이 신기할 따름이었다. 남산타워에 올라가지 않은 걸 잠깐 후회하기도 했다.

그날 밤 잠 못 이루던 장미는 남자의 휴대전화 번호를 누르고 말았다. 신호 음 대신 그 노래가 들렸다. 그날만 세 번째였다. 믿기 힘든 우연이었다. 남자의 목소리가 들리자 장미의 눈가에 이슬이 맺혔다.

—나야.

—어.

—잘 지내?

—응.

—다행이네.

—잘 지내지?

—응.

—다행이다.

잘 있으라는 인사를 건네고 장미는 서둘러 전화를 끊었다. 괜히 전화했다는 후회에 입술을 깨물었다. 남자의 목소리가 담담해서, 정말 잘 지내는가 싶어 속상했다. 저만 힘든 것 같아 억울했고 뼛속까지 외로웠다.

　마음은 불덩이였지만 머리는 서늘했다. 마냥 과거의 늪에
서 허우적거릴 수는 없었다. 어떻게든 털고 일어나야 했다.
바닥을 박차고 힘차게 솟아오를 때였다. 장미는 침대에서 빠
져나와 화장대 앞에 앉았다. 특별한 계획 같은 건 없었다. 뼈
를 저미는 외로움이 누군가의 계획이 아닌 것처럼 그 외로움
을 달래기 위해 필요한 것 또한 계획이 아니라 마음이었다.
마음의 소리가 시키는 대로 화장품을 한쪽으로 치우고 서랍
에서 다이어리를 꺼내 펼쳤다. 그리고 펜을 집어 들었다. 온
몸이 잿더미가 되기 전에 지옥의 불덩이를 토해 내야 했다.

　잠시 후 장미는 뭔가를 적고 있는 자신을 발견했다. 적
고 있는 동안 장미는 평화로웠다. 어릴 적 장롱 속에서 동
화를 떠올릴 때처럼. 실제 노트에 적은 글은 동화 같기도
했다. 툭하면 울어 눈물의 여왕이라는 별명을 얻은 여자애
이야기. 외로워서 흘리는 눈물 때문에 더 외로워지는 아이
이야기. 외로운 아이에 관한 글을 쓰는 동안만큼은 외롭
지 않았다.

　그날 이후 장미는 밤마다 이야기를 조금씩 적어 나갔
다. 글을 쓸 때만큼은 살아 있다는 충만감이 가슴을 가득
채웠다. 사흘 뒤 장미는 회사에 사표를 냈다. 역시 마음의
목소리가 시킨 대로였다. 남이 원하는 일이 아니라 너 자
신이 원하는 일을 하라던, 해야 할 일이 아니라 하고 싶은

일을 하라던. 퇴사가 궁극적인 목적은 아니었다. 장미가 진정 원하는 건 따로 있었다. 장미에게는 어릴 적 장롱에 갇혀 상상했던 수많은 이야기가 있었다. 이제 그것들을 장롱 밖으로 내보낼 참이었다.

뭐든 처음이 힘든 법. 한번 선택하자 많은 선택이 손쉬웠다. 방을 얻어 나갈 때도, 신혼살림을 처분할 때도, 서정우의 청첩장을 받았을 때도 그랬다. 예전 같으면 결혼식장 앞에서도 망설였을 테지만 이제는 아니었다. 장미는 주저없이 결혼식장으로 향했다. 서정우의 신부가 궁금했다. 어쩌면 남자를 볼 수 있을지도 몰랐다.

사랑도 힘이 세다

　서정우의 결혼식을 손꼽아 기다린 명제였지만 막상 식
장에 도착해서는 복도 한편 낯선 사람들 틈에 묻혀 쭈뼛
거리고 있었다. 초대 받지 않은 손님이었으니 당연했다. 서
정우와 여자가 인사를 나누는 모습만 멀찍이서 지켜보았
다. 여자는 분위기가 달라진 듯했다. 차분하지만 자신감에
찬 모습이었다.

　―안 들어가고 뭐해?

　털보 선배가 어깨를 치며 말했다.

　―들어가려던 참이었어요.

　털보 선배는 명제의 팔을 붙들고 안으로 들어갔다.

　―어.

　명제를 발견한 서정우가 뜻밖이라는 표정을 지었다.

여자의 얼굴이 굳어졌다.

—밖에서 머뭇거리는 걸 끌고 왔어.

털보 선배가 웃으며 말했다.

—그럼, 난 이만 실례.

털보 선배는 식장 안으로 들어갔다.

—오랜만이네.

명제가 말했다. 누구에게 건네는 인사인지 모호했다.

—정말 오랜만이다. 두 사람 결혼식 때 보고 처음인가?

서정우가 웃으며 말했다.

명제도 웃어 보이려 했지만 뜻대로 되지 않았다. 서정우
와 악수하는 사이 여자는 자리를 떴다.

식장에 들어섰을 때 근처 테이블에 앉은 털보 선배가
손을 번쩍 들었다. 여자 옆자리였다. 명제가 다가가자 털보
선배는 자리에서 냉큼 일어났다.

—여기 앉아. 나는 긴히 얘기할 사람이 저쪽에 있어서.

털보 선배가 윙크를 날리며 말했다.

명제는 헛기침을 하며 자리에 앉았다. 여자의 근황이 궁
금했지만 메인 요리가 나오도록 입을 열지 못했다. 여자도
잠잠했다.

—은행 그만뒀다며?

명제가 스테이크를 썰며 물었다.

—응.

여자의 대답이 짧아서 명제는 맥이 빠졌다. 다시 침묵이 흘렀다. 그때 명제는 자신을 향한 시선을 느꼈다. 테이블 맞은편에 낯익은 얼굴이 보였다.

—혹시.

—한서영?

—김명제?

명제는 고개를 끄덕였다. 한서영이 입을 가리며 웃자 명제도 미소를 지었다. 한서영은 전에 비해 통통했지만 여전히 아름다웠다.

—몰라보겠어.

한서영이 얼굴 가득 미소를 머금은 채 말했다.

명제는 한서영이 반가웠지만 여자 때문에 내색은 못 했다.

—넥타이가 삐뚤어졌어.

여자가 말했다.

명제는 어색한 웃음을 흘리며 넥타이 매듭을 매만졌다.

예식 내내 명제는 옆자리에 앉은 여자를 의식하며 넥타이 매듭을 거듭 확인했다. 말은 맞은편에 앉은 한서영과 주로 나눴다. 여자는 가끔 명제 쪽을 흘끔거리긴 했지만 쌍둥이 자매와의 대화에 여념이 없었다. 쌍둥이 자매는 공무원 시험을 접고 제빵 학원에 다닌다고 했다.

한서영과 말을 섞으면서도 명제는 여자의 말에 귀를 쫑긋 세웠다. 한서영은 잠깐 들어온 거라 했다. 집에서 나와

혼자 살고 있어. 내년쯤이면 학위를 딸 수 있을 거라고 자신했다. **영어 학원**에 다녀. 유학 가자마자 결혼했지만 이혼했단다. **유학** 가려는 건 **아냐**. 차를 가져왔다며 술은 입에 안 댔고 세 살배기 딸을 맡기고 왔다며 일찍 일어났다.

—또 봐.

인사하는 한서영의 손에는 명제의 명함이 들려 있었다.

—한잔 더 할까?

피로연장에서 나왔을 때 명제가 여자에게 물었다. 명제는 멀쩡한 넥타이 매듭을 매만지며 여자의 답을 초조하게 기다렸다. 여자는 물끄러미 명제를 쳐다보았다. 명제도 여자의 눈을 바라보았다. 전보다 더 맑고 깊어진 것 같았다. 여자는 고개를 끄덕였다.

여자와 단둘이 들어간 일본식 선술집에서도 명제는 마음속에 담아 둔 말을 꺼내지 못했다. 정종과 어묵탕이 하릴없이 식어 가고 있었다.

—집에서 나왔다며?

명제가 먼저 입을 열었다.

—그걸 어떻게 알아?

—쌍둥이 동생한테 그랬잖아. 언닌가?

—듣고 있었어? 한서영한테 넋이 나가 있던데.

—계속 말을 시키는 바람에……

—과천 쪽에 방 한 칸 얻었어.

―어떻게 지내?

　―빈둥거려. 책도 읽고 음악도 들으면서. 근처 대공원
에도 자주 가. 북적거리는 게 싫어서 주로 평일 낮에 가곤
해. 누구처럼.

　여자는 잠시 말을 끊었다 다시 이었다.

　―동물도 구경하고 놀이 기구도 타. 나 혼자 롤러코스터
를 탄 적도 있어. 일부러 맨 뒤에 앉았어. 혼자라는 사실을
만끽하고 싶었으니까. 롤러코스터가 달리는 내내 목청껏
노래를 불렀어. 롤러코스터가 멈추자 앞에 앉은 사람들이
돌아보며 박수를 쳐 주는 거야. 탈 때는 분명 아무도 없었
는데. 게다가 그 사람들 하나같이 입이 없었어.

　묵묵히 여자의 말을 듣던 명제는 술잔을 단숨에 비우고
어묵탕 국물을 떠먹었다. 잘게 썬 고추가 씹히는가 싶더니
입에서 불이 나고 눈앞이 뿌예졌다. 순식간에 차오른 눈물
이 볼을 타고 흘러내렸다. 물을 들이켜 보았지만 소용없었
다. 매운맛은 실연의 아픔과 같아서 시간이 치료해 줄 때
까지 고통을 온전히 느끼는 수밖에 없었다.

　매운맛과 실연의 공통점은 그것만이 아니다. 혼쭐이 나
고도 또 찾으며 고통이 클수록 고통을 준 대상에게 더 끌
린다. 다른 점도 있다. 실연의 아픔은 눈물 없이 견딜 수
있지만 매운맛 앞에서는 장사가 없다. 그러니까 태어날 때
울지 않은 사내조차도.

통증이 가라앉자 얼룩덜룩하던 여자의 얼굴이 다시 또렷해졌다. 여자는 외계인이라도 맞닥뜨린 듯한 표정이었다.

눈물은 사랑의 씨앗

　장미에게는 세 가지 소원이 있었다. 아무 때나 울지 않는 것, 엄마의 웃음을 보는 것. 그리고 남자의 눈물을 보는 것. 가장 가망 없어 보이던 마지막 소원이 맨 먼저 이뤄졌을 때 장미는 제 눈을 의심하지 않을 수 없었다. 태어날 때도, 엄마를 잃었을 때도 울지 않았다던 남자가 아닌가. 얼음 심장을 가진 사내가 한갓 꿈 이야기에 굵은 눈물을 흘리고 있었다. 그랬다. 남자에게 들려준 건 현실이 아니라 꿈이었다. 혼자 롤러코스터를 타고 노래를 부른 것은 진짜지만 그 뒤는 꿈에 본 것이다. 혼자 롤러코스터를 탄 날 밤에 꾼 꿈.

　처음부터 꿈 이야기를 하려던 건 아니었다. 어쩌다 보니 거기까지 갔다. 꿈이 워낙 생생하기는 했다. 그 무렵의 꿈은 대부분 그랬다. 집에서 나와 살면서부터였을 것이다. 혼자 살기는 난생처음이었다. 한낮의 고독은 견딜 만했지만 한밤의 적막은 버거웠다. 스탠드를 켜 놓아야 겨우 잠들었고 그런 날에는 어김없이 기묘한 꿈이 머리맡을 기웃거렸다. 아침에 눈을 떠도 간밤의 꿈은 쉽사리 부서지지 않았다. 부서지기는커녕 더욱 단단해졌다. 롤러코스터 꿈도 그런 것 중 하나였다. 입이 지워진 자들. 입이 없어 울지도 노래하지도 못하는 자들.

남자는 그새 많이 달라진 듯했다. 치명적인 병을 앓다 회복한 사람처럼 겉은 핼쑥했지만 속은 옹골찬 느낌이었다. 어떤 종자인지는 몰라도 변화의 씨앗이 뿌리내린 것만은 분명했다. 눈물은 그 씨앗이 피워 낸 꽃이었다. 장미는 남자를 다시 보게 되었다. 결혼식장에서 남자 곁에 선 서정우가 동생처럼 보였던 이유를 알 것 같았다.

서정우가 보낸 청첩장을 받았을 때 장미는 배신감을 느꼈지만 솜털이 보송보송한 어린 신부를 보니 오히려 마음이 편안해졌다. 질투는 가당치 않았다. 질투가 찾아온 순간이 있기는 했다. 한서영이 눈을 반짝이며 남자를 바라볼 때. 순간 8년 전의 악몽이 눈앞에 번쩍였다. 악보를 사이에 두고 한서영과 서정우가 눈을 맞추며 웃음을 나누는 모습을 훔쳐보던 그때.

한서영과 서정우 커플이 깨졌을 때 어느 쪽이 찼는지

말이 많았지만 당사자들은 약속이라도 한 것처럼 함구했다. 해묵은 미스터리는 오늘 신부 대기실에서 마침내 꼬리가 밟혔다. 신부는 한서영을 닮았더랬다. 정확히 말하자면 대학 시절의 한서영을.

유학과 결혼 생활이 순탄치 않았는지 한서영의 미모에는 금이 갔다. 눈가와 목에는 잔주름이 완연했고 눈 밑에는 그늘이 졌다. 머릿결의 윤기도 예전만 못했다. 그래도 자신감만큼은 여전했다. 한서영은 원하는 건 뭐든 손에 넣어야 직성이 풀리는 타입이었다. 왜 A^+가 아니라 A^0인지 따지러 교수 연구실로 쫓아가 결국 A^+를 얻어 내는 아이였다. 장미는 질투로 몸을 떨었다. 당혹스러웠다. 남자와는 이미 끝장난 사이가 아니던가.

뜻밖의 감정 때문에 혼란스러웠지만 남자의 눈물을 보자 모든 게 분명해졌다. 아직 남자를 지우지 못한 것이다. 장미가 지웠다고 믿은 것은 남자가 아니라 남자에 대한 기대였다. 예기치 않은 눈물이 죽은 줄 알았던 기대를 되살렸다. 남자도 변할 수 있으리라는 기대.

보름 뒤 남자가 편지를 보내왔다. 말주변이 없어 글로 쓴다고 운을 뗀 뒤, 미안하다고 했다. 양말을 돌돌 말아 놓아서, 정성껏 차려 준 음식을 앞에 두고 딴 데 정신이 팔려서, 생일을 깜박해서 미안하다고 했다. 무엇보다 실직 사실을 남한테서 듣게 해 미안하다고 적었다.

장미는 편지를 읽고 또 읽었다. 호밀 빵처럼 첫맛은 무미건조했지만 음미할수록 깊은 맛이 새록새록 했다. 교묘하게 감춘 의도나 정교한 계산 따위와는 무관했고 진실을 외면하지 않는 용기로 충만했다. 그 뒤로도 몇 통 더 받았다. 답장을 두어 번 쓰기는 했지만 부치지는 않았다. 실패는 한 번으로 족했다.

남자의 다섯 번째 편지는 분위기가 사뭇 달랐다. 말미에 덧붙인 글 때문인지 몰랐다.

내가 원한 건 네가 아니라 너의 사랑이었다는 생각이 들어. 마찬가지로 지금 내가 진정 원하는 건 네가 아니라 너의 행복이야. 인적 드문 동물원이, 혼자 타는 롤러코스터가 행복을 선사하기를.

행복을 비는 글 같기도 했고 단념의 글 같기도 했다. 읽고 또 읽었지만 시원스러운 결론을 얻지는 못했다. 답은 남자의 새 편지에 있을 것이었다. 우편함을 뒤질 때마다 가슴을 졸였고 빈손으로 돌아설 때마다 가슴 한편이 텅 빈 것 같았다. 장미는 깨달았다. 첫 편지를 받은 뒤부터 쭉 남자의 편지를 기다려 왔다는 사실을.

편지가 끊긴 지 보름 만에 장미의 인내심은 바닥나고 말았다. 수십 번 전화기를 들었다 놓는 망설임 끝에 결국 남자에게 연락했다.

　—어디야?

　—병원.

　—무슨 일 있어?

　—아버지가 수술을 받으셨어. 치질인데 엄살이 심하시네.

　—수술은 처음이시잖아.

　—두 번째야. 얼마 전에 수술 받은 자리가 덧나서.

　장미의 얼굴이 밝아졌다. 남자의 편지가 뜸해진 이유를 알게 되었으니까.

　—모레 저녁에 뭐할 거야?

　남자가 물었다.

　—모레?

　—20세기의 마지막 날이잖아.

　선약이 없으면 저녁을 같이 먹자는 것이었다. 장미는 잠시 뜸을 들인 뒤 그러자고 대답했다. 모든 게 다시 시작되는 느낌이었다. 기대와 설렘이 새벽의 빛처럼 부드럽게 이마를 어루만졌다. 그랬다. 다시 시작할 수 있을 것 같았다. 밀레니엄 버그로 세상이 멸망하지만 않는다면.

　21세기의 첫 아침이 밝았을 때 세상은 멀쩡했고 장미는 새로 태어난 기분이었다. 간밤에 마신 와인 때문인지 간만에 곤히 잤다. 남자와의 섹스 덕인지도 몰랐다. 난생처음

짜릿한 쾌감을 맛보았다. 함께 살 때조차 한 번도 느껴 보지 못한 강렬한 일체감이었다. 오르가슴이 이런 걸까. 남자의 몸이 제 몸이고 제 몸이 남자의 몸 같았다. 숨어 있던 또 다른 세상을 만난 듯했다. 몸짓마다, 숨결마다 사랑이 물씬 묻어나서 남자가 사랑스러웠다.

남자는 주방에서 밥을 짓고 있었다.

— 뭐 해?

장미가 기분 좋게 기지개를 켜며 물었다.

— 축하해. 새 천 년을 무사히 맞은 걸.

남자가 돌아보며 환한 표정으로 말했다.

남자가 장만한 메뉴는 콩나물국밥이었다. 장미가 술을 먹고 들어온 다음 날 아침이면 곧잘 장만해 주던 메뉴였다. 뚝배기에 담겨 보글보글 끓는 게 먹음직스러워 보였다. 장미는 한 숟가락을 떠 후후 불어 가며 먹었다. 얼큰하고 시원한 맛은 여전했다. 세상에서 가장 맛있는 콩나물국밥이었다. 알맞게 익은 콩나물을 아삭아삭 씹으며 장미는 남자가 해 주던 요리를 많이 그리워하고 있었다는 사실을 깨달았다. 콧등이 새빨개지는가 싶더니 눈시울이 뜨거워졌다. 기뻐서 운 건 처음이었다. 처음인 게 참 많은 아침이었다.

— 매워? 고추는 일부러 안 넣었는데.

장미는 고개를 저었다.

―같이 밥 먹으니 좋아서.

남자가 나도, 라고 말하며 고개를 끄덕였다. 행복하다고
말하면 행복이 달아날까 봐 장미는 묵묵히 콩나물국밥을
음미했다.

―글은 언제부터 썼어?

남자가 경탄의 눈빛으로 물었다.

―그걸 어떻게…….

―아침에 일어나서 두리번거리다 책상 위의 원고를 봤어.

―그냥 써 보는 거야.

―단숨에 읽었어. 재밌더라.

남자가 미소를 지으며 말했다.

―정말?

장미는 누구에게도 글을 보여 주지 않았다. 남자가 최초
의 독자인 셈이었다.

―롤러코스터 타러 갈까?

식사를 마쳤을 때 남자가 말했다.

장미의 귀에는 이렇게 들렸다.

다시 시작할까?

4부

개구리 왕자의 두 번째 아내

명제가 두 번째 프러포즈를 한 날은 여자의 스물아홉 번째 생일이었다. 남산타워 레스토랑에서였다. 여자는 첫 이야기를 완성했다며 들떠 있었다. 엄마에게 야단맞으면 장롱에 숨어 훌쩍이는 여자애가 버려진 장롱에 들어가 잠들다 발을 들이게 된 눈물의 나라에서 시도 때도 없이 흘러내리는 눈물 덕에 여왕이 된다는 줄거리였다. 명제는 탈고를 축하하기 위해 와인을 주문했다.

—축하해. 백 작가님.

명제가 웃으며 말했다. 여자가 글을 쓴다는 사실이 자랑스러웠고 진정 원하는 일에 몰입하는 모습이 부러웠다.

—작가는 무슨.

여자는 얼굴을 붉혔다.

―실은 다 자기 덕분이야.

와인을 음미하고 나서 여자가 말했다.

―무슨 소리야?

―케니 로긴스의 노래를 세 번 듣던 날 처음으로 글을 썼는데 세 번 모두 자기 덕이었어.

―세 번 모두?

―첫 번째 들은 건 영어 회화반에서였어. 생일에 전신환으로 보내 준 돈으로 등록했거든.

―전신환?

―10만 원 부쳤잖아. 축전이랑.

―아.

금시초문이었지만 명제는 시치미를 뗐다. 프러포즈만 아니었다면 사실대로 말했을 테지만 지레 산통을 깰 필요는 없었다. 대체 누가 그런 걸 보냈을까? 뭔가에 홀린 기분이었다.

―두 번째는?

―마침 그날이 결혼기념일이었어. 여기 왔다 가는 길에 버스에서 들었어.

―나도 왔었는데.

―정말?

여자의 눈이 커졌다.

―세 번째는 나한테 전화했을 때 들었지?

명제는 그날의 일을 생생히 기억하고 있었다. 여자가 케니 로긴스의 노래를 세 번째로 듣기 위해서는 휴대전화 대리점 직원이 좋아하는 곡이라며 컬러링을 덤으로 줘야 했다. 컬러링을 덤으로 얻기 위해서는 휴대전화를 바꿔야 했고 휴대전화를 바꾸기 위해서는 길바닥에 떨어뜨린 휴대전화를 지나가던 오토바이가 뭉개야 했고 휴대전화를 길바닥에 떨어뜨리기 위해서는 털보 선배에게서 전화가 와야 했고 털보 선배한테서 전화가 오기 위해서는 지각해야 했고 지각하기 위해서는 간밤에 술을 많이 마셔야 했다.

—와! 엄청난 우연이네.

명제의 설명을 들은 여자가 눈을 동그랗게 뜨며 말했다.

—필연이야.

—필연이라고?

—내가 진탕 술을 마신 건 다음 날이 결혼기념일이었기 때문이야. 게다가 서둘러 새것을 산 것도 그날이 결혼기념일이었기 때문이고.

—결혼기념일이어서 서둘렀다고?

—혹시 네가 연락할까 봐.

여자는 명제의 손을 잡았다. 뒤집힌 차에 매달린 채 손을 잡았던 그때처럼 말이 거추장스러운 순간이 다시 찾아왔다. 명제는 주머니에서 반지를 꺼내 여자의 손가락에 끼웠다. 할머니가 아버지에게 짝을 찾을 때 쓰라며 물려준

은가락지. 반지는 2년 만에 주인에게 돌아갔다. 그것이 반지의 운명이었다. 여자의 손가락에 반지를 끼워 주면서도 명제는 궁금했다. 여자의 생일에 축전과 전신환을 보낸, 운명의 보이지 않는 손의 정체가.

여자는 결혼식을 또 올리는 건 민망하다며 탐탁지 않아 했지만 명제의 생각은 달랐다. 그냥 넘어갈 수는 없었다. 거창하게 식을 올리지 않더라도 이혼 사실을 아는 지인들과 저녁을 먹는 자리라도 마련하고 싶었다. 그러는 편이 아무래도 떳떳할 것 같았다. 여자도 끝까지 반대하지는 않았다. 날짜는 명제가 정했다. 결혼기념일로 정한 것은 여자의 생일을 기억하지 못해 낭패를 봤던 과거에서 교훈을 얻은 결과였다. 기념일의 숫자는 가급적 줄이는 게 상책이라는 계산이었지만 여자에게는 모든 걸 다시 시작한다는 의미라고 둘러댔다. 장소는 여자가 정했다. 남산타워의 레스토랑을 빌렸다. 그곳은 더 이상 세상의 끝이 아니었다. 여자와 첫 키스를 나눈 곳이었고 여자에게 창작의 길을 열어 준 곳이었으며 여자에게 두 번째 프러포즈를 한 곳이었다. 이제 그곳은 세상의 끝이 아니라 여자와 만들어 갈 새로운 세상의 처음이었다.

가까운 사람들만 부를 셈이었으므로 따로 초대장은 찍지 않았다. 첫 번째 결혼식 때 돌리고 남은 청첩장을 재활

용했다. 명제의 아이디어였다. 같은 상대와 재혼한다는 게 농담 같았다. 그래서 농담처럼 소식을 전하고 싶었다. 상대도 같고 날짜도 같아서 손볼 데가 아주 많지는 않았다. 여자와 이마를 맞대고 초대할 사람들을 추렸다. 조건은 하나였다. 둘 모두 오케이 해야 한다는 것.

— 서정우는?

명제가 물었다.

— 병원 일로 바쁜 사람이 올 수 있겠어? 게다가 평일 저녁인데.

— 아무리 바빠도 저녁은 먹겠지.

— 별로 친하지도 않았잖아.

명제는 입을 다물었다. 어색한 침묵이 흘렀다.

— 한서영은?

여자가 침묵을 깨고 물었다.

— 미국에 있는 사람을? 논문 쓰느라 바쁜대.

명제가 무심코 대답했다.

— 그걸 어떻게 알아?

여자가 눈을 가늘게 뜨며 물었다.

명제는 아차 싶었다.

— 털보 선배한테 들었어. 워낙 마당발이잖아.

사실은 한서영한테서 들은 거였다. 서정우의 결혼식에서 본 후로 이메일을 주고받았다. 먼저 연락해 온 쪽은 한서영이었다. 명함을 주기는 했지만 크게 기대하지는 않았던 명제였다. 태평양을 건너온 기별이 뜻밖이었고 반가웠다. 안부를 묻는 메일이 띄엄띄엄 오갔다. 한서영은 올해 안에 논문을 끝내고 전미 투어를 계획 중이라고 했다. 나이아가라와 오대호를 둘러보고 플로리다를 거쳐 서부로 간다는 계획이었다. 계획은 수시로 바뀌었다. 수시로 바뀌는 계획 속에서 한서영은 알래스카의 만년설을 맨발로 밟았고 그랜드캐니언의 일몰을 사진에 담았으며 애팔래치아 산맥을 종주했다. 한서영은 에드워드 호퍼의 그림에 대해서도 종종 얘기했다.

명제는 한서영이 언급한 그림들을 찾아보다가 급기야 화집까지 구입하게 되었다. 일러스트레이터이기도 했던 미국 화가의 그림 속 인물들은 새벽의 선술집에서, 밤의 호텔 방에서, 야간열차의 객실에서 저마다 혼자였다. 곁에 누군가 있을 때조차 그들은 고독해 보였다. 엉뚱한 자리에 꽉 박힌 나사못처럼.

두 번째 결혼식 전날 밤 명제는 에드워드 호퍼의 그림을 오래도록 들여다보았다. 속옷 차림의 젊은 여성이 호텔 방 침대에 걸터앉아 두툼한 책을 읽고 있는 그림. 객실 한쪽에는 옷가지와 구두와 그녀의 지난 생을 몽땅 꾸려 넣은 듯한 트렁크가 널려 있었다. 그 도시에 그녀가 아는 사람은 단 한 명도 없을 것만 같았다. 명제는 여자와의 재혼 소식을 그때까지도 한서영에게 알리지 않았다. 워낙 자기 얘기에 인색한 데다 쑥스럽기도 했다. 하지만 꼭 그 때문인지는 자신할 수 없었다.

결혼식, 사랑의 자물쇠, 그리고 황금 개구리

두 번째 결혼식 전날 밤 장미는 이상야릇한 꿈을 꿨다. 꿈속에서 개구리와 함께 날고 있었다. 개구리는 턱시도, 장미는 웨딩드레스 차림이었다. 하늘을 나는 것은 장미와 개구리를 태운 거대한 암탉이었다. 저 멀리 구름을 뚫고 서 있는 탑이 보였다. 개구리가 어지럼증을 호소했다. 장미가 손을 잡아 주자 개구리가 속삭였다. 고마워, 개굴개굴. 암탉 주위로 당나귀와 천사가 날아왔다. 당나귀는 바이올린을 켰고 천사는 노래를 불렀다. 암탉이 탑 꼭대기에 내려앉더니 알을 낳았다. 수많은 알이 데굴데굴 굴러 탑 아래로 떨어졌다. 깨진 알에서 피가 흘러나오고 개구리가 뛰어나왔다. 황금 개구리였다.

거대한 닭, 신혼부부, 천사와 당나귀. 익숙한 이미지였다. 샤갈을 떠올리는 데는 그리 많은 시간이 필요하지 않았다. 장미가 제일 좋아하는 화가였다. 꿈의 이미지는 「에펠탑의 신혼부부」와 흡사했다. 신랑이 개구리라는 것과 암탉이 알을 낳는 것만 빼고. 평소 좋아하던 그림이라 꿈에까지 나왔나 보다 했지만 엄마의 해석은 달랐다.

—태몽인갑다.

장미는 문득 제 아랫배를 내려다보았다.

—내 태몽은 뭐였어?

—장미를 억수로 꺾었다카이. 시뻘건 장미를. 그래 이름을 장미라 지었드만 성이 백가라서 고마 베레 삐다.

엄마는 문갑 서랍에서 열쇠가 꽂힌 맹꽁이자물쇠를 꺼내 장미 앞에 내밀었다. 자물쇠에는 남자와 장미의 이름이 한자로 적혀 있었다. 결혼식이 끝나면 근처에 자물쇠를 채우고 열쇠는 동쪽으로 멀리 던져라. 자물쇠가 풀리지 않는 한 헤어지는 일은 없을 것이다. 명심해라. 동쪽이다. 둘 사이에는 본래 자손이 없는 팔자지만 열쇠를 태양이 뜨는 쪽을 향해 던지면 애가 들어선다. 엄마는 점쟁이처럼 말했다.

—얼마를 쓴 거야?

—문디 가스나.

남자와의 재혼에 시큰둥했던 엄마였다. 한 번 헤어졌던 놈과는 또 헤어지기 십상이라며. 그래도 하나뿐인 딸이 두 번 이혼하는 건 싫은 모양이었다. 종종 점집을 찾는 장미였지만 부적 같은 걸 산 적은 없었다. 운명은 믿었지만 운명을 바꿀 수 있다고는 생각하지 않았다. 바꿀 수 있는 운명이라면 진짜 운명이 아닐 테니까. 하지만 엄마의 뜻을 거스르려면 또 한바탕 홍역을 치러야 할 것이었다. 오늘만큼은 다투고 싶지 않았다. 장미는 마지못해 맹꽁이자물쇠를 집어 들었다.

일진이 사나운지 미용실에서부터 일이 꼬였다. 종업원이 커피를 타 오다 실수로 남자의 와이셔츠에 쏟았다. 새 와이셔츠를 사느라 시간을 많이 잡아먹었다. 차까지 밀렸다. 발을 동동 구르던 장미의 눈에 허공을 유유히 미끄러지는 케이블카가 들어왔다. 장미는 남자의 손을 붙들고 택시에서 내려 케이블카에 올라탔다. 케이블카가 움직이자 남자는 사색이 되었다. 손을 잡아 주었더니 겨우 진정했다.

약속 시간보다 조금 늦게 행사장에 도착했지만 빈자리가 많았다. 초대한 인원의 절반 정도밖에 안 온 듯했다. 마냥 기다릴 수만은 없어 행사를 시작했다. 인사의 말을 하고 영원한 사랑을 서약하자 축가로 「천사들의 합창」이 울려 퍼졌다. 남자의 후배가 바이올린을 연주했다. 사회를 맡은 털보 선배가 노래를 주문했지만 남자는 굳은 얼굴로 고개를 가로저었다. 대신 장미가 총대를 멨다. 아바의 「I have a dream」을 불렀다. 수십 번도 더 부른 노래였는데 중간에 가사가 기억나지 않았다. 당황한 나머지 얼굴이 벌겋게 달아올랐다. 떠오르는 대목만 웅얼거리다 마이크를 털보 선배에게 넘기고 말았다.

해프닝은 그것으로 끝나지 않았다. 엉뚱한 메뉴가 나왔다. 본래 주문한 것은 스테이크였는데 주방에서 준비한 것은 햄버거 스테이크였다. 남자가 지배인에게 항의했지만 돌이킬 수는 없었다. 햄버거 스테이크 위에 얹힌 계란 프라이를 보자 간밤의 꿈이 떠올랐다. 신통하게 맞아떨어졌다. 당나귀만 빼고. 그러고 보니 바이올린을 켠 남자의 후배는 당나귀상이었다.

—무슨 생각해?

남자가 물었다.

—아무것도 아니야.

타워에서 내려오며 옷매무새를 가다듬느라 남자에게 손지갑을 맡길 때까지도 장미는 엄마의 당부를 까맣게 잊고 있었다.

—지갑이 왜 이리 무거워?

지갑을 돌려주며 남자가 물었다.

장미는 그제야 맹꽁이자물쇠를 떠올렸다. 별거 없다고 얼버무리며 주위를 둘러보았다. 엄마의 말을 무시할까도 했지만 잇단 불길한 징조가 마음에 걸렸다. 장미는 자물쇠를 채워 둘 만한 곳을 찾아 주위를 두리번거렸다. 마침 타워 주변에 새로 설치 중인 안전 철망이 눈에 띄었다. 화장실에 다녀오겠다는 핑계를 대고 철망 쪽으로 갔다. 맹꽁이 자물쇠를 철망에 채우고 열쇠를 그 너머 숲을 향해 힘껏 던지고 나니 성가신 숙제를 해치운 듯 홀가분했다.

태몽이라는 엄마의 말이 틀린 게 아닐까? 열쇠를 던진 방향이 동쪽이 맞는 걸까? 두 번째 결혼식을 올린 지 두 해를 넘기도록 아이가 들어서지 않자 장미가 떠올린 의문이었다.

첫 결혼 때는 맞벌이하느라 피임을 했지만 이제는 그럴 필요가 없었다. 예전에는 아빠가 되는 것을 달가워하지 않던 남자도 한 살이라도 젊은 아빠가 되고 싶다며 적극적이었다. 어려움이 없지는 않았다. 시아버지는 밤에도 수시로 화장실을 들락거렸고 잠귀가 밝았다. 치질 때문인지 주말 낚시 여행도 접었다. 도통 밖에 나가는 법이 없었고 야구 중계를 보거나 화단을 가꾸는 게 일과였다. 남자와 마음 놓고 사랑을 나누기 위해 모텔까지 이용해야 할 처지였다.

애당초 아버지 집에서 살자는 남자의 청이 썩 내키지 않던 장미였다. 하지만 집을 따로 얻을 여력이 없는 데다 워낙 조용한 분이니 함께 지내는 게 그다지 껄끄럽지 않을 것 같기도 했다. 장미가 그러겠다고 하자 남자는 기쁜 기색을 감추지 못했다.

예전과 달리 남자는 집안일에도 열성적이었다. 시간을 쪼개 청소와 빨래를 도왔고 부엌을 꿰찰 때도 많았다. 같은 사람과 결혼한 게 맞나 싶을 정도로 딴 사람이 되었다. 하지만 남자보다 시아버지와 있는 시간이 훨씬 많다는 게 문제였다.

시아버지는 방에 틀어박혀 쥐 죽은 듯했다. 그래서 더 신경이 쓰였다. 시아버지가 얼굴을 내미는 것은 끼니때, 화단을 돌볼 때, 야구 중계를 챙길 때뿐이었다. 그때도 말을 건네는 법이 없었다. 남자보다 말수가 적었다. 불친절한 운명에 맞서 묵비권을 행사하는 억울한 피의자 같았다. 묵묵히 밥을 입안에 밀어 넣거나 야구 중계에 넋을 빼앗긴 채 밥을 떠먹는 시아버지의 모습에서 장미는 예전의 남자를 보았다. 양말을 돌돌 말아 아무 데나 던져 놓는 버릇도 아버지한테서 물려받은 게 분명했다. 시아버지에게는 잔소리도 할 수 없었다. 뭔가 반복되는 기분이었다.

시아버지의 침묵보다 더 성가신 것은 끼니였다. 남자와 둘만 살 때와는 상황이 달랐다. 하루 세끼를 꼬박꼬박 챙겨야 했고 무엇보다 시아버지를 의식하지 않을 수 없었다. 아버지는 국만 있으면 돼, 라고 남자는 가볍게 말했지만 국이야말로 가장 까다로운 음식이었다. 기왕이면 시아버지한테서 칭찬을 듣고 싶었다. 무뚝뚝한 분이라 더 그랬다. 국거리와 반찬에 대한 고민으로 하루가 시작되고 저물었다. 아침 끼니가 지나가고 잠시 숨을 돌리며 커피를 마시면 금방 점심이었다. 점심을 해결한 뒤 집 안을 쓸고 닦으면 저녁을 차리기 위해 장을 보러 가야 했다. 하지만 공들인 밥상 앞에서도 시아버지는 쓰다 달다 말이 없었다. 맛이 어떤지 물어도 반응이 신통치 않아 섭섭했다. 요리에 들이는 시간이 점점 길어졌다. 머릿속이 냉장고에 대한 생각으로 가득 찼다. 아니, 머리가 냉장고였다. 잡채를 만들고 남은 시금치로는 무슨 요리를 할까? 김밥을 말까? 단무지가 있던가? 시금치된장국을 끓일까? 며칠 전에 산 바지락의 유통기한이 언제까지더라?

머리가 냉장고인데 창의적인 글이 나올 리 없었다. 창작의 적은 끼니였고 반찬 걱정이었고 냉장고였다. 도무지 글을 쓸 수 없었다. 위대한 예술은 부엌과 가장 먼 데서 태어난다. 부엌은 창의성이 잘리고 다져지고 태워지는 도살장이었다. 그곳에서는 심지어 개구리가 달여지기도 했다.

어느 봄날 장을 보고 돌아와 보니 역한 노린내가 진동했다. 동화 속 마녀의 솥에서나 날 법한 끔찍한 냄새였다. 냄비 뚜껑을 열어 본 장미는 기겁했다. 걸쭉하고 거무죽죽한 국물 위로 허연 배를 드러낸 개구리가 둥둥 떠 있었다. 장미는 구역질을 하며 화장실로 달려갔다.

—기력 회복에 거시기하다길래.(기력 회복에 좋다기에.)

시아버지가 머리를 긁적이며 중얼거렸다.

개구리 냄새는 여간해서 사라지지 않았다. 문이라는 문은 죄다 활짝 열고 탈취제를 몽땅 뿌리고 방향제를 쫙 깔아도 소용없었다. 급기야 장미는 헛구역질까지 했다.

—혹시?

남자가 반색하며 물었다.

—임신 아냐. 개구리 냄새 때문이야.

—냄새 안 나는데?

—정말 노린내 안 나?

남자가 고개를 끄덕였다.

장미는 입을 다물었다. 두 번째 결혼식 전날 밤 꿈에 등장한 개구리는 남자가 아니라 진짜 개구리였는지도 모른다. 그렇다면 그것은 태몽이 아니라 험난한 앞날을 경고하는 예지몽일 터였다.

침묵의 왕자냐, 눈물의 공주냐

명제는 여자와의 두 번째 결혼 생활이 대체로 만족스러
웠다. 두 가지만 빼고. 하나는 한서영에 관한 것이었다. 결
혼식을 올린 지 두 달이 지난 어느 날 명제는 혼인신고를
위해 구청에 들렀다. 법률상 부부가 되는 절차는 의외로
간단해서 서류 몇 장 제출하는 게 전부였다. 여자와 정식
으로 부부가 되었다는 사실이 실감 나지 않았다. 그 사실
을 실감케 해 준 것은 한서영이었다.

다음 날 명제는 사흘 전 도착한 한서영의 메일에 답장
을 썼다. 재혼을 알리는 메일이었고 고심 끝에 보낸 답장
이었다. 결혼 사실을 더는 숨기고 싶지 않았다. 여자의 잠
든 얼굴을 들여다보고 있으면 마음 한구석이 먹먹했다. 생
이 선물하는 가장 평화로운 순간이었지만 가슴의 오지까

지 서늘해졌다. 이를테면 결혼이란 특정한 타인의 무방비한 모습을 매일 지켜보는 의식을 통해 삶의 미스터리에 눈뜨는 수행이었다. 한서영한테는 더 이상 소식이 없었다. 가끔 명제는 에드워드 호퍼의 그림을 멍하니 들여다봤다. 술 취한 밤에는 더 오래.

다른 하나는 개구리였다. 정확히 말하자면 개구리 냄새였다. 두 번의 수술 후 아버지는 몸 건사에 유난을 떨었다. 개구리까지 직접 잡아 와 달여 먹을 만큼. 기겁하는 여자 때문에 아버지는 개구리를 끊었지만 여자는 여전히 괴로움을 호소했다. 여자의 코만 괴롭히는 개구리 냄새가 명제는 곤혹스러웠다.

—혹시 요즘도 개구리 드세요?

여자가 친구를 만나러 외출한 어느 일요일 오후, 소파에 나란히 앉아 야구 중계를 보다 아버지에게 물었다.

—아니랑께.

아버지는 고개를 가로저으며 대답했다. 명제는 아버지의 옆모습을 물끄러미 바라보았다. 거기 삭정이 같은 노인이 지나간 세월에 짓눌린 채 구부정하게 앉아 있었다. 책상 서랍에서 찾아낸 교무 수첩을 본 뒤부터였을 것이다. 명제는 아버지가 안쓰러웠다. 아버지의 수첩에 적힌 것은 억지스러운 농담이 아니라 어찌할 바 모를 두려움이었다.

—아빠.

명제의 입에서 난생처음 튀어나온 말이었다.

아버지는 대답이 없었다.

—아빠.

명제의 목소리가 촉촉했다.

아버지는 여전히 대답이 없었다. 아버지는 소파 깊숙이
몸을 묻은 채 눈을 감고 있었다. 명제는 아버지의 숨소리
에 귀를 기울였다. 아버지는 언젠가 이런 말을 했다. 야구
중계를 보다 죽는다면 더 바랄 게 없겠다고.

아버지의 고개가 옆으로 무너졌다. 명제는 아버지를 들
쳐 업었다. 역시 난생처음이었다. 아버지의 등에 업힌 기억
도 없기는 마찬가지였다. 아버지는 자식을 사랑하지 않은
게 아니라 사랑하는 법을 알지 못했는지도 모른다. 아버지
의 아버지에게서 배우지 못했을 테니까.

아버지를 눕히고 슬그머니 나가려던 명제는 방 구석구
석을 둘러보았다. 혹시나 해서 책상과 문갑을 뒤졌지만 개
구리의 흔적은 보이지 않았다. 책상 위에는 청첩장과 5만
원이 나란히 놓여 있었다. 결혼식 장소는 순천이었고 날짜
는 오늘이었다. 지폐 아래 쪽지가 있었다. 쪽지에는 혼주의
주소와 축하 문구가 적혀 있었다. 영애(令愛)의 혼인을 축
하합니다. 축전과 전신환을 부치려던 모양이었다.

불현듯 명제의 뇌리에 뭔가가 스쳤다. 여자가 받았다는
생일 축전과 전신환. 그리고 운명의 보이지 않는 손.

아버지는 여자가 질색하는 개구리를 몰래 감춰 둘 사람
이 아니라는 게 확실했다. 하지만 여자는 헛구역질까지 했
다. 임신이 아니냐고 반색했다 면박만 당했다. 개구리 냄새
때문이라고 말할 때 여자의 미간에는 굵은 주름이 잡혔다.

—냄새 안 나는데.

명제가 코를 킁킁거리며 말했다.

—지어냈다는 거야?

여자는 기다리던 아이 소식이 없어서인지 신경이 날카
로웠다. 명제는 난감하고 걱정스러웠다. 개구리 냄새가 아
니라, 개구리 냄새를 호소하는 여자가.

—그런 게 아니라. 싫어하는 줄 뻔히 알면서 그러실 분
이 아니라는 거지.

—나는 없는 냄새를 맡는 사람이고?

—그런 뜻이 아니라는 거 잘 알잖아.

여자의 생일에 축전과 전신환을 보낸 게 아버지였다는
사실을 끝내 털어놓지 못했다. 여자가 실망하는 모습을 보
느니 차라리 우는 모습을 보는 게 나았다. 실망은 마르는
법이 없지만 눈물은 언젠가 마르게 마련이니까. 하지만 언
제부턴가 여자는 울지 않았다. 여자의 눈물이 줄어든 게
반갑지만은 않았다. 울음으로 씻어 내야 할 어두운 감정을
마음 한구석에 차곡차곡 쟁여 두는지 몰랐다.

여자의 헛구역질은 좀체 멈추지 않았고 오히려 잦아졌

다. 잠도 설치는 눈치였지만 있지도 않은 개구리 냄새를 없애 줄 수는 없었다. 밥도 먹는 둥 마는 둥 해서 여자는 잘못 옮겨 심은 나무처럼 말라 갔다. 아버지 입맛에 맞춘 식단 때문인가 싶어 밖으로 불러내 외식을 해도 신통치 않았다. 대신 언제부턴가 밤중에 이런저런 것이 먹고 싶다고 했다. 막상 사 오면 몇 번 깔짝대다 말았다. 그날 밤에는 떡볶이였다.

여느 때와 달리 여자는 떡볶이 한 접시를 순식간에 해치웠다.

—혹시?

—실은 생리한 지 6주나 됐어.

—어디 아픈 거 아냐? 얼굴도 핼쑥하고.

—그런 게 아니라니까. 건강한 젊은 여성이 생리가 없어지는 건 한 가지 경우뿐이라고.

여자가 명제를 흘기며 말했다.

명제는 여자의 손을 덥석 잡았다. 아이를 손꼽아 기다린 건 아니지만 많이 반가웠다. 여자가 얼마나 고대했는지 모르지 않았으니까.

—날 닮은 녀석이 나오면 곤란한데.

—왜?

—입에 곰팡이가 슬 테니까.

—날 닮은 애도 곤란해.

—왜?

—눈 밑이 짓무를 테니까.

—둘 다 닮으면 큰일이네. 말도 없이 울기만 할 테니.

명제의 말에 여자가 미소를 지었다. 간만에 보는 환한 표정이었다. 여자의 배에 들어선 아이가 개구리 냄새를 없애 줄 것이었다. 명제는 그게 더 기뻤다.

굿바이, 명랑

생리가 없다는 사실을 남자에게 알린 다음 날 장미는 임신 테스트기를 들고 화장실에 갔다. 엿새 전에 샀지만 차마 사용하지는 못했다. 임신이 아닐까 봐 두려워 검사를 차일피일 미뤄 왔는데 증상이 더 확실해졌다. 거들떠보지 않던 음식이 당기고 젖가슴이 부풀어 올랐으며 메스꺼움은 극심해졌다. 남자에게 알린 이상 부딪쳐 봐야 했다. 어쩌면 검사를 더 미루지 않기 위해 털어놓았는지도 모른다.

테스트기에 소변을 묻힐 때 장미의 손이 떨렸다. 테스트기에 생긴 줄은 하나이면서 둘이었다. 첫 번째 줄은 선명했지만 두 번째 줄은 희미했다. 두 개의 줄이 모두 선명해야 되는데 애매한 결과였다. 장미는 테스트기를 쓰레기통에 던지고 외출 준비를 서둘렀다.

산부인과를 나서는 장미의 발걸음이 무거웠다. 상상임신이라고 했다. 몸이 아니라 머리가 임신했으며 머리가 몸을 속였다는 설명이었다. 기왕 왔으니 불임 검사를 받아보라고도 했다. 장미는 탈의실에서 옷을 갈아입고 검사대 위에 올라가 다리를 벌렸다. 갑자기 몰려온 한기에 몸이 떨렸다. 텅 빈 것은 자궁이 아니라 자신의 삶 같았다. 자궁이 건강하다는 의사의 말은 귀에 들어오지 않았다.

병원을 나선 장미는 정처 없이 거리를 걸었다. 더없이 화창한 날이었다. 모든 어둠을 장미의 가슴에 몰아넣은 듯 세상은 눈부시기만 했다. 거리를 무작정 걷기는 오랜만이었다. 바람을 길잡이 삼아, 소음을 말동무 삼아 걷다 보면 생의 활기로 뿌듯해지곤 했지만 지금은 온 세상이 등을 돌린 듯했다. 상상임신 때문이 아니었다. 살아 있다는 느낌을 맛본 지 까마득했기 때문이다.

그날 장미는 온종일 길 위에 있었다. 끼니를 때울 때만 빼고. 빵집에서 샌드위치를 먹다 화들짝 놀란 장미는 집으로 전화했다. 시아버지를 깜박하고 있었다. 급한 볼일이 생겼다고, 식사를 챙기지 못해 죄송하다고 했다. 시아버지는 괜찮다는 말만 되풀이했다. 저녁까지 먹고 들어가야 할 것 같다고 말했을 때도 그랬다. 시아버지가 아는 말은 그뿐인 것 같았다. 무슨 일인지, 언제 오는지는 묻지 않았다. 남자가 예전에 그랬던 것처럼.

—아버님, 죄송하지만 아침에 먹고 남은 미역국 데워 드세요.

장미는 어두운 얼굴로 전화를 끊었다.

끼니 걱정 때문에 글이 지지부진하다고 여겼는데 그게 아니었다. 끼니보다 자신이 더 문제였다. 낯선 거리에서조차 끼니 걱정을 떨쳐 내지 못하는 자신이. 굳이 그럴 것까지 없다고 스스로를 타일러도 그때뿐이었다. 문은 제대로 잠갔는지, 가스 불은 껐는지 습관적으로 근심하듯 다음 끼니를 어떻게 장만할지 시도 때도 없이 고민하는 스스로를 어찌할 수 없었다.

어둠은 순식간에 밀려들었다. 어둠은 밀려드는 것이 아니라 흘러나오는 것이었다. 저마다의 근심을 끌어안은 사람들이 한숨을 내쉴 때마다 새어 나오는지도 몰랐다. 장미는 한 줄기 빛이 간절했다. 그래서 세상의 끝으로 갔다.

남산타워 아래 막 도착했을 때 문자메시지가 떴다. 남자가 보낸 것이었다.

회식 때문에 늦을 거야. 우리 아기 아명을 지어 봤어. 명랑. 침묵하지도 울지도 말라고. ^^

장미는 답장 버튼을 누르려다 말고 폴더를 닫았다. 남자가 실망하는 얼굴이 눈에 선했다. 휴대전화가 입을 다무는 소리에 장미는 가슴이 덜컹거렸다.

두 번째 결혼식 이후 처음이니 남산타워는 2년 만이었다. 변한 것은 없었다. 비탈 쪽에 설치된 안전 철망만 빼고. 그것은 세상의 끝을 알리는 표지 같았다. 장미는 철망 쪽으로 걸음을 옮겼다. 확인할 게 있었다. 철망 앞에 선 장미의 눈이 커졌다. 철망에는 수십 개의 맹꽁이자물쇠가 매달려 있었다. 자물쇠마다 사랑이 영원하기를 기원하는 글과 커플의 이름이 적혀 있었다. 장미는 제가 채워 둔 자물쇠를 찾아볼 엄두가 나지 않았다.

장미는 매점에서 캔 맥주를 사 근처 벤치에 앉았다. 별은 높은 곳이 아니라 낮은 곳에서 더 잘 보일 것이었다. 어두워 가는 하늘에 별이 하나둘 돋아났다. 별은 늘 그 자리에 있는 법, 새로 돋아난 것은 별이 아니라 어둠이었다. 장미의 마음에 돋아난 것도 별이 아니라 어둠이었다.

장미는 빈 캔을 찌그러뜨려 철망 너머로 던졌다. 하늘의 별보다 더 많은 빛이 검은 지평선을 향해 들불처럼 번졌다. 하지만 지상의 숱한 빛은 그곳에 별이 없다는 사실을 증명할 뿐이었다. 철망에 매달린 수많은 자물쇠가 영원한 것이 없음을 묵묵히 웅변하듯.

그날 밤 장미는 남자에게 사실을 털어놓았다. 지상에 별은 없다고, 저물녘의 박모(薄暮)를 밝힌 빛은 상상의 별에 불과하다고. 임신도 상상할 수 있는 것처럼.

남자는 한동안 물끄러미 바라보더니 꼭 안아 주었다.

─괜찮아.

남자가 등을 토닥여 주며 말했다.

남자의 반응은 뜻밖이었다. 아명까지 지은 남자가 아니던가. 뜻밖인 게 또 있었다. 마음은 울컥했지만 눈물은 나오지 않았다. 다정하게 위로해 주는 남자만큼이나 눈물 흘리지 않는 자신이 장미는 낯설기만 했다.

눈물 대신 피가 흘러나왔다. 임신이 아니라는 진단을 기다렸다는 듯 생리가 시작되었다. 병원에 가서 호르몬 검사도 했다. 결과는 양호했다. 아이를 갖는 데 전혀 하자가 없다는 의사의 소견이었다. 불편한 데가 있느냐는 의사의 물음에 장미는 여전한 헛구역질을 호소했다.

─잠은 잘 주무시나요?

─푹 자 본 게 언젠지 모르겠어요.

─특별한 이유가 있나요?

장미는 더 이상 감추지 않기로 했다. 누군가에게 털어놓지 않으면 견딜 수 없을 것 같았다.

─개구리 냄새 때문이에요.

─개구리 냄새요?

장미는 저만 괴롭히는 개구리 냄새에 관해 토로했다. 남편도 자신의 말을 믿지 않는다는 대목에서는 목이 메었다. 진짜 문제는 개구리 냄새가 아니라 하소연을 진심으로 들어 줄 사람이 없다는 것이었다. 장미는 환자들이 다른 환자에게 드러내는 유아적인 관심과 무조건적인 유대감을 이해할 수 있을 것 같았다. 질병의 파괴력은 고통이 아니라 고독에서 온다는 말도. 생사의 기로에 선 자들을 무너뜨리는 결정적 한 방은 단말마의 고통이 아니라 누구에게도 이해받지 못하는 고독이었다. 공감은 신의 언어이니 고독한 환자에게 신은 모르핀도 히포크라테스도 아닌, 또 다른 환자다. 고통을 없애 줄 사람이 아니라 고통을 이해해 줄 사람이 간절한 장미에게 개구리 냄새는 일종의 질병이었다.

─아무도 맡지 못하는 개구리 냄새에 혼자 시달리고 계신다.

의사가 눈을 껌벅거리며 중얼거리더니 골똘히 생각에 잠겼다.

한참 뒤 의사는 책상 서랍에서 명함을 꺼내 장미에게 건넸다.

─그 문제라면 저보다 이 친구가 더 도움이 될 것 같습니다. 오해는 마세요. 마음의 짐은 누군가에게 내비치는 것만으로도 덜 수 있으니까요. 저도 이 친구에게 종종 상담을 받는답니다.

신경정신과 전문의 명함이었다.

의사는 이런 말도 덧붙였다.

―남편분도 검사해 보시는 게 좋을 듯합니다. 혹시 모르는 일이니까요.

　장미는 의사의 조언을 남자에게 섣불리 옮기지 못했다. 불쾌해할지도 모르니까. 불임 검사를 받은 사실도 비밀에 부쳤다. 부담을 느낄지도 모르니까. 그러나 비밀은 오래가지 못했다. 빌미를 제공한 쪽은 남자였다.

　―보약이라도 지어 먹어야 하는 거 아냐?

　어느 일요일 저녁 남자가 진지한 얼굴로 물었다.

　―난 괜찮아.

　장미는 저간의 사정을 남자에게 전했다. 의사의 말도. 신경정신과 의사를 소개받은 대목은 빼고. 남자의 얼굴이 굳어졌다.

장미전쟁

상상임신이었다는 얘기를 들었을 때만 해도 명제는 여자를 위로할 수 있었다. 아이는 언제고 생길 테니까. 요즘 부쩍 얼굴이 축난 여자가, 유산이라도 한 것처럼 낙담하는 여자가 안쓰러웠다. 그래서 보약을 권했다. 하지만 여자의 대답에는 가시가 돋쳐 있었다.

─난 이상 없어.

여자의 조바심을 이해할 수 없었다. 결혼한 지 고작 3년째였다. 여자가 이런저런 검사를 받았고 결과가 양호하다는 말을 들었을 때도 그러려니 했다. 내친걸음이었고 이상 없다니 반가웠지만 검사를 받아 보라는 말은 거슬렸다.

─나한테 문제가 있을 거라는 뜻이야?

명제의 목소리가 뾰족했다.

─검사해서 나쁠 거 없잖아?

여자의 목소리도 뾰족했다.

─결혼한 지 겨우 3년째야.

─첫 번째 결혼 생활까지 치면 4년이야.

─고작 4년이라고.

─벌써 4년이야.

─아이는 천천히 가져도 되잖아. 마음 느긋하게 먹고 당
분간은 글이나 열심히 써. 결혼하고는 한 편도 완성하지
못했잖아.

─언제부터 내 일에 관심이 많았어?

여자의 시퍼런 서슬에 명제는 어안이 벙벙했다. 발끈하
는 이유를 도무지 짐작할 수 없었다.

─말을 안 했을 뿐이지 늘 마음 쓰고 있었어.

─자기는 차려 준 밥 먹고 출근하면 끝이지? 종일 집에
서 내가 어떻게 지내는지 생각해 본 적 있어? 머릿속이 다
음 끼니 걱정으로 가득한데 어떻게 글을 쓸 수 있겠어?

─대충 때워.

─아버님은 국이 있어야 하는 분이잖아.

─많이 끓여 두면 되잖아.

─어떻게 삼시 세끼 같은 걸 올려?

─글 못 쓰는 게 아버지 탓이라는 거야?

─당신 변했어. 결혼 초에는 요리도 곧잘 하더니 요즘은

298

부엌 근처에 얼씬도 않잖아.

명제가 보기에 변한 건 여자였다. 예전 같으면 진작 눈물을 내비쳤을 테지만 여자의 눈에는 눈물 대신 적의가 서려 있었다. 새끼 잃은 어미처럼 사납게 노려보았다. 여자의 눈물이 곤혹스럽기만 하던 명제였지만 이제는 차라리 그리웠다. 눈물짓는 여자를 미워할 수는 없었으니까. 반찬 걱정 때문에 글을 쓸 수 없다는 말도 납득할 수 없었다. 아버지는 식성이 무난한 편이었다. 식도락과는 거리가 멀었고 가리는 음식도 없었다. 엄마가 돌아가신 뒤로는 더 그랬다. 그러니 명제가 정말 납득할 수 없는 것은 여자의 말이 아니라 여자였다. 끼니에 과도하게 신경 쓰는 여자 말이다.

명제가 마지못해 병원을 찾은 것은 제 몸에는 이상이 없다는 여자의 말을 들은 지 보름 만이었다. 그동안 여자는 몸은 물론 말도 섞지 않으려 했다. 눈 마주치는 것조차 꺼렸다. 전쟁 같은 나날이었다. 빛바랜 사랑의 깃발 아래 무관심과 냉대와 침묵으로 야유하고 괴롭히고 파괴하는 장미의 전쟁.

간호사는 명제에게 이름이 적힌 원통형의 플라스틱 용기를 건네며 정액 채취 요령을 설명했다. 간호사는 정액이라는 말 대신 '체액'이라는 단어를 썼다. 사정을 돕기 위해 동영상을 보여 줄 수도 있다고 했다.

　―혹시 「나인하프 위크」 있나요?

명제가 기어들어 가는 목소리로 말했다.

간호사가 안내한 방문에는 '채취실'이라는 팻말이 붙어 있었다. 채취실은 한 평 남짓한 방이었다. 텔레비전과 비디오 플레이어가 회색 테이블에 얹혀 있었고 안락의자도 준비되어 있었다. 《플레이보이》나 《허슬러》 같은 성인 잡지가 꽂힌 잡지꽂이만 빼면 비디오방과 다를 바 없었다.

간호사는 한참 뒤에야 얼굴을 내밀었다. 명제가 부탁한 비디오테이프는 없다고 했다. 대신 다른 걸 준비했단다. 간호사가 건넨 테이프의 라벨에는 매직펜으로 이런 제목이 적혀 있었다. 동물적 본능 2.

명제는 테이프를 비디오 플레이어에 넣고 재생 버튼을 눌렀다. 텔레비전 화면에는 사바나의 초원이 펼쳐졌다. 어슬렁거리던 사자가 얼룩말을 쫓기 시작했다. 놀란 얼룩말은 필사적으로 달아났다. 얼룩말을 놓친 사자는 무리에서 떨어져 나온 가젤을 노렸다. 사자가 달려들자 가젤은 지그재그로 내달렸다. 사자의 발톱이 닿을락 말락 할 때마다 가젤은 방향을 바꿔 가까스로 위기를 모면했다. 손에 땀을 쥐게 하는 장면이었지만 성적 흥분과는 거리가 멀었다. 뭔가 잘못된 게 분명했다. 간호사를 불러야 하나 고민하던 차에 휴대전화가 울어 댔다.

—명제?

—누구세요?

—서영이야.

명제는 의자에서 벌떡 일어났다. 순간 사자가 가젤의 목덜미를 덥석 물었다.

한서영의 얼굴을 본 것은 목소리를 들은 지 사흘 뒤였다. 명제는 병원에 들르기 위해 일찌감치 퇴근했다. 정자가 건강하고 매우 활동적이라는 의사의 말에 명제는 안도했다. 한서영을 만나러 가는 발걸음이 한결 가벼웠다.

한서영을 만나기로 한 곳은 이태원의 멕시코 요리 전문점이었다. 약속 시간보다 20분 일찍 도착한 명제는 코로나한 병을 주문했다. 한쪽 벽에 걸린 대형 텔레비전에서는 며칠 전 치러진 월드컵 대표 팀 평가전이 재방송되고 있었다. 명제는 맥주를 홀짝이며 출입문과 시계를 번갈아 쳐다보았다.

한서영은 전반전이 끝날 때쯤 나타났다. 한서영이 문을 열고 들어오자 명제는 저도 모르게 손을 번쩍 들었다. 한서영이 미소를 지으며 다가왔다. 흰 바탕에 붉은색 꽃무늬가 아로새겨진 민소매 원피스 차림이었다. 긴 생머리를 포니테일 스타일로 묶어 목선이 시원스러웠다. 걸음을 옮길 때마다 포니테일이 경쾌하게 찰랑거렸다.

—미안. 많이 기다렸지?

한서영이 자리에 앉으며 말했다.

―괜찮아.

명제는 미소를 지으려 했지만 얼굴이 딱딱해지는 느낌이었다. 예전에도 한서영만 보면 그랬다.

한서영이 맞은편에 앉자 익숙한 향이 코를 간질였다. 시간은 많은 것을 지워 버리지만 냄새는 오래 살아남았다. 라일락 향이었다. 대학 신입생 시절 맡았던 바로 그 냄새. 11년의 세월을 견뎌 낸 냄새 때문이었을까. 대학교 구내식당에서 처음 보았을 때의 기억이 새삼스러웠다. 그동안 피고 진 열한 번의 봄은 모두 어디로 가 버렸을까. 덧없이 사라진 열하나의 봄을 꿰뚫고 날아온 냄새는 명제의 살갗에 스며 혈액 속으로 빠르게 녹아들었다. 정맥에 실려 심장으로 흘러들어 간 그 냄새는 위선의 찌꺼기는 한 톨도 섞이지 않은 순수한 유혹의 피톨이 되어 동맥을 타고 몸 구석구석으로 달려갔다.

―오랜만이네.

한서영이 명제를 찬찬히 바라보며 말했다.

―11년 만이야.

명제는 엉겁결에 대답했다.

―11년?

―처음 보았던 게.

명제는 멋쩍게 웃으며 얼버무렸다.

―와! 벌써 그렇게 됐구나.

—서정우 결혼식 때 보고 처음이니 3년 만이네.

한서영이 똑바로 쳐다보자 명제의 시선은 자꾸만 처졌다. 우윳빛 목덜미, 앙증맞은 쇄골, 살짝 드러난 가슴골. 온통 지뢰밭이었다. 며칠 전 산부인과 골방에서 보았던 영상이 문득 떠올랐다. 사자와 가젤의 필사의 경주. 명제는 가젤이 된 기분이었다.

한서영은 명제의 결혼에 대해 입도 벙긋하지 않았다. 명제도 할 말을 찾지 못해 묵묵히 음식만 먹었다. 한서영은 가끔 텔레비전 쪽으로 고개를 돌리기도 했다.

—축구 좋아해?

명제가 물었다.

—응. 미국 살 때도 매콤한 음식이 당길 때면 집 근처 멕시코 식당을 찾곤 했어. 한국 식당은 너무 먼 데다 그곳에서는 축구 중계를 볼 수 있었거든. 주로 프리메라리가 경기였지. 정확히 말하면 바르셀로나의 경기였어. 식당 주인이 그 팀 광팬이었거든. 덕분에 루이스 피구의 팬이 됐어. 마드리드로 이적하는 바람에 바르셀로나와 시합할 때만 볼 수 있게 되었지만.

한서영은 축구 얘기가 나오기를 기다렸다는 듯 말문이 활짝 트였다. 한서영이 축구를 좋아한다는 사실이 명제는 반가웠다.

—야구를 좋아한다고 하지 않았어?

—내가?

—응. 남이섬으로 엠티 갔을 때 강가에서.

—별걸 다 기억하네. 야구도 좋아하고 축구도 좋아해.

—그랬구나.

—한국 축구와 멕시코 축구의 공통점이 뭔지 알아?

—글쎄.

—키 작은 선수가 잘한다는 거야. 작은 고추가 맵다는 속담을 알려 주면 멕시코 사람과 금방 친구가 될 수 있어.

축구 얘기로 대화가 한결 편해졌다. 명제는 코로나를 한 병 더 주문했지만 한서영은 술을 사양했다.

—논문은 끝냈어?

개막을 코앞에 둔 월드컵에서 한국 대표 팀이 거둘 성적에 대한 전망까지 마쳤을 때 명제가 물었다.

—끝내자마자 들어온 거야. 월드컵 보려고.

—대단하다. 이제 박사님이네. 축하해.

한서영이 미소를 지었다.

멕시코 식당에서 나왔을 때 명제는 술 한잔하지 않겠느냐고 물었지만 한서영은 딸을 찾으러 가야 한다며 돌아섰다. 한서영의 뒷모습을 바라보며 아쉬워할 때 명제는 가젤이 아니라 사자였다.

문제는 개구리 냄새가 아니야

　장미가 화장대 서랍에 넣어 둔 신경정신과 전문의 명함
을 꺼낸 것은 그것을 받은 지 한 달 만이었다. 장미에게 지
난 한 달은 지옥의 나날이었다. 몸에는 이상 없다는 진단
때문이었다. 병든 것은 마음이라는 얘기였지만 앓는 건 몸
이었다. 불면은 지병이 되었고 헛구역질은 습관이 되었다.
개구리 냄새는 갈수록 지독해졌다. 머릿속까지 스며든 것
인지도 몰랐다. 뇌에 밴 냄새는 지상의 탈취제로는 지울
수 없었다. 모든 냄새를 지울 수 있는 마녀의 묘약이라면
또 모를까. 아이가 들어서지 않는 것도, 동화를 쓰지 못하
는 것도 개구리 냄새 탓 같았다. 남자에게 하소연하지도
못했다. 입을 다물어 버릴 게 뻔했으니까.
　요즘 부쩍 남자가 멀게만 느껴졌다. 몸을 섞은 지도 말

을 섞은 지도 오래되었다. 너무 오래되어서 오래되었다는 기분조차 희미해질 정도였다. 시들어 가는 장미와 달리 남자는 생기가 넘쳤다. 개막을 코앞에 둔 월드컵 때문인지 몰랐다. 42인치나 되는 LCD 텔레비전을 덜컥 들여놨다. 한마디 상의도 없이. 미리 얘기하면 반대할 것 같아서 그랬다는 변명에 할 말을 잃었다.

이제 침묵은 남자만의 언어가 아니라 장미의 언어이기도 했다. 침묵은 말과 말 사이에 끼어드는 어떤 것이 아니었다. 침묵과 침묵 사이에 길 잃은 짐승처럼 불쑥 나타나는 것이 말이었다. 침묵에 길들여지자 말이라는 게 부질없고 덧없게 여겨졌다. 숨 쉬는 것조차 거추장스러웠다. 모든게 거추장스러웠다. 한바탕 울고 나면 속이 후련하련만 어둠 속에서 세상을 등지고 있어도 눈물은 감감무소식이었다. 애써 잊고 있던 명함을 꺼내 든 것은 그 때문이었다. 눈물 없는 세상을 감내할 수는 있어도 눈물 없이 세상을 견딜 자신은 없었다.

금테 안경에 눈매가 날카로운 호리호리한 사내를 머릿속에 그리고 갔지만 신경정신과 전문의는 뜻밖에 살집이 넉넉하고 인상이 푸근한 중년 여성이었다. 진찰실에는 검은색 장의자 따위도 보이지 않았다.

—어떻게 오셨어요?

의사가 물었다.

장미는 어디서부터 얘기해야 할지 막막했다. 잠시 머뭇거리고 나서 입을 뗐다.

—개구리 때문에 왔어요.

개구리라는 말을 내뱉는 순간 장미는 금기를 깨뜨린 것처럼 짜릿한 쾌감에 몸을 떨었다.

—개구리라고요? 자세히 말씀해 주실까요?

의사가 차분한 목소리로 물었다.

장미의 입은 침묵의 저주가 풀린 듯 가벼워졌다. 개구리에 대해서라면 할 말이 많았다. 개구리 냄새에 시달린 사연부터 상상임신으로 산부인과에 갔던 이야기까지. 여의사라서 말하기가 더 편했다. 의사는 간혹 고개를 끄덕이며 장미의 얘기를 주의 깊게 들었다.

—네, 그러셨군요. 그럼, 이제 개구리에 대해 말씀해 보세요.

—이미 말씀드렸는데요?

—개구리 냄새에 대해서만 말씀하셨어요. 개구리 때문에 왔다고 하셨잖아요.

의사가 장미를 찬찬히 바라보며 말했다.

장미는 의사의 말이 알쏭달쏭했다. 이제껏 떠든 게 개구리에 관한 게 아니라면 뭐란 말인가?

—무슨 말씀인지…….

—개구리 냄새는 증상일 뿐이죠. 제가 궁금한 것은 증

상이 아니라 원인입니다. 개구리에 대해 말씀해 보세요.

—글쎄요. 무슨 얘기를 해야 할지…….

—뭐든 괜찮아요.

—남편 별명이 개구리예요.

—어쩌다 그런 별명이 붙었죠?

의사가 눈을 반짝이며 물었다.

—지독한 음치거든요. 인간의 성대에서 나올 수 없는 소리라며 노래패 사람들이 붙인 별명이에요.

—노래패요?

장미는 개구리라는 별명의 내력을 상세히 설명했다.

—정확히 말하자면 별명은 개구리 왕자군요. 그런데 왜 개구리가 아니고 개구리 왕자였을까요?

—글쎄요.

장미가 기억을 더듬는 사이 간호사가 오렌지주스를 내왔다. 오렌지주스를 보니 많은 것이 떠올랐다.

—노래패 선배들이 동기들을 일곱 난쟁이라 불렀어요. 그래서 개구리 왕자라고 했던 것 같아요. 개구리 왕자와 여섯 난쟁이라고 부르던 사람도 있었어요.

—동화적 상상력이군요. 그러니까 개구리 왕자와 결혼하신 셈이네요. 장미 씨가 알고 있는 개구리 왕자 얘기를 해 보실래요?

개구리가 공주의 황금 공을 건져 주는 대가로 공주와

함께 놀고 식사하고 잠자리에 들게 되는 과정을 장미는 차근차근 얘기했다. 아이에게 동화를 들려주듯 부드러운 목소리로. 공주가 벽에 패대기치자 개구리가 왕자로 변하는 결정적인 장면에서는 목소리가 높아졌다. 하지만 장미가 공들인 대목은 따로 있었다.

─이튿날 여덟 마리 백마가 끄는 마차가 왕궁으로 왔어요. 충직한 신하 하인리히가 왕자를 모시러 온 거죠. 개구리 왕자와 공주를 태운 마차가 출발한 지 얼마 안 돼 우지끈하는 소리가 났어요. 하인리히의 가슴에 채워진 쇳대가 너무 기뻐하는 바람에 끊어지는 소리였죠. 왕자가 개구리로 변하자 슬픔에 가슴이 터질까 봐 감아 둔 쇳대였어요.

─어떻게 그리 상세히 기억하시죠?

─수십 번도 더 읽었을 거예요.

─처음 읽었을 때 느낌은 어땠죠?

─개구리가 징그러웠어요. 개구리와 한 침대에서 자는 건 상상만 해도 끔찍했죠.

─결국 왕자가 되었잖아요.

─개구리 왕자도 께름칙했어요. 왕자로 돌아왔지만 한때 개구리였으니까요.

─그럼, 그 동화가 싫었겠네요?

─아니요. 하인리히가 있잖아요. 슬픔에 심장이 터질까 봐 가슴에 쇳대를 세 개나 둘렀다는 대목이 특히 좋았어요.

―하인리히의 어떤 점이 마음에 들었나요?

―충직한 인물이잖아요. 이름도 멋지고. 그러고 보니 그 동화에서 이름을 가진 건 하인리히뿐이네요.

의사는 장미를 찬찬히 바라보다 질문을 던졌다.

―남편은 개구리 왕자인가요, 하인리히인가요?

―네?

장미는 무슨 뜻인지 모르겠다는 듯 반문했다.

잠자는 숲속의 공주와 개구리 왕자

그즈음 명제에게는 기다리는 게 두 가지 있었다. 월드컵 개막과 한서영의 연락. 월드컵 개막을 기다리는 것은 즐거웠다. 출소를 목전에 둔 만기수의 심정으로 하루하루를 지워 나갔다. 큰맘 먹고 42인치 LCD 텔레비전도 들여놨다. 회사 근처 가전제품 대리점에서 월드컵 기념으로 열 대만 40퍼센트 할인된 가격에 판다니 가만히 있을 수 없었다. 하마터면 기회를 놓칠 뻔했다. 광고 현수막을 내걸자마자 주말에만 아홉 대가 나가고 마지막 한 대만 남았다고 대리점 직원이 귀띔했다. 명제는 여자와 상의하려고 휴대전화 버튼을 누르다 말고 서둘러 지갑을 꺼냈다. 텔레비전을 산 것은 월드컵 때문만은 아니었다. 여자를 위해서이기도 했다. 이 정도의 크고 선명한 화면이라면 집에서 영화 보는 재미도 쏠쏠할 것이었다. 하지만 여자는 기뻐하기는커녕 빤한 상술에 넘어갔다며 퉁바리만 놓았다. 명제는 기분이 상해 얼마 줬느냐는 물음에 대꾸도 안 했다.

한서영의 연락을 기다리는 것은 끝을 가늠할 수 없어 힘겨웠다. 무기수라도 된 기분이었다. 연락을 기다리는 일보다 더 힘겨운 것은 기다리는 마음을 감추는 일이었다. 감춰야 하는 기다림은 감춰야 한다는 사실 때문에 한층 고통스러웠다. 먼저 연락할 수도 있었지만 차마 그러지 못했다. 하루하루 수척해지는 여자의 우울 때문이었다.

여자는 약도 먹는 눈치였다. 무슨 약이냐고 물었더니 자기한테 언제 그렇게 관심이 있었느냐며 냉랭했다. 명제는 여자의 침묵이 불안했다. 마음으로만 헛되이 수많은 계획을 세웠다 허무는 사람 특유의 어둡고 공허한 침묵이었다. 어둠은 여자의 몸짓에도 뿌리를 내렸다. 여자가 지나간 자리마다 캄캄했다. 상상임신의 후유증은 깊고 질겼다. 여자를 위해 할 수 있는 일은 한서영에게 먼저 연락하지 않는 게 전부였다.

한서영에게서 연락이 온 것은 월드컵 개막 전날이었다. 야근 중이었고 10시를 막 넘긴 때였다. 휴대전화 창에 한서영의 번호가 뜨는 순간 명제는 깨달았다. 먼저 연락하지 않은 것은 여자와의 신의 때문이 아니라 거절당할까 봐 두려워서였다는 사실을.

한서영은 이태원의 바에서 혼자 술을 마시고 있었다. 명제는 한서영 곁의 스툴에 엉덩이를 걸쳤다.

—왔어?

—여태 혼자 마신 거야?

한서영이 고개를 끄덕였다. 볼이 불그레했다.

—무슨 일 있어?

위스키를 한 모금 넘긴 뒤 명제가 물었다. 한서영은 눈을 내리깐 채 고개를 흔들었다. 한서영은 묵묵히 술을 마시다 문득문득 명제가 곁에 있다는 사실을 깨달은 것처럼 말을 건넸다. 특별한 내용은 없었다. 월드컵 얘기, 날씨 얘기, 그리고 옛날 얘기. 해도 그만 안 해도 그만인 이야기들. 숨을 들이쉴 때마다 상대의 체취가 폐에 가득 찰 만큼 바짝 붙어 앉아 술을 마시며 나누기에는 민숭민숭한 이야기들. 명제는 왠지 허망한 기분이 들었다.

—애 찾으러 가야 하지 않아?

자정 무렵 명제가 물었다. 위스키를 넉 잔이나 마신 탓에 목소리가 가라앉았다.

—장미는 늦어도 전화 안 하나 봐?

한서영 앞에서 여자 얘기를 하기가 거북해 명제는 입을 다물었다.

한서영이 위스키를 한 잔 더 주문했다.

—괜찮겠어?

명제가 근심 어린 목소리로 물었다.

―끄떡없어.

한서영은 호기롭게 대답했지만 말투는 어눌했다.

―아이 찾으러 가야 하잖아.

―아빠랑 잘 있겠지.

―전 남편도 와 있어?

―미국에 있어.

―아이는 아빠 보러 잠깐 나간 거야?

―살러 갔어. 양육권이 그쪽에 있거든.

한서영은 과거를 입에 올리고 싶지 않다는 듯 말없이 술잔만 기울였다.

명제는 화장실에 가기 위해 자리에서 일어났다. 갑자기 현기증이 일고 주변의 사물들이 녹아내린 밀랍처럼 뭉그러졌다.

화장실에서 돌아왔을 때 한서영은 테이블에 엎드린 채 자고 있었다. 어깨를 흔들었지만 꿈쩍도 하지 않았다.

―이런 적 없으셨는데…….

바텐더가 중얼거렸다.

―자주 왔나 보죠?

―네, 일주일에 두세 번.

―늘 혼자 왔나요?

―언제나 혼자였어요.

명제는 한서영을 내려다보았다. 조명 때문인지 목덜미가 유난히 파리했다.

명제는 한서영을 들쳐 업고 바에서 나왔다. 온 세상의 라일락 향을 짊어진 것처럼 가슴이 벌렁거렸다. 명제가 짊어진 것은 가 보지 못한 세상의 모든 길인지도 몰랐다. 지나온 길을 되짚어, 인생을 바꾸어 놓은 갈림길 앞으로 돌아간 듯했다. 실제로 갈림길이 눈앞에 나타났다. 한쪽은 큰길로 이어졌고 다른 쪽은 모텔 골목을 향했다. 명제는 낯선 길 위에서 나침반을 잃어버린 사람처럼 두리번거렸다. 아니, 나침반은 잃어버리지 않았다. 한 번도 가져 본 적 없었으니까.

한서영이 내쉬는 뜨겁고 달콤한 숨에 목덜미의 솜털이 곤두섰다. 곤두선 솜털이 가리키는 방향으로 명제는 몸을 돌렸다. 모텔이 즐비한 골목을 비칠비칠 걸을 때 11년 전, 한서영 덕에 알게 된 미국 시인의 시구가 문득 떠올랐다.

숲은 아름답고 어둡고 깊다.
나에게는 지켜야 할 약속이 있고
잠들기 전에 갈 길이 멀다.

명제는 뒤를 돌아보았다. 저 멀리 큰길을 달리는 자동차들의 방향은 한 치의 망설임도 없이 확고했다. 안전하지만

빤한 길이었다. 맞은편에서는 아름답고 깊고 어두운 숲이
손짓하고 있었다. 아름답고 깊고 어두운 숲으로 발을 들이
고 싶은 욕망과 서둘러 빠져나가야 한다는 경계심이 팽팽
하게 맞섰다. 마음의 나침반은 이렇게 노래했다.

　　나에게는 지켜야 할 약속이 있고
　　잠들기 전에 갈 길이 멀지만
　　숲은 아름답고 어둡고 깊다.

　모텔 방 침대에 한서영을 눕히고 담배를 피우면서도 명
제는 지켜야 할 약속과 숲의 아름다움 사이에서 갈등했
다. 한서영은 잠자는 숲속의 공주 같았다. 처음 보았을 때
부터 한서영은 공주였다. 공주가 저주의 바늘에 찔려 의식
을 잃고 누워 있었다. 방의 벽지도 붉은 장미 무늬였다.
　담배가 필터께까지 타들어 가도록 명제는 마음을 정하
지 못했다. 담뱃재가 번민의 무게를 견디지 못하고 부러졌
다. 셔츠에 떨어진 담뱃재를 털어 내던 명제의 얼굴이 굳
어진 것은 어둠 속에서 번뜩이는 황금 버클이 눈에 들어
왔을 때였다. 명제는 미망에서 깨어난 사람처럼 벌떡 일어
섰다.
　—가지 마!
　등 뒤에서 공주의 목소리가 환청처럼 들려왔다. 아름답

고 어둡고 깊은 숲에서 들려오는 깊고 어둡고 아름다운 소리. 명제는 흔들리는 마음을 다잡아 줄 수호신이라도 되는 양 황금 버클을 간절한 눈빛으로 내려다보았다.

　―곁에 있어 줘! 무서워.

　목소리는 울음처럼 간절해졌고 황금 버클은 점점 빛을 잃었다.

　명제는 공주 곁에 앉았다. 장미 가시 때문에 아무도 접근할 수 없는 숲속의 성에 들어갈 수 있는 것은 개구리뿐이었다. 개구리가 이마에 입을 맞췄지만 공주의 눈은 여전히 감겨 있었다. 개구리는 망설이다 공주의 입에 키스했다. 장미처럼 붉은 입술이 파르르 떨렸다. 저주받은 공주의 입술은 아름답고 어두웠다. 어두워서 더 아름다웠다.

　공주가 마침내 눈을 떴다. 11년 동안의 긴 잠에서 깨어난 공주의 눈은 더없이 맑아서 슬펐다. 입맞춤으로 저주에서 풀려난 건 공주만이 아니었다. 개구리는 왕자로 변했다. 개구리는 저주받은 공주가 꾼 악몽이었는지도 몰랐다. 왕자는 공주의 입술을 다시 찾았다. 입술 속에는 혀가 있고 혀 너머에는 천국이 있었다. 입술은 어두웠고 혀는 깊었으며 천국은 아름다웠다. 숲 안쪽으로 들어갈수록 라일락 향기가 흐드러졌다. 왕자는 라일락 향기의 근원을 향해 한 발 한 발 나아갔다. 부드러운 거웃이 무성한 오름을 넘어 더 이상 발 디딜 데가 없을 때까지. 숲의 속살을 왕자가 어루만질 때 장미 덤불과 함께 온 세상이 눈 감았다. 왕자가 벗어 던진 바지에 매달린 황금 버클만 빼고. 왕자는 팬티를 벗어 황금 버클 위로 던졌다. 숲은 어둡고 깊고 아름다웠다.

다음 날 새벽 명제가 눈을 떴을 때 한서영은 잠들어 있었다. 간밤에 마신 술 때문에 속이 불편했지만 화장실에는 갈 수 없었다. 화장실 벽이 투명 유리로 되어 있었다. 불을 켜면 한서영이 깰지도 몰랐다. 얼굴을 보면 민망할 것이었다. 명제는 어둠 속에서 주섬주섬 옷을 걸치고 조심조심 방을 나섰다.

모텔에서 빠져나와 걷던 명제는 문득 뒤를 돌아보았다. 하늘을 찌를 듯 뾰족한 지붕 밑의 수많은 격자무늬 창이 어둠에 묻혀 고즈넉했다. 한서영이 자고 있을 방이 어디쯤인지 가늠할 수 없었다. 배 속이 부글거렸다. 집에 도착할 때까지 괜찮을지 장담할 수 없었지만 모텔 방으로 돌아갈 수는 없었다. 숲에서 빠져나온 순간 왕자는 다시 개구리가 되었으니까.

개구리 왕자 또는 쇳대를 두른 하인리히

남자가 철야를 알리는 문자를 보내왔을 때 장미는 침대 헤드보드에 등을 기댄 채 책을 읽고 있었다. 가급적 수면제를 먹지 않고 잠을 청하려 미지근한 물로 샤워도 하고 우유도 데워 먹었지만 허사였다. 장미는 책을 덮고 수면제를 삼켰다. 처음에는 한 알만으로도 충분했지만 이제는 두 알은 먹어야 했다. 수면제를 삼킬 때 장미는 영원히 깨어나지 않는 잠을 꿈꾸기도 했다. 잠자는 숲속의 공주처럼 가시 장미 덩굴 속에서 영원한 안식을 얻고 싶었다. 왕자가 찾아오든 말든 상관없었다. 아니, 왕자가 찾아오지 않는 편이 나았다. 어렵사리 든 잠에서 깨고 싶지 않았으니까. 수면제를 먹고 자면 꿈을 꾸지 않았지만 그날은 예외였다.

장미는 가시 장미 덩굴에 둘러싸인 성의 지하실에 누워 있었다. 가위눌린 것처럼 손가락 하나 까딱할 수 없었다. 개구리가 찾아왔다. 황금 개구리. 가시 장미 덩굴을 뚫고 오느라 상처투성이였다. 개구리는 슬픈 눈으로 장미를 바라보았다. 개구리의 눈에서 눈물이 흘러내렸다. 쏟아지는 눈물이 피와 섞여 온몸을 적셨다. 황금이 피눈물을 흘렸다.

 새벽녘 장미는 부스럭거리는 소리에 눈을 떴다. 언제 들어왔는지 남자가 팬티 바람으로 장롱에서 속옷을 꺼내고 있었다. 꿈인지 생시인지 몽롱했다. 남자는 속옷을 들고 살금살금 걸음을 뗐다. 뭔가 이상하다고 느낀 것은 남자의 실루엣이 거실에서 새어 드는 불빛 속으로 들어갔을 때였다. 남자의 팬티가 뒤집힌 것 같았다. 입을 달싹이려는 순간 남자는 화장실로 사라졌다. 잘못 보았나 싶었다. 수면제를 오래 먹은 탓인지도 몰랐다.

 장미는 의사에게 간밤의 꿈을 얘기했다. 말을 쏟아 내면 욕조에 몸을 담근 것처럼 몸과 마음이 나른해지면서 편안했다. 그러니 장미가 사는 것은 수면제나 프로작이 아니라 의사의 귀였다.

 ─황금 개구리는 흥미로운 이미지네요. 황금은 불멸에 대한 인간의 욕망이 투사된 물질이지요. 반면 알로 태어나 올챙이를 거치는 개구리는 형태가 자꾸 바뀌니 불멸과는 거리가 멀죠. 그러니까 황금 개구리는 변덕스러운 무언가

가 변치 않기를 바라는 염원의 상징일 수도 있어요.

─황금 개구리에 대한 꿈이 처음은 아니에요.

─전에도 꾼 적 있다는 말씀인가요?

─네. 2년 전이었어요. 두 번째 결혼식 전날 밤 꿈에도
나타났어요.

장미는 엄마가 태몽이라고 주장했던 꿈에 대해 얘기했
다. 우주의 비밀을 엿보는 사제처럼 숨죽이고 있던 의사는
장미의 꿈이 끝난 자리에서 탄식했다.

─피투성이 황금 개구리라!

의사는 장미의 꿈을 되새기듯 눈을 감았다가 잠시 후
눈을 뜨고 입을 열었다.

─개구리 왕자 얘기를 처음 접했을 때 징그러웠다고
했죠?

─네.

─황금 개구리도 징그러운가요?

─아니요.

─피투성이가 된 황금 개구리는요? 꿈에서 황금 개구
리가 피투성이가 되었을 때 기분이 어땠죠?

─무섭기도 하고 불쌍하기도 했어요.

─그뿐인가요?

─안도하기도 했어요.

─그렇군요. 장미 씨는 원하는 것을 잃을까 봐 두렵고

불안한 게 아니라 원하는 것을 얻게 될까 봐 두렵고 불안한 거예요. 그러니까 아이를 갖고 싶어서가 아니라 아이를 가질까 봐 상상임신을 한 건지도 몰라요.

—무슨 말씀인지 잘 모르겠네요.

—『개구리 왕자』의 원제가 뭔지 아세요?

—원제는 다른가요?

—네, '개구리 왕자 또는 쇳대를 두른 하인리히'예요. 제목을 봐서는 개구리 왕자와 하인리히의 비중이 대등해야 되는데 하인리히는 끝에만 잠깐 등장하죠. 게다가 주인공들의 이름이나 호칭이 '또는'으로 연결되는 경우는 없어요. 왜 이런 제목이 붙었을까요?

—글쎄요.

—이런 가설이 가능해요. 개구리 왕자와 하인리히는 동일 인물이다.

—네?

—개구리 왕자는 하인리히의 '내면 아이'예요.

—내면 아이라고요?

—성인이 된 후에도 우리 마음속에는 어릴 적 자아가 존재해요. 쉽게 상처받고 무심코 상처 주는 존재. 아이처럼 구는 성인들을 생각해 보면 어렵지 않게 이해할 수 있어요. 성숙한 인간은 자기 안의 내면 아이를 윽박지르거나 사탕발림으로 속이지 않아요. 현명한 부모가 그러듯 인내

심을 갖고 대화를 하죠. 성장하기 위해서는 고통과 직면해야 하니까요. 개구리가 벽에 부딪혀서 왕자로 변신한 것처럼 말이죠. 재미있는 동화예요. 선행에 대한 보상으로 저주가 풀리게 마련인데 개구리 왕자는 황금 공을 주워 줄 때가 아니라 벽에 패대기쳐질 때 저주가 풀리잖아요. 벽에 패대기쳐지는 건 일종의 성장통이죠.

—흥미로운 해석이네요. 그런데 제 불면증과는 무슨 상관이죠?

—개구리 왕자와 결혼한 공주는 잘 살았을까요?

—오래오래 행복하게 살았겠죠.

—제 생각은 달라요. 공주는 불행해질 가능성이 높아요. 공주가 사랑하는 것은 개구리 왕자가 아니라 하인리히니까요.

—개구리 왕자가 하인리히라면서요.

—정확히 말하자면, 개구리 왕자는 하인리히의 내면 아이죠. 개구리 왕자의 궁전에 사는 공주는 숨이 막혀요. 개구리 냄새 때문이죠. 공주는 개구리 냄새가 싫은 게 아니에요. 개구리, 그러니까 하인리히의 내면 아이가 싫은 거예요. 남편분의 유치한 모습을 견딜 수 없는 것도 그 때문이죠. 게임에 넋을 빼앗기거나 스포츠의 승패에 집착할 때처럼.

장미의 표정이 거짓말을 추궁당하는 아이처럼 일그러졌다.

—남편은 이제 많이 좋아졌어요. 어른스러워졌다고요.

—그 집에는 점점 애가 되는 사람도 있잖아요.

—누구 말이죠?

—시아버지요. 남편분의 또 다른 내면 아이.

—제가 시아버지를 싫어한다는 건가요? 그래서 존재하지도 않는 개구리 냄새를 지어낸다는 건가요?

—아니요. 시아버지가 아니라 남편의 내면 아이를 싫어하는 것이죠. 그리고 남편의 내면 아이를 싫어하는 것은 장미 씨가 아니라 장미 씨의 내면 아이예요. 개구리 냄새를 맡는 것도, 헛구역질을 하는 것도, 상상임신을 하는 것도.

—말도 안 돼요.

—개구리 왕자 이야기로 돌아가 볼까요? 개구리 왕자는 고통을 통해 성장하지만 공주는 어떤가요? 은혜를 베푼 개구리를 징그럽다며 벽에 패대기쳐 버리죠. 공주의 미성숙을 상징적으로 보여 주는 장면이에요. 개구리가 멋진 왕자가 되자 결혼하지만 공주 자신이 성장하지 않는다면 결코 행복을 얻을 수 없어요. 개구리도 왕자의 일부이기 때문이죠. 상대를 있는 그대로 받아들일 때만 진정한 사랑과 행복을 얻을 수 있어요.

장미의 표정이 어두워졌다. 의사의 분석에 따르면 문제는 개구리도, 개구리 냄새도, 시아버지도, 남자도 아니었다. 바로 자기 자신이었다. 나는 대체 누구인가? 장미가 말할 수 있는 건 이 정도였다. 아빠와 엄마의 딸이고 동생의 누나이며 남자의 아내이자 시아버지의 며느리라는 것. 그 외의 모든 것은 모호하고 미심쩍었다.

AGAIN 1998

월드컵에서 대표 팀은 승승장구했지만 명제는 좌불안
석이었다. 한서영 때문이었다. 만나자는 연락이 올까 봐 두
려웠고 오지 않을까 봐 겁났다. 그날 밤의 일은 술김에 저
지른 실수라 말하고 싶었지만 그런 말을 듣고 싶지는 않았
다. 문제는 한서영이 아니라 한서영에 대한 마음이었다. 한
서영을 생각하면 명치끝이 저렸다. 과거의 한때 마음을 빼
앗겼던 이성에 대한 설렘만은 아니었다. 한서영이 품고 있
는 어둠이 걸렸다. 밝고 구김 없는 타입인 줄 알았기에 더
더욱.

언제부터였을까. 명제에게는 여자와 한서영을 비교하는
버릇이 생겼다. 대표 팀이 월드컵 출전 사상 최초의 승리
를 거뒀는데도 여자가 시큰둥한 반응을 보이자 한서영이

라면 어땠을까 하고 생각했다. 이탈리안 레스토랑에서 메뉴판을 들여다보고 비싸다며 도로 나가는 여자를 보며 한서영이라면 과연 저랬을까 의문을 품었다. 비교는 죄악이었지만 죄악을 저질렀기에 자꾸 비교하게 되었다.

포르투갈과의 경기를 같이 보자는 한서영의 제안을 명제는 흔쾌히 받아들였다. 여자는 축구에 관심이 없으니까. 한서영과 축구를 보는 게 별로 미안하지 않았다. 아니, 미안하지 않으려 노력했다. 회사 사람들과 중계를 보기로 했다고 거짓말할 때조차도. 죄의식을 더는 방법은 두 가지였다. 고해를 하거나 더 큰 죄를 짓거나. 명제가 택한 쪽은 후자였다.

명제는 전에 갔던 이태원의 멕시코 식당에서 한서영을 만났다. 한서영은 붉은악마 티셔츠를 입고 나왔고 들뜬 표정이었다. 모텔에서의 일 때문에 서먹할지도 모른다는 염려는 기우에 불과했다.

—두 팀 모두 16강에 오르면 좋을 텐데.

한서영이 말했다.

—피구 때문에?

—응.

한서영의 바람과 달리, 훗날 맨체스터에 근거를 둔 세계적 명문 클럽에 입단하게 될 한국 선수의 골로 포르투갈은 짐을 싸야 했다. 결승 골이 터지던 순간 식당의 모든 사람이 자리에서 벌떡 일어나 환호했다. 두 사람만 빼고. 한 명은 자신이 응원하는 선수의 낙담 때문에, 또 한 명은 대학 신입생 시절 좋아했던 상대 때문에.

지난번 갔던 바로 자리를 옮겼다. 월드컵의 열기도 그곳만은 비켜 간 듯 차분한 분위기였다. 곡명을 알 수 없는 재즈가 나른하게 떠돌고 있었다.

—그날 밤에는…….

취기로 얼굴이 달아오를 무렵이었다. 명제는 담아 두었던 말을 꺼내려 했다.

—그날은 고마웠어. 한번 마시기 시작하면 정신 줄을 놓거든. 알코올중독이야.

한서영이 담담하게 말했다.

—알코올중독?

—미국에 있을 때 치료도 받았어. 중도에 포기하고 말았지만.

한서영의 얼굴에 그늘이 졌다. 명제는 한서영이 한사코 술을 기피했던 이유를 그제야 알 것 같았다.

—실은 공부도 포기했어. 박사 학위 땄다는 건 거짓말이야. 남편 공부 뒷바라지하느라, 아이 낳고 기르느라 내 앞가림할 여력이 없었어. 처지를 비관할수록 침대에 누워 있는 아이가 낯설고 흉측해 보였어. 그래서 더 괴로웠어. 나한테는 모성이라는 게 없는 것 같았으니까. 술에 의지한

건 그 때문이었어. 남편이 다른 여자의 향수를 묻히고 들어오기 시작한 것도 그 무렵이었을 거야.

한서영이 감당해야 했을 좌절감이 명제의 가슴을 짓눌렀다. 명제는 한서영의 잔에 위스키를 부으려다 멈칫했다.

―괜찮아. 오늘은 쓰러지지 않을 테니까.

장담대로 한서영은 말짱한 모습으로 바에서 나왔다.

―한잔 더 할까?

큰길까지 나왔을 때 명제가 물었다.

―아니. 오늘은 그만 들어갈래.

한서영의 대답이 단호해서 명제는 머쓱해졌다. 혼자 있기 무섭다며 붙잡던 사람이 맞나 싶었다.

누군가 그랬다. 역사는 반복된다고. 한국이 월드컵 16강에서 이탈리아를 만났을 때 응원단은 이런 구호를 내걸었다. AGAIN 1966. 아주리 군단이 북한 대표 팀에게 패한 것은 1966년 잉글랜드 월드컵에서였다. 응원단의 바람대로 역사는 반복됐다. 지지 않는 이탈리아 축구가 경우의 수를 따지는 한국 축구 앞에 무릎을 꿇었다. 4년 전 한국 대표 팀의 턱에 다섯 방의 어퍼컷을 꽂았던 네덜란드 출신의 감독은 이번에는 이탈리아 대표 팀의 턱에 어퍼컷을 두 방 날렸다. 반복되는 것은 축구의 역사만이 아니었다.

다음 날 아침 명제는 한서영이 보낸 이메일을 읽었다.

실은 그날 새벽 모텔 방에서 나갈 때 깨어 있었어. 창가에 서서 뒷모습을 지켜보고 있었는데, 갑자기 뒤돌아보던 때의 표정을 잊을 수 없어. 번민이 가득한 얼굴이었지. 궁금했어. 대체 무엇을 보았기에.

모텔을 나서며 네가 바라보던 쪽을 쳐다봤지. 모텔 간판이 눈에 들어오더라고. 장밋빛 인생. 남편에게 애인이 생겼을 때도 나는 남편을 믿었어. 남편이 더는 안 되겠다고 했을 때도 본심이 아닐 거라고 생각했어. 그런데 모텔 간판을 보며 깨달았어. 일방적인 관계는 없다, 남편이 바람을 피운 게 전적으로 상대 탓이 아니듯 내가 공부를 중단한 것도 남편이나 아이 때문만은 아니다. 갑자기 너무 부끄러워졌어.

미국으로 돌아갈까 해. 아이가 보고 싶기도 하고 공부도 마저 하고 싶어. 알코올중독 치료 프로그램도 그쪽이 잘되어 있고. 넘어진 자리에서 일어서고 싶어. 고마워. 덕분에 결심할 수 있었으니까.

한서영의 재기를 빌어야 도리였지만 명제는 섭섭한 마음을 어쩔 수 없었다. 11년 전으로 돌아간 기분이었다. 남이섬에서 돌아오는 길에 데이트 신청을 했다 퇴짜 맞았던 그때. 한서영의 번호를 누르다 말고 명제는 휴대전화 폴더를 닫았다. 붙들어서는 안 되고, 붙들 수도 없다는 사실을 명제도 모르지 않았다.

살다 보면 그런 순간이 불현듯 찾아오게 마련이다. 인생의 비밀이 말을 걸어오는 순간. 그날 새벽 희끄무레한 골목에서 한서영이 돌아본 것은 모텔 간판이 아니라 운명의 나침반이었을 것이다. '장밋빛 인생'이라는 간판을 돌아보기 위해 귀국했고 명제를 바로 불러냈으며 명제의 등에 업혀 모텔까지 간 것이다. 그러니 고맙다는 말은 인사치레가 아니라 진심이리라. 나침반의 바늘을 한 번 보아 버린 자의 생은 다시 나침반을 들여다보기 전까지는 줄곧 한쪽만 향할 테니까. 라일락의 꽃말은 젊은 날의 추억이기도 했다. 명제는 찬물이라도 뒤집어쓴 듯 부르르 몸을 떨었다. 문득 여자가 간절히 보고 싶어졌다. 여자에게 미안하기도 했다. 퇴근길에 치즈케이크를 사 들고 갔지만 제대로 맛을 보지는 못했다.

—당분간 혼자 있고 싶어.

저녁 설거지를 마친 뒤 냉장고에서 치즈케이크를 꺼내 들고 온 명제에게 여자가 심각한 얼굴로 말했다.

여자의 얼굴이 너무 어두워서 명제는 놀라지 않을 수 없었다. 그러고 보니 첫 번째 결혼 생활을 끝내야겠다고 결심했던 것도 네덜란드 감독의 어퍼컷을 지켜보던 순간이었다.

역사가 반복된다고 했던 자는 뒤에 이런 말을 덧붙였다.

한 번은 비극으로, 또 한 번은 희극으로. 여자와의 역사에 관한 한 그 말은 틀림없었다. 결별의 역사가 반복되려 했다. 한 번은 최악의 패배를 지켜본 순간에, 또 한 번은 최고의 승리를 만끽한 순간에.

넌 어느 별에서 왔니?

장미가 당분간 혼자 있고 싶다는 마음을 갖게 된 것은 대파 때문이었다. 어느 날 오후였고 한나절 내내 사골 곰국을 끓이는 중이었다. 부쩍 기력이 쇠한 시아버지를 위한 것이었다. 아침부터 시간마다 솥을 들여다보고 가스레인지 화력을 조절해야 했다. 뽀얀 국물이 우러나기 시작하자 장미는 불을 낮추고 방에 들어가 책을 펼쳐 들었다. 책을 읽다 깜박 잠든 모양이었다. 집이 불에 타는 꿈을 꾸다 깬 장미는 화들짝 놀라 부엌으로 달려갔다. 애써 우려낸 국물이 바짝 졸아 있었다. 장미는 한숨을 쉬며 물을 다시 부었다. 불을 높이고 돌아서는데 냉장고에 대파가 남아 있는지 가물가물했다. 냉장고 문을 열어 보았다. 대파가 보이지 않았다. 대파라고 적힌 포스트잇을 냉장고 문에 붙이던

장미는 그 자리에 주저앉고 말았다. 쳇대라도 두른 듯 가슴
이 답답했다. 한참 숨을 고른 뒤에야 겨우 일어설 수 있었
다. 장미는 냉장고에 붙은 포스트잇을 모조리 떼어 내 쓰레
기통에 버렸다. 포스트잇에는 대파 말고도 사야 할 것들의
목록이 잔뜩 적혀 있었다. 자반고등어, 삼치, 콩나물, 두부,
국간장……

　결심하기까지 몇 날을 고민한 장미였지만 선뜻 입 밖에
내지는 못했다. 시아버지 때문이었다. 개구리 사건 이후
가뜩이나 장미의 눈치를 보는 시아버지가 아니던가. 장미
는 괴로웠다. 심경을 말로 표현하는 것은 더 난감했다. 말
이라는 그릇에 담기 힘든 진실도 있었다. 오직 고통 어린
얼굴만으로 표현되는 진실.

　—나 때문이야?

치즈케이크를 자르다 말고 남자가 놀란 얼굴로 물었다.

　—아니야.

　—아버지 때문이야?

　—아니야.

　—그럼, 대체 왜?

　—나 자신 때문이야.

　장미는 잠시 머뭇거렸다. 고통스럽더라도 진실을 말하
지 않으면 자유를 얻을 수 없었다. 더 이상 자유로부터 도
피하고 싶지 않았다.

―정확히 말하자면, 내 안의 아이 때문이야.

―상상임신이라며?

―그런 뜻이 아니라…….

장미는 정신과 의사를 찾아간 것부터 의사와 나눴던 대화까지, 저간의 사정을 낱낱이 털어놓았다.

남자는 놀라는 빛이었지만 장미의 말을 놓치지 않으려 애썼다.

―잘못했어. 내가 나쁜 놈이야.

침묵을 예상했던 장미였다. 남자의 자책에 마음이 더 아팠다.

―누구 잘못도 아니야.

―꼭 그래야겠어?

―미안하지만 나도 어쩔 수가 없어. 마음이 정리될 때까지 혼자 있고 싶어.

―내가 잘할게. 그동안 너무 무심했어.

―얼굴 맞대고 있으면 서로 상처만 줄 거야.

―얼마나 나가 있으려고?

―잘 모르겠어.

얼굴이 일그러지는가 싶더니 남자는 치즈케이크를 쓰레기통에 버리고 집을 나가 버렸다. 날이 밝도록 남자는 돌아오지 않았다.

의사는 말했다. 결혼은 두 사람이 모여 사는 게 아니

라 네 사람이 모여 사는 거라고. 신랑과 신부, 그리고 각자
의 마음속 아이. 네 개의 다른 별에 살던 사람들이 한 지
붕 아래 사는 거라고. 눈물의 별에서 온 장미였지만 이제
는 아니었다. 남자와의 거리만큼이나 본래의 자신과 멀어
진 기분이었다. 그래서 더 슬펐지만 눈물은 나오지 않았
다. 거추장스럽고 창피하기만 했던 눈물이지만 이제는 영
영 잃어버릴까 봐 두려웠다.

  남자의 우려는 반은 틀리고 반은 맞았다. 방을 얻어 혼
자 살게 된 뒤 헛구역질은 멎었지만 우울은 여전했다. 습
관이 된 우울 때문에 글은 지지부진했고 잠자리는 어지러
웠다. 의사가 운동을 권해 수영장에 다녔지만 효과가 없었
다. 수영을 하고 온 날은 수면제도 잘 듣지 않았다.
  상담은 갈수록 힘겨웠다. 의사는 아빠와 엄마에 대해
캐물었다. 부모는 어떤 사람이냐, 부모와의 관계는 어땠느
냐. 의사는 어둠의 뿌리를 찾기 위해 유년의 기억을 들쑤
셨다. 엄마에 관해서는 많은 말을 했지만 아빠에 관해서는
할 얘기가 별로 없었다.
  장미의 기억 속에서 아빠는 바람이었다. 사업을 한다며
밖으로만 돌았다. 일을 벌이는 순간부터 다른 일을 궁리하
는 사람이 아빠였다. 전자오락실을 차렸을 때도 목욕탕을
차렸을 때도 그랬다. 수시로 자리를 비우는 아빠 때문에

장미는 전자오락실에 딸린 골방에 앉아 동전을 바꿔 주기도 했고 목욕탕 카운터를 지키기도 했다. 아빠가 치킨 가게를 차린 것은 엄마 때문이었다. 어디서 무슨 소리를 들었는지 아빠의 역마살을 잠재우려면 날개 달린 짐승을 팔아야 한다고 했다. 바람처럼 떠돌던 아빠였지만 집에서는 그림자에 불과했다. 장미에게 턱없이 이른 통금 시간을 강요하고 어기면 가혹한 벌을 내리는 쪽은 엄마였다. 아빠가 엄마의 말에 토를 단 적은 한 번도 없었다.

—아버지가 답답했겠네요?

—그것보다 두 사람이 어찌 결혼했는지 궁금했어요. 아빠에게 물었더니 한동네에서 자랐대요.

—두 분 사이는 어땠나요?

알다가도 모를 게 부부 사이였다. 장미가 집을 나온 후 남자는 태도가 돌변했다. 매일 전화해서 안부를 물었고 주말마다 찾아왔다. 장을 봐 와 냉장고를 가득 채웠고 요리를 해 주기도 했다. 돌아갈 때는 언제 들어올 거냐는 물음을 빠뜨리지 않았다. 남자는 문제의 본질이 무엇인지 여전히 몰랐다. 두 달도 채 안 돼 사흘이 멀다 하고 전화로 다투게 된 것도 이기심이 아니라 무지 때문일 터였다.

—난 바람 쐬러 나온 게 아니야.

—잘하겠다고 했잖아.

—그런 문제가 아니라고 몇 번을 말해야 알겠어?

—그쯤 했으면 됐잖아.

—우린 아무래도 안 되겠어. 서로 다른 언어를 쓰는 것
같아.

—이러는 진짜 이유가 뭐야?

—뭐?

—한서영 때문이야?

장미는 벽 앞에 선 기분이었다. 남자는 스무고개라도 하
는 것처럼 답만 찾으려 했다. 장미 자신도 모르는 답을. 뜬
금없이 튀어나온 이름 때문에 어안이 벙벙하기도 했다. 순
간 섬광처럼 어떤 장면이 눈앞에 번뜩였다. 팬티를 뒤집어
입고 화장실에 들어가던 모습은 헛것이 아닌지도 몰랐다.
하지만 장미는 캐묻지 않았다. 어느 쪽이든 상관없다는 자
포자기의 심정이었고 모든 굴레에서 벗어나 홀로 있고 싶
을 따름이었다. 질투도 분노도 느끼지 않는 자신에게 놀라
지 않을 수 없었다. 남자에게서 떠난 것은 몸뿐만이 아닌
모양이었다.

—잘못했다고 했잖아.

—소용없어.

—이혼이라도 하자는 거야?

—원한다면.

수화기 너머는 역사가 끝장난 세상처럼 적막했다.

머나먼 눈물의 별

누구나 실수를 하게 마련이다. 한서영과의 하룻밤은 우
발적인 실수, 불완전한 생에 묻는 숱한 얼룩 중 하나일 뿐
이라고 명제는 생각했다. 술 때문이었고 분위기 때문이었
고 한서영의 파리한 목덜미 때문이었다. 하지만 죄의식으
로부터 자유로울 수는 없었다. 여자가 당분간 혼자 살겠
다고 했을 때 먼저 떠오른 것도 한서영과의 일이었다. 그런
데 여자의 말은 엉뚱했다. 자신이 문제라는 말은 수수께
끼 같았고 자기 안의 아이 때문이라는 말은 더욱 알쏭달
쏭했다. 정작 명제가 궁금한 것은 따로 있었다. 한서영과의
일을 알고 있는 걸까? 알고 있다면 자기 안의 아이 어쩌고
하는 얘기는 구실에 불과할 테지. 자존심 때문에 한서영
의 이름을 입에 안 올리는지도 몰라.

한눈판 죄에 대한 벌은 감내해야 마땅했지만 별거는 받아들이기 힘들었다. 게다가 한 달이 될지 1년이 될지 알 수 없다는 사실이 더 심각했다. 여자를 더 붙들 수는 없었다. 여자의 표정 때문이었다. 이제껏 그런 지독한 표정은 본 적 없었다. 한때 사랑했고 그 사랑의 이름으로 살을 맞대며 살던 사람에게 보여 줄 만한 표정은 아니었다. 자고 일어나서 이 세상에 홀로 살아남았다는 사실을 알게 된 사람이 지을 법한 쓸쓸하고 참혹한 표정. 그 순간 명제는 살아 숨 쉬는 인간이 아니라 무너진 건물의 잔해이거나 불타 버린 나무이거나 잿빛 하늘이었다. 여자의 안에서 뭔가가 죽어 가고 있었다. 샤갈의 그림에 깃든 낙천주의일 수도 있고 샤갈의 그림을 좋아하던 평온한 시간일 수도 있었다. 어쩌면 그 모든 것일지도 몰랐다.

아버지에게는 몸이 좋지 않아 당분간 친정에 가 있을 거라고 둘러댔다. 자신의 외도 때문에 집을 나갔다고 할 수는 없었다. 아버지는 어디가 어떻게 아프냐며 걱정이 이만저만이 아니었다. 아버지는 더 이상 양말을 돌돌 말아서 내놓지 않았다. 여자가 집을 나간 게 그 때문인 것처럼. 명제도 속죄의 심정으로 별거의 나날을 견뎠다. 여자한테 수시로 찾아가 요리를 해 주기도 했다. 언젠가는 여자의 마음이 누그러질 거라 믿으며.

한 달이 지나고 또 한 달이 가도 여자의 태도에는 변함이 없었다. 명제는 차츰 무너져 갔다. 속죄는 얼마든 할 수 있었다. 하지만 언제까지 떨어져 살아야 하는지 알 수 없다는 사실은 견디기 힘들었다. 그때 명제의 분별력을 앗아 간 것도 불투명한 앞날에 대한 막막함이었다. 그토록 침묵을 편애하던 명제는 차라리 침묵했어야 할 순간에 충동적으로 입을 열고 말았다.

— 한서영 때문이야?

돌이킬 수 없는 실수를 저지르는 자들이 대개 그렇듯, 명제는 치명적인 말을 내뱉는 자신을 속수무책으로 지켜보아야 했다. 순간 여자의 몸에서 새어 나오던 희미한 빛이 완전히 죽어 버렸다.

아무래도 안 되겠다고, 서로 다른 언어를 쓰는 것 같다는 여자의 말을 듣고서야 명제는 그것이 무엇인지 깨달았다. 여자의 안에서 죽은 것은 명제였고 명제의 언어였다. 명제가 사랑한다고 말하면 여자는 밥이 탔다며 울상이 될 것이고 명제가 배고프다고 하면 여자는 비가 올 것 같다고 대꾸할 것이었다. 아집과 몰이해와 이기심이 모든 것을 죽였다. 대학살에서 살아남은 것은 오직 침묵뿐이었다.

여자는 이혼 서류를 앞에 두고도 침묵했다.

한 달 만에 보는 여자는 몰라보게 수척했다. 여자의 눈빛은 무저갱처럼 먹먹해서 살아 있는 그 어떤 것의 실루엣도 들어앉지 못했다. 약속 장소에 가면서까지 미련을 버리지 못한 명제였지만 여자의 눈빛을 보는 순간 맥이 풀리고 말았다. 여자와 함께 나눴던 사랑과 기쁨은 물론 미움과 슬픔마저도 망각의 연대기에 이름을 올린 지 오래였다. 명제는 더럭 겁이 났다. 여자와 다시 헤어지면 자신의 인생에 실패라는 주홍 글씨가 찍힐 것만 같았다. 명제가 두려워한 것은 여자와의 이혼이 아니라 이혼 자체인지도 몰랐다.

─꼭 이래야겠어?

여자는 고개만 끄덕였다. 여자에게 남은 언어는 한때 명제만의 것이던 침묵뿐인 듯했다.

눈앞의 여자는 명제가 알던 여자가 아니었다. 신입생 환영식에서 아바의 노래를 멋지게 부르던 여자는, 술김에 두꺼비라고 놀리던 여자는, 뒤집힌 차에서 손을 꼭 잡아 주던 여자는, 케니 로긴스의 노래를 듣고 눈물짓던 여자는 어디로 사라진 걸까? 그 많던 여자의 눈물은 대체 어디로 날아간 걸까?

첫 번째 이혼 때 장롱을 두고 갔던 여자는 두 번째 이혼 때는 아무것도 남기지 않았다. 명제의 가슴에 장롱 모양의 구멍이 뚫렸다. 구멍은 크고 깊었다. 장롱이 있던 자리를 볼 때마다 여자와는 영영 끝임을 뼈저리게 실감했다. 그때뿐만이 아니었다. 새벽녘 아버지가 부엌에서 달가닥거리는 소리에 잠을 깰 때, 야근을 알리기 위해 집으로 전화하려다 수화기를 내려놓을 때, 명제는 여자의 부재가 사무쳤다.

여자의 손길이 구석구석 배어 있는 집이 견디기 힘들어 명제는 회사에서 살다시피 했다. 첫 번째보다 두 번째 이별이 더 힘겨웠다. 모든 게 제 탓 같았으니까. 차라리 여자를 미워하고 원망할 수 있으면 덜 힘겨우련만. 여자의 안부가 못내 궁금했지만 연락하지는 않았다. 여자의 목소리를 들으면 안간힘을 다해 버틴 시간들이 속절없이 허물어질 것만 같았다.

거듭된 불행의 내력을 아는 사람들은 약속이라도 한 것처럼 명제 앞에서는 여자의 이름을 입에 올리지 않았다. 아버지가 여자의 이름을 입에 올릴 일은 없었다. 거의 말을 하지 않았으니까. 여자와 헤어진 게 자신 때문이라고 자책할 때만 빼고. 아버지는 말 대신 술을 입에 달고 살았다. 함께 소주잔을 기울이다 이런 말도 했다.

―미안하다.

명제는 제 귀를 의심했다. 아버지한테서 처음 듣는 말이었다. 명제는 아버지를 물끄러미 바라보았다. 거기 40년 후의 자신이 앉아 있었다. 과묵하고 감정 표현에 인색한 지치고 주름진 외로운 인생. 명제는 아버지의 손을 잡았다. 메마른 나뭇가지처럼 앙상했다. 코끝이 시큰했다.

명제 앞에서 여자의 이름을 입에 올리지 않기는 털보 선배도 마찬가지였다. 일 얘기만 했다. 명제도 일에만 매달렸다. 덕분에 승진도 했지만 반갑지만은 않았다. 함께 기뻐해 줄 사람이 없었으니까. 승진 뒤에도 일에만 몰두했다. 아무리 일에 집중해도 낮잠에서 깨어난 듯 멍해지는 순간이 더러 찾아왔다. 그럴 때면 자신이 어디에 있는지, 무엇을 하고 있는지 아득하기만 했다. 저도 모르게 혼잣말이라도 하는 기분이었다.

그날도 그랬다. 새로 출시할 게임에 관한 회의 중이었다. 용에게 잡혀간 공주를 왕자가 간난신고의 모험 끝에 구해낸다는 줄거리의 게임이었고 캐릭터들의 윤곽을 잡는 회의였다. 어느 순간부턴가 다른 사람들의 말이 귀에 들어오지 않았다. 머릿속에 안개가 가득 들어찬 듯했다. 털보 선배가 어깨를 쳤을 때 명제는 뭔가를 끄적거리고 있는 자신을 발견했다.

—뭐하고 있는 거야?

털보 선배가 종이를 집어 들었다.

—와, 솜씨 좋네.

—그냥 낙서한 거예요.

명제가 머리를 긁적이며 말했다.

—괜찮은데. 공주 캐릭터로 쓰면 어떨까?

털보 선배가 곁에 앉은 디자이너에게 물었다.

—나쁘지 않은데요.

—거봐. 전문가도 좋다고 하잖아.

털보 선배가 싱글거리며 말했다.

─다른 캐릭터들도 그려 보는 게 어때?

─제가 어떻게…….

명제는 말끝을 흐렸다. 무심코 그린 얼굴에서 여자를 발견했기 때문이다.

회의가 끝난 뒤 명제는 종이를 찢어서 휴지통에 버렸다.

─그걸 왜 버려?

털보 선배가 도끼눈을 뜨며 물었다.

명제는 나쁜 짓을 들킨 것처럼 움찔했다.

─마음에 안 들어서요. 다시 제대로 그려 볼 게요.

모두 퇴근한 사무실에 혼자 남아 그림을 그리던 명제는 휴지통에 버린 종잇조각을 꺼내 책상 위에 늘어놓고 원래대로 맞춰 보았다. 역시 여자와 닮은 얼굴이었다. 아니, 여자의 얼굴이었다. 명제는 스카치테이프로 조각을 이어 붙였다. 어긋난 운명의 씨줄과 날줄을 다시 엮기라도 하는 것처럼.

침묵의 여왕

남자와 헤어진 뒤 장미의 침묵은 더 깊고 견고해졌다. 침묵이 더 이상 불편하지도 곤혹스럽지도 않았으므로 병원에 가서 속내를 털어놓는 것도 뜸해졌다. 의사에게 속내를 드러내는 게 두렵기도 했다. 정말 두려운 것은 자신이었다. 자신이 품은 심연에서 무엇이 튀어나올지 알 수 없었다. 남자가 왜 그토록 말을 아꼈는지 알 것도 같았다.

이듬해 봄에는 수면제를 끊었다. 역시 두려움 때문이었다. 수면제 없이는 한숨도 눈을 붙일 수 없게 될지 모른다는 두려움. 불면은 여전했지만 잠을 자야 한다는 강박을 버리기로 했다. 수면의 적은 자야 한다는 생각이었던 모양이다. 자야 한다는 조바심을 버리자 잠이 쭈뼛쭈뼛 다가왔다. 마찬가지로 빨리 써야 한다는 조급증을 버리자 글이

다시 찾아왔다. 단 한 편을 평생에 걸쳐 써도 상관없었다. 그저 쓸 수만 있다면. 그것만이 유일한 희망이었으므로. 침묵과 고독 속에서 장미는 매일매일 조금씩 썼다. 마침내 한 편의 동화를 완성할 때까지.

장미는 고독을 얻기 위해 많은 것을 잃었다. 개중에는 부모와의 인연도 있었다. 남자와 이혼하겠다고 했을 때 펄쩍 뛴 쪽은 아빠가 아니라 엄마였다. 뜻밖이었다. 애당초 남자를 기꺼워한 쪽은 엄마가 아니라 아빠였으니까. 엄마는 다짜고짜 타박만 해 댔다. 애교가 없다고, 요리 솜씨가 형편없다고, 툭하면 운다고, 누가 데리고 살고 싶겠냐고. 친정 엄마가 아니라 시어머니처럼 말했다. 그런 게 아니라고 항변하자 그럼 대체 이유가 뭐냐고 핏대를 세웠다. 눈의 여왕의 독기 어린 질책 앞에서 일말의 미안한 마음마저 눈 녹듯 사라졌다. 하나뿐인 딸이 글을 쓰는 것도, 불면과 우울 때문에 병원에 다니는 것도 모르는 엄마였다. 엄마에게는 아무 말도 하고 싶지 않았다. 끝내 이유를 함구하자 남자에게 직접 물어보겠노라고 수화기를 집어 들었다.

─그래 봤자 소용없어. 별거한 지 꽤 됐어.

─미쳤니?

─그래 미쳤다. 미쳐서 정신과에 다니고 있다.

장미는 바락 소리쳤다.

엄마는 얼어붙었다. 무슨 말인지 모르겠다는 표정 같기

도 했고 무슨 말인지 너무 잘 아는 표정 같기도 했다. 엄마는 말없이 수화기를 내려놓았다. 그 후로 엄마는 연락을 끊었다. 수화기와 함께 모녀간의 인연도 내려놓은 것이다.

아빠는 종종 연락해 왔다. 이혼한 이듬해 봄, 조류독감이 창궐했을 때는 장미가 먼저 전화했다. 조류독감 때문에 문 닫는 치킨집이 줄을 잇는다는 뉴스를 보고서였다. 끄떡없다고 큰소리치는 아빠의 목소리에는 생기가 없었다.

다음 날 저녁 장미는 아빠의 가게에 가 보았다. 한참 손님 받을 시간이었지만 셔터가 반쯤 내려져 있었다. 가게에 들어가 보니 아빠는 보이지 않고 테이블마다 의자들이 올려진 채였다. 하나만 빼고. 가장 안쪽 테이블 위에는 종잇조각이 널려 있었다. 장미는 의자에 앉아 종잇조각을 살펴보았다. 하늘에서 춤추는 발은? 빨간 옷을 입고 종이만 먹는 것은? 아빠는 수수께끼가 적힌 종이를 말다 자리를 비운 모양이었다.

종이에 적힌 수수께끼를 무심코 바라보던 장미는 남자와 함께 왔던 날을 떠올렸다. 벌써 6년이 지났지만 남자가 닭을 뜯어 먹던 모습이 어제 일처럼 또렷했다. 결혼 후 닭을 주문해 먹을 때마다 남자는 양념 반, 프라이드 반을 고집했고 버린 뼈에는 살이 적잖이 붙어 있었다. 무엇을 먹든 흘리거나 남기곤 했다. 젓가락 쥐는 법을 교정해 준 뒤로 흘리는 건 덜했지만 남기는 버릇은 숱한 잔소리에도 요지부동이었다. 까치밥이라는 썰렁한 농담을 하기도 했다. 장미는 새삼 궁금했다. 남자는 대체 어떻게 시험을 통과했던 것일까? 질문은 또 다른 질문을 불러냈다. 음식을 남기는 버릇은 여전할까? 당황하면 딸꾹질하는 것도? 이를 악물고 자는 버릇도 변함없을까? 누군가를 새로 만나고 있을까?

─이게 누꼬?

아빠가 놀란 얼굴로 장미를 반겼다.

담배를 사 오는 길이라고 했다. 아빠는 몇 달 새 부쩍 늙어 보였다. 귀밑머리가 희끗희끗했고 주름이 자글자글했다. 몸도 쪼그라든 느낌이었다. 게다가 연방 기침을 했다. 몸 깊은 곳에서 올라오는 기침이었다.

아빠는 닭을 튀겨 주겠다며 주방으로 들어갔다. 괜찮다고 해도 막무가내였다. 잠시 뒤 고소한 냄새가 주방에서 흘러나왔다. 남자도 종종 생각난다며 군침 흘리던 그 냄새였다. 맛은 예전만 못했다. 고소함이 덜했고 한결 짭조름했다. 서리가 내린 귀밑머리를 발견했을 때보다 더 마음이 아팠다. 아빠가 늙었다는 사실을 부정할 수 없었다. 닭 살을 발라 먹던 장미는 목이 메었다. 아빠는 냉장고에서 콜라를 꺼내 주었다. 아무리 맛있어도 천천히 씹어 먹으라며. 장미는 말없이 고개를 끄덕였다. 일부러 맛나게 먹었지만 먹어도 먹어도 닭은 줄지 않아서 절반이나 남겼다. 입

맛이 없느냐는 물음에 장미는 까치밥이라고 애써 웃으며 대답했다. 오늘은 까치가 포식하겠다며 아빠는 남은 닭을 포장해 주었다.

집으로 돌아가는 버스에서 장미는 홍콩에서 사스 사망자가 속출하고 있다는 소식을 들었다. 그해 봄, 홍콩에서는 죽음에 관한 소식이 드물지 않게 들려왔다. 눈매가 슬퍼 보이던 어느 영화배우의 자살도 그중 하나였다. 비극적인 소식을 접했을 때 맨 먼저 떠오른 건 남자였다. 남자가 좋아하던 배우였다. 출연한 영화의 비디오테이프도 소장하고 있을 정도였다. 장미도 좋아한 배우였다. 속옷 바람으로 맘보 춤을 추던 장면이 눈앞에 선했다. 남자에게는 그 영화의 비디오테이프도 있었다. 함께 본 적은 없었다. 사는 게 바쁘고 번잡했을 것이다. 그랬을 것이다. 공교롭게도 그 날은 만우절이었다. 그래서 더 믿기지 않았다. 그날 밤 장미는 동네 대여점에서 빌려 온 비디오테이프를 혼자 보았다. 망자가 된 배우의 경쾌하고 귀여운 맘보 춤을 보면서 장미는 남자와는 영영 끝이라는 밑도 끝도 없는 슬픔에 사로잡혔다. 마치 그 배우가 둘 사이를 이어 주던 마지막 끈이었던 것처럼.

3년 만에 엄마의 전화를 받았을 때 장미는 불길한 예감에 사로잡혔다. 이혼하면 다시는 얼굴 볼 생각 말라던 으

름장을 충실히 실행에 옮겨 온 엄마였다. 엄마에 관해서라면 무소식이 희소식이었다.

아빠의 입원을 알리는 엄마의 목소리는 황망했다. 우짜노, 라는 말만 되풀이하더니 어디가 편찮으신 거냐는 물음에는 아이처럼 웅얼거리기만 했다.

장미는 부리나케 병원으로 달려갔다. 엄마가 병상에 누워 있었고 아빠는 보호자용 간이침대에서 새우잠을 자고 있었다. 석 달 만에 보는 아빠는 하루를 만 년처럼 산 듯 확 늙어 있었다. 얼굴에는 검버섯이 만발했고 머리카락은 새하앴다. 아빠가 아니라 아빠의 먼 조상 같았다.

—아빠!

장미의 목소리가 떨렸다.

아빠는 졸린 눈으로 장미를 바라보았다.

—나야, 아빠.

아빠는 반응이 없었다.

엄마가 깨어났다. 엄마는 장미를 보자마자 훌쩍였다. 자초지종을 듣기 위해서는 엄마를 달래야 했다. 두 달 전 힘에 부친다며 가게 문을 닫은 후 하루가 다르게 늙어 가더니 이제는 정신마저 오락가락한다며 울먹였다. 급속히 노화가 진행되는 병이라 했다. 아빠를 직접 보지 않았다면 믿지 못했을 것이다. 장미는 아빠를 찬찬히 바라보았다. 탁하고 메마른 눈빛에서는 생의 활기를 엿볼 수 없었다.

아빠 곁에 있겠다며 고집을 부리는 엄마였지만 집에 가서 편히 자고 오라고 등을 떼밀었다. 실은 아빠를 환자용 침대에 눕히기 위해서였다.

엄마를 보내고 장미는 아빠의 주치의를 만났다. 주치의의 설명은 엄마가 옮긴 말과 다르지 않았다.

─합병증을 막는 것 외에 할 수 있는 일이 없습니다.

의사가 금테 안경을 밀어 올리며 말했다.

─얼마나…….

장미는 차마 뒷말을 잇지 못했다.

─글쎄요. 이런 경우는 처음이라서. 한 달이 될지, 1년이 될지 장담할 수 없습니다. 유감입니다.

장미는 악몽이라도 꾸는 듯했다. 황망함이 잦아들자 분노가 치밀었다. 왜 하필 아빠에게 몹쓸 병이 찾아왔는지 누구라도 붙들고 따지고 싶었다. 분노가 가라앉은 뒤에는 슬픔이 밀려들었다. 울고 싶었지만 이번에도 눈물은 장미를 외면했다. 마지막으로 운 게 언제인지 까마득했다.

장미는 병실로 돌아가 아빠에게 점심을 먹였다. 아빠는 멍한 얼굴로 음식을 받아먹었다. 영혼을 잃어버린 사람 같았다. 뭔가를 잃어버린 사람이 아빠만은 아니었다. 엄마에게서 전화가 왔다. 버스에서 내리긴 했는데 어디가 어딘지 모르겠다며 울먹였다.

─택시를 타면 되잖아.

―쫌 델꼬 가도.

―거기가 어딘지 알고 찾아가? 아빠는 누가 돌보고? 택시를 타. 웅?

전화를 끊는 장미의 마음이 천근만근이었다. 병석에 누워 있는 건 아빤데 신경이 쓰이는 건 엄마였다. 엄마의 저런 모습은 처음이었다. 아빠 일로 충격을 받은 게 분명했다. 그토록 아빠를 무시하던 엄마가.

―장미?

―아빠!

장미가 반색하며 소리쳤다.

―와 혼자고?

―엄마는 집에 쉬러 갔어요.

―김 서방 말이다.

―네?

장미의 얼굴이 다시 굳어졌다.

눈물 공주와 침묵 왕자

　명제가 서점에서 여자의 사진을 발견한 것은 헤어지고
맞은 세 번째 가을이 불타며 스러지던 11월 초의 어느 저
녁이었다. 그즈음 명제는 그림 그리는 재미에 푹 빠져 있
었다. 그림을 그릴 때만큼은 모든 근심으로부터 자유로웠
다. 퇴근길에 스케치북과 연필을 사러 광화문의 대형 서
점에 들른 명제의 발걸음은 여느 때처럼 아동문학 코너로
향했다. 명제가 습관처럼 집어 든 것은 여자가 구독하던
아동문학 잡지였다. 잡지 표지에는 신인 공모 당선작 특집
이라는 문구 아래 여자의 이름이 적혀 있었다. 반갑고 기
뻤지만 제목이 마음에 걸렸다. 눈물 공주와 침묵 왕자. '눈
물 공주'의 모델은 여자가 분명했고 '침묵 왕자'는 자신일
터였다.

내용도 수상쩍었다. 별명이 눈물 공주인 여자애가 전학을 간다. 툭하면 울음을 터뜨려 반 아이들이 짓궂게 놀렸다. 한 명만 빼고. 늘 말이 없는 남자애. 침묵 왕자는 자폐를 앓는 아이였다. 태어나서 한 번도 눈물을 흘려 본 적 없는 침묵 왕자에게는 세상에서 가장 신기한 게 눈물이었다. 침묵 왕자에게 눈물 공주는 참 이상한 아이였다. 자꾸 호기심이 생겼다. 모두가 외면할 때 침묵 왕자가 짝을 자청했다. 자신들의 이야기가 분명했다. 명제는 뒷이야기가 궁금해 서둘러 책장을 넘겼다.

두 번 크게 다투고 화해하는 우여곡절 끝에 침묵 왕자는 눈물을 흘릴 수 있게 되고 눈물 공주는 침묵이 불편하지 않게 되었다. 눈물 공주의 눈물이 침묵의 저주를 풀었고 침묵 왕자의 침묵이 눈물의 저주를 풀었다. 허구였지만 행복한 결말에 괜스레 기분이 달뜬 명제는 여자의 사진을 부드럽게 쓸어 보았다.

명제는 여자를 잊었다고 생각했다. 때로는 잊기 위해 여자를 미워하기도 했다. 이제는 증오의 힘을 빌리지 않고도 기억에서 여자를 밀어낼 수 있었다. 새로운 사람을 만날 수 있으리라는 기대도 품게 되었다. 실제로 만나기도 했지만 두 번 이상 만난 경우는 드물었다. 실은 여자를 잊은 게 아니라 잊었다고 믿고 싶었는지도 모른다. 동화의 결말에서 명제가 확인한 것은 여자의 마음이 아니라 자신의 속내였다.

명제는 주머니에서 휴대전화를 꺼냈다. 여자의 전화번호를 검색했지만 허사였다. 전화번호는 여자를 잊기 위해 지웠던 많은 것 중 하나였다. 번호는 가물가물했고 마음은 다급했다. 마음이 다급해서 더 가물가물했다. 이 순간을 놓치면 다시는 여자의 목소리를 듣지 못하리라는 터무니없는 조바심에 사로잡혔다. 명제의 얼굴이 점점 어두워졌다. 역시 동화는 동화일 뿐이었다. 현실이 동화와 같다면 누가 동화를 읽겠는가.

그때였다. 착신 음이 울리면서 화면에 전화번호가 떴다. 낯설지만 낯설지 않은 번호, 그토록 애타게 떠올리려던 바로 그 번호였다. 명제는 숨이 멎는 듯했다.

—나야.

여자의 목소리는 차분했다.

—응.

—잘 지냈어?

—아니.

잘 지낸다고 답하려 했는데 엉뚱한 말이 튀어나왔다. 차라리 잘된 것인지도 몰랐다. 더는 거짓으로 자존심을 지키고 싶지 않았다. 침묵이 흘렀다.

—어디야?

침묵을 깬 쪽은 명제였다.

—병원.

　여자의 목소리가 미세하게 흔들렸다. 순간 명제는 기시
감에 사로잡혔다. 언젠가 비슷한 상황에서 비슷한 대화를
나눈 것 같았다. 여자와의 모든 것은 과거의 한때 함께 나
눈 듯했다. 두 번이나 같이 살았으니 그럴 수도 있었다. 하
지만 기시감은 세상의 모든 시곗바늘을 세우고도 남을 만
큼 강렬했다.

　—어디 아파?

　—아빠가…….

　—장인어른이?

　다시 침묵이 흘렀다. 예전과 달리 여자는 자주 침묵했
다. 이번에도 침묵을 깬 쪽은 명제였다.

　—어디가 편찮으신데?

　—병원에 와 줄 수 있어? 아빠가 계속 찾으셔.

　—나를?

　—응.

　명제는 전화를 끊고 출입구 쪽으로 걸음을 재촉했다. 출
입문을 나설 때 요란한 경보음이 울렸다. 주위 사람들이
모두 명제를 쳐다보았고 유니폼 차림의 직원이 득달같이
달려왔다.

　—손님! 계산하셔야죠.

　명제는 제 손을 내려다보았다. 여자의 동화가 실린 잡

지가 들려 있었다. 직원이 잡지를 낚아채려 했지만 명제는
손아귀에 더욱 힘을 주었다.

병실에 당도한 명제는 제 눈을 의심하지 않을 수 없었
다. 여자의 아버지는 그새 상노인이 되어 있었다. 마지막으
로 본 것은 여자와 이혼하려던 무렵이었다. 장인한테서 만
나자는 전화가 왔다. 무슨 용건인지 빤해 곤혹스러웠지만
회사 앞이라는 말에 나가지 않을 수 없었다. 장인은 양복
차림으로 서 있었다. 양복 입은 모습은 첫 번째 결혼식 이
후 처음이었다. 그때 입었던 양복이 틀림없었다.

근처 치킨집에 들어갔다. 장인의 뜻이었다. 통닭이 질리
지 않느냐고, 근사한 데로 모시겠다고 했지만 소용없었다.
담배를 한 대 피우고 나서 장인은 뜻하지 않은 임신 때문
에 꿈을 접어야 했던 어느 소녀 얘기를 했다. 소녀는 노래
실력이 출중해 어렸을 때부터 잔칫집마다 불려 다녔다. 동
네 가수로 명성을 누리던 소녀가 음악에 뜻을 두게 된 것
은 어느 봄날 우연히 듣게 된 피아노 소리 때문이었다. 들
어 본 적 없는 열정적인 선율에 매료된 소녀는 음악실을
훔쳐보았다. 음악실은 창문으로 비쳐 드는 마지막 햇살에
금빛으로 물들어 있었고 피아노 앞에는 음악 선생이 앉아
있었다. 그 순간 이후 소녀의 마음속에는 음악뿐이었다.
피아노 한 대 없던 동네였다. 소녀는 도화지에 건반을 그

려 연습했다. 종이 건반이 음악 선생의 눈에 띄었다. 평소 소녀의 재능을 눈여겨보아 온 음악 선생은 소녀를 따로 지도해 줬다.

음악 선생은 소녀의 가창력을 높이 샀다. 음악 선생의 반주에 맞춰 노래할 때 소녀는 행복했다. 음대에 진학하겠다는 목표도 생겼다. 하지만 자신이 직접 만든 곡을 부르는 게 꿈이던 소녀는 고2 여름방학 때 동네 오빠들과 피서를 갔다 덜컥 임신하는 바람에 진학은커녕 졸업조차 할 수 없었다.

—술만 취하지 않았어도…….

긴 이야기를 끝낸 장인은 캄캄한 표정으로 맥주를 들이켰다. 장모와 여자가 데면데면한 이유를 그제야 알 것 같았다. 장모에게 여자는 인생을 망친 원흉이었으리라. 하지만 뜻하지 않은 임신 때문에 푸른 꿈을 펼쳐 보지도 못하고 영락한 장모보다 축복 받지 못하고 태어난 여자가 더 안쓰러웠다. 갑자기 그 얘기를 들려주는 이유가 궁금했지만 묻지는 못했다. 장인의 표정 때문이었다. 자신이 망가뜨린 어떤 꿈의 조각을 매만지는 듯 더없이 처연한 얼굴이었다.

명제는 내내 침묵했다. 혼자 지내고 싶다는 여자의 뜻이 워낙 완강해서 장인이 원하는 말을 해 줄 수 없었다. 명제는 허리띠의 황금 버클만 만지작거렸다. 장인은 끝장난 한 시대의 유물을 대하듯 아득한 눈길로 황금 버클을 바라보왔다.

—죄송합니다.

명제는 기어들어 가는 목소리로 말했다.

장인은 오래도록 말이 없었다.

—가슴살이 하나 빠졌구마.

—네?

—고마 일어나세.

장인은 벌떡 일어나 카운터로 성큼성큼 걸어갔다. 그것이 마지막이었다.

여자는 보이지 않았다. 명제는 보호자용 간이침대에 앉았다. 여자의 아버지가 눈을 떴다.

—아버님!

여자의 아버지는 명제를 멀뚱멀뚱 쳐다보았다.

—아버님! 저 왔어요.

—누꼬?

—정신이 오락가락하셔.

여자가 병실로 들어서며 말했다.

혼자이고 싶다던 여자의 말은 핑계가 아니라 진심이었던 걸까. 3년 만에 보는 여자는 별거할 때보다 한결 좋아 보였다. 단발로 자른 머리 때문인지 깊어진 눈빛 때문인지 지적인 분위기가 완연했다.

명제는 여자에게서 들은 이야기가 믿기지 않았다. 남들

과 다른 시간을 살아가는 인생이라니. 평소 농담을 즐기던 분이라 병도 농담 같았다.

—세상에! 그래서 그랬구나. 이름표가 아니었으면 딴 병실로 갈 뻔했어.

명제가 말했다.

여자는 그런 게 있는 줄 몰랐다는 듯 침대 발치에 걸린 이름표를 새삼 바라보았다. 순간 여자의 눈이 커졌다.

—왜 그래?

명제가 물었지만 여자는 좀처럼 입을 열지 못했다.

인어 공주의 혈액형은?

장미가 깜짝 놀란 것은 아빠의 이름표에 적힌 혈액형 때문이었다. A형으로 알고 있었는데 O형이었다. 장미가 배운 유전법칙에 따르면 O형과 B형 부모 밑에서 A형 자식이 태어날 수는 없었다.

—아무것도 아니야.

장미는 놀란 가슴을 추스르며 남자를 바라보았다. 남자는 얼굴이 축난 듯했다. 검푸른 양복 때문인지도 몰랐다. 평소 캐주얼 차림으로 출근하던 남자였다.

—웬일로 양복을 입었어?

—중요한 프레젠테이션이 있었어.

남자가 어색한 미소를 지으며 말했다.

넥타이가 삐뚜름했고 받쳐 입은 붉은색 티셔츠가 넥타

이 매듭 너머로 삐쭉 고개를 내밀고 있었다. 장미는 붉은 티셔츠를 밀어 넣고 넥타이 매듭을 반듯하게 조였다.

—흰 와이셔츠 아래 붉은 티셔츠를 받쳐 입는 사람이 어디 있어?

—해 지면 추워서. 코트를 걸치기에는 이른 것 같고.

남자가 얼굴을 붉히며 말했다.

—와 줘서 고마워. 어지간하면 연락 안 하려 했는데 아빠가 애타게 찾는 바람에.

—당연히 와야지. 연락 안 했으면 섭섭했을 거야.

장미는 남자의 말이 따뜻해서 고마웠다. 연락을 망설일 때만 해도 남자가 선뜻 달려올지 자신이 없었다. 잘못했다며 이혼만은 안 된다는 간청에도 결별을 고집한 장미였으니까.

누구의 잘못 때문에 헤어지려는 게 아니라는 사실을 남자는 이해하지 못했다. 마음을 굳힌 것은 그 때문이었다. 혼자 있고 싶은 것은 잘못된 것이고 잘못된 결과는 반드시 누군가의 잘못 탓이라는 법이 지배하는 별에 사는 사람이었다. 장미는 남자가 딛고 서 있는 별이 까마득하기만 했다.

이혼 후 남자의 별에서는 기별이 없었다. 별거 중에는 문턱이 닳도록 드나들던 남자였던 터라 서운하기도 했다. 기별이 아주 없지는 않았다. 생일에 축전을 보내왔다. 5만

원짜리 전신환과 함께. 전에는 10만 원이었는데 반으로 줄었다. 장난 같기도 하고 야유 같기도 해서 기분이 별로였다.

―김 서방 왔나?

아빠가 남자를 반기며 말했다.

―아버님, 저 알아보시겠어요?

―아빠!

장미와 남자가 동시에 소리쳤다.

―귀청 떨어지겠다.

아빠가 찡그리며 말했다.

남자가 아빠의 손을 덥석 잡았다. 살가움과는 거리가 먼 남자였다. 장미는 남자의 행동이 놀라웠다.

―불편한 데는 없으세요?

―개안타.

아빠와 남자는 다정한 눈길로 서로를 바라보았다. 장미는 아빠의 정신이 돌아와 기뻤고 남자가 아빠와 손잡고 애틋하게 눈을 맞춰 또한 기뻤다. 그토록 애타게 찾았는데 빨리 부르지 않은 게 미안하고 후회스럽기도 했다. 온전치 못한 정신 탓이라 여겼지만 아빠의 청은 간곡하고 질겼다. 정신이 잠깐 돌아올 때마다 남자만 찾았더랬다.

―황금 벨트는 우쨌노?

―간밤에 갔던 술집에 맡기고 왔습니다. 술값이 모자라서요.

두 사람은 짓궂은 장난을 꾸미는 악동들처럼 낄낄거렸다. 장미는 눈앞의 광경이 믿기지 않았다. 예전 같으면 굳은 얼굴로 입을 다물었을 텐데 남자의 넉살은 뜻밖이었다.

아빠는 남자가 떠 주는 죽을 넙죽넙죽 받아먹었다.

—김 서방, 출근할 때 안 됐나?

그릇을 깨끗이 비운 뒤 아빠가 남자에게 물었다.

—퇴근했습니다.

남자의 얼굴에 그늘이 졌다.

—그라모 여서 뭐하노? 자 데리고 퍼뜩 집에 가그라.

—아빠!

장미가 안타까운 표정으로 외쳤다.

—걱정 마세요. 아버님 주무시면 데리고 갈게요.

남자의 말에 아빠는 흡족한 미소를 짓더니 이내 잠들었다.

장미는 남자와 병실을 나가 로비 의자에 앉았다.

—잡지에 실린 사진 멋지더라. 제법 작가티가 나던데.

남자가 말했다.

—고마워.

—잡지를 보고 엄청 반가웠어. 직접 들었으면 더 좋았을 테지만.

당선 소식을 들었을 때 남자가 가장 먼저 떠올랐지만 장미는 망설이다 전화기를 내려놓고 말았다.

─와 줘서 고마워. 이제 가도 돼.

─당신은?

─병실을 지켜야지.

─오늘은 내가 지킬 테니 집에 가서 쉬어.

그럴 수 없다고 했지만 남자는 프레젠테이션이 잘 돼서 내일은 늦게 출근해도 된다며 뜻을 굽히지 않았다. 병실에서 새우잠을 잔 것도 벌써 열흘째였다. 장미는 병실로 돌아가 숄더백을 챙겨 엄마 집으로 향했다. 확인해야 할 게 있었다.

현관문을 여는 순간 냉기가 옷섶을 파고들었다. 엄마는 파카에 목도리까지 두른 채 식탁 앞에 앉아 소주를 홀짝이고 있었다.

─혼자서 웬 술이야? 아빠 걱정돼서?

─추워서.

엄마는 목도리를 여미며 대답했다.

─집이 왜 이리 냉골이야?

─보일러가 고장 났는갑다.

장미는 안방 벽에 부착된 보일러 리모컨을 살펴보았다. 작동 버튼이 꺼져 있었다. 장미는 길게 한숨을 내쉬었다. 아빠보다 엄마가 더 걱정이었다. 아빠의 시간이 앞으로 흐르는 속도만큼 엄마의 시간은 뒷걸음치는 듯했다. 엄마는 아빠에게 기대 살아온 사람처럼 속절없이 허물어졌다.

장미는 보일러를 가동하고 부엌 선반에서 소주잔을 꺼
내 식탁 앞에 앉았다.

―이제 따뜻해질 거야.

장미는 코와 볼이 빨개진 엄마를 바라보며 말했다. 빨간
머리라고 놀림 받아 울며 집에 돌아왔을 때, 울보라는 별
명이 속상해서 눈물 글썽이며 집에 왔을 때, 엄마에게서
바랐던 따뜻하고 부드러운 목소리로.

―병원은 우짜고?

―명제 씨가 와 있어.

―김 서방이?

―응. 아빠가 많이 찾아서.

―아직 새살림은 안 차렸드나?

장미가 고개를 끄덕였다.

―그때 아만 놓았어도 안 깨졌을 낀데. 에미는 임신을
해가 팔자 조지고 딸년은 임신을 못 해가…….

엄마가 입을 열 때마다 술 냄새가 진동했다. 장미도 잔
에 소주를 붓고 한 모금 마셨다.

―어쩌다 열여덟에 날 낳았어?

―열아홉이라 카이!

―어쩌다 낳은 거야?

전 같으면 불같이 화를 내며 운명을 저주하듯 문디 가
스나, 라고 소리쳤을 테지만 이번에는 달랐다. 엄마는 술잔

을 비운 뒤 마침내 입을 열었다.

　—고등학교 2학년 여름방학에 농활을 한다꼬 서울서 대학생들이 내려온 기라. 개중에 얼굴이 뽀얗고 손가락이 긴 음대생이 하나 있었제. 노래를 잘한다꼬 낼 이뻐라 했지. 피아노도 치 주고. 나가 노래 하나는 끝내줘서 다들 가수 되라고 난리였구마.

　처음 듣는 이야기였다. 장미는 의자를 식탁 쪽으로 바짝 끌어당겼다. 엄마는 뭔가가 떠오르기를 기다리는 사람처럼 눈을 가늘게 뜨고 허공을 응시하더니 다시 입을 뗐다.

　—그날도 음악실에서 단둘이 연습하는데 밖이 시커메지더니 번개가 번쩍거리고 천둥이 사정없이 내려치는 기라. 무서워 떠니까 꼭 안아 주대. 사람 품이 그래 따뜻하다는 걸 처음 알았제. 느그 외할매는 아들 못 놓은 죄로 시어마이 눈치 보느라 내를 품 안에 둔 적이 없었으니까. 천둥이 칠 때마다 그 사람 숨결이 고마…… 그날 천둥은 아홉 번 쳤대이.

　—그래서?

　엄마는 대꾸가 없었다. 엄마의 눈빛은 꿈을 꾸는 듯 몽롱했다. 눈앞에서 술 냄새를 풍기며 비밀을 털어놓고 있는 사람은 다른 세상의 엄마가 꾸는 꿈의 환영인지도 몰랐다. 엄마는 토막 난 꿈의 조각을 이어 붙이듯 띄엄띄엄 입을 열었다. 조각난 꿈과 꿈 사이에는 엉켜 버린 삶에 대한 연민과 풀어져 버린 환상에 대한 미련이 후렴구처럼 되풀이됐다. 장미는 마음을 졸이며 귀를 쫑긋 세웠지만 일찍이 눈의 여왕이라 불린 꿈의 환영이 토해 내는 이야기는 낯설지 않았다.

대학생들이 계곡으로 놀러 가자 엄마는 몰래 뒤쫓아 갔다. 같이 가는 여대생들이 질투가 나 견딜 수 없었던 것이다. 음대생이 일행에서 떨어져 혼자 먹을 감다 갑자기 허우적거리는 걸 본 순간 저도 모르게 물에 뛰어들었다. 숨이 꼴딱 넘어가는 사람을 간신히 물 밖으로 밀어내는데 여대생 하나가 달려오자 화들짝 놀라 바위 뒤에 숨었다.

—음대생은 그 여대생이 목숨을 구해 줬다고 오해해서 사랑하게 되고?

장미는 속은 기분이었다. 하지만 엄마는 연기에 몰입한 배우처럼 대사를 마저 읊었다.

—여대생이 그 사람 입에 숨을 불어 넣는 걸 숨어서 보는데, 얼매나 비참하고 초라하던지 속에서 막 천둥이 치는 기라. 아홉 번. 운명이 뒤바뀌는 건 일도 아닌 기라. 천둥이 아홉 번이면…….

목소리가 아득해지는가 싶더니 엄마는 식탁 위로 쓰러졌다. 장미는 엄마를 안방 침대에 눕히고 목도리와 파카를 벗겼다. 둘 다 아빠 것이었다. 엄마는 태아처럼 몸을 잔뜩 웅크렸다. 장미는 담요를 덮어 주었다. 나쁜 꿈이라도 꾸는 듯 엄마는 잔뜩 찡그린 표정이었다. 다리를 얻기 위해 마녀에게 혀를 내주고 있는지도 몰랐다.

마지막 수수께끼

흔히 시간이 흐른다고 말한다. 인류는 언제부터 시간을 강물에 비유했을까? 고대 그리스 사람들도 그리 생각했다는 것은 분명하다. 당시 한 철학자는 시간의 불가역성을 설명하기 위해 같은 강물에 두 번 발을 담글 수 없다는 금언을 남겼으니까. 흐르는 강물과 같은 시간은 모래톱의 모양을 바꾸듯 세상 어딘가에 흔적을 남긴다. 하늘의 높이를 바꾸고 구름의 모양을 바꾸고 나뭇잎의 색깔을 바꾸고 사람들의 얼굴을 바꾸기도 한다. 그러나 깊고 넓은 강물이 고여 있는 것처럼 보이듯, 매 순간 하늘을 올려다보고 구름을 바라보고 나뭇잎을 들여다보고 얼굴을 쳐다본다면 시간은 스스로를 드러내지 않는다. 시간은 상상할 수 있는 것보다 더 깊고 넓으니까.

명제가 기억하는 여자의 얼굴은 오직 하나뿐이었다. 개구리 냄새가 난다며 찌푸리던 얼굴. 그러나 3년 만에 다시 만난 지금은 완전히 다른 느낌이었다. 생소한 헤어스타일 때문만은 아니었다. 시간이 남긴 흔적 때문이었다. 시간은 변화다. 아니, 변화가 시간이다.

여자가 홀로 겪어야 했을 시간의 결이 아득하기만 했다. 그래서였을까. 여자의 동화가 실린 잡지를 손에서 놓을 수 없었다. 부득이 놓아야 할 때조차 금세 닿을 곳에 두었다. 명제가 꼭 쥐려 한 것은 한 권의 책이 아니라 여자가 홀로 겪은 지난 3년의 시간이었다.

이제 여자의 얼굴은 잡지에 실린 사진 속 모습으로 굳어졌다. 두 번째 결혼 때도, 첫 번째 결혼 때도, 심지어 처음 보았을 때도 그 얼굴인 듯했다. 명제가 아는 여자는 제 노래를 듣고 운 이상한 아이도, 긴장하면 꼬르륵 소리가 나는 특이한 아이도, 어둠을 무서워하는 겁쟁이도, 있지도 않은 개구리 냄새를 호소하는 히스테리 환자도 아닌 자기 확신에 찬 작가였다.

애당초 병원에 뻔질나게 드나든 것도 여자의 얼굴을 보기 위해서였다. 집에 들어가는 게 고역이기도 했다. 여자가 집을 나간 후부터였을 것이다. 여자가 헛구역질하던 모습이 눈에 밟혀 질색이었지만 아버지는 개구리를 먹으면 집을 나간 여자가 돌아올 거라 믿는 듯 집요하게 권했다.

여자 아버지의 병세를 듣고는 개구리를 싸 주겠다며 성화였다.

어떤 변화를 발견하는 것은 기뻤지만 어떤 변화를 지켜보는 것은 고통스러웠다. 여자 아버지의 경우는 후자였다. 여자 아버지의 시간은 폭포와 같아서 굳이 발을 담그지 않아도 흐르고 있다는 사실을 단박에 알 수 있었다. 시간은 시시각각 여자 아버지의 얼굴을 바꾸었다. 하루 만에 한 달이 지난 듯했다. 육신은 쪼그라들고 정신은 희미해져 갔다. 생의 불꽃이 졸아드는 게 확연했다. 신기하게도 정신이 돌아오는 것은 명제와 단둘이 있을 때였다. 혼자 곁을 지킬 때 여자 아버지가 입을 열면 긴장하지 않을 수 없었다. 유언이 될 지도 모른다는 생각이었지만 엉뚱한 말이기 일쑤였다.

—웬 책이고?

—장미가 쓴 동화가 실렸어요.

—가가 동화를 썼다꼬?

—모르셨어요?

명제는 잡지를 넘기며 물었다.

—야가 낼 닮아 머리털이 불그스름하대이.

사진 속 여자의 머리카락은 새까맸고 사진 밖 노인의 머리카락은 새하얬지만 명제는 잠자코 있었다.

—와? 못 믿겠나?

여자의 아버지는 자신의 앨범을 가져오라고 했다.

며칠 뒤 토요일 오후, 앨범을 뒤적거리던 여자의 아버지는 사진 한 장을 꺼내 명제에게 보여 주며 말했다.

—보래이. 내가 소싯적에는 머리털이 옥수수수염맹키로 불그스름했다 아이가.

더벅머리 소년이 한쪽 눈을 찡그린 채 어색한 표정을 짓고 있는 흑백사진. 여자의 아버지는 머리를 붉게 염색해 달라고 주문했다. 역시 엉뚱한 소리였지만 워낙 간곡해서 거절할 수 없었다. 명제는 병원 밖으로 나가 염색약을 샀다. 돌아오는 길에 병원 앞에서 누군가 명제를 불러 세웠다. 밀짚모자를 쓰고 분홍색 개량 한복을 걸친 할머니가 지팡이를 짚고 서 있었다.

—무슨 일이세요?

—택시를 타야 하는데 차비가 없네. 한바탕 쏟아지기 전에 빨리 가야 할 텐데.

할머니는 구름 한 점 없는 하늘을 찌푸린 눈으로 바라보며 구시렁댔다. 정신이 온전치 못한 노인 같았다. 여자의 아버지가 어른거려 1만 원권 두 장을 건넸다. 돈을 받아 든 할머니는 들고 있던 자루에서 뭔가를 꺼냈다. 폴라로이드 카메라였다.

—줄 게 이것밖에 없구려.

한사코 사양했지만 할머니는 카메라를 던지듯 떠넘기

고 택시에 올라탔다. 이상한 노인이었다. 점점 작아지는 택시를 바라보던 명제는 기묘한 기분에 사로잡혔다. 억지로 떠맡은 생뚱맞은 물건 탓이 아니었다. 할머니를 언젠가 본 듯했다.

머리카락에 염색약을 바르는 동안 여자의 아버지는 아득한 눈길로 창밖만 바라보았다. 깜박 두고 온 무엇이 창밖의 세상 어딘가에 있는 것처럼.

—여름에는 옷을 껴입고 겨울에는 벌거숭이인 기 뭐꼬?

또 수수께끼였다.

—글쎄요.

명제는 빗질에 집중하느라 건성으로 대꾸했다.

빗질이 그칠 때까지 여자의 아버지는 신성한 의식을 치르는 양 미동도 하지 않았다. 머리를 감기고 말리자 머리털은 한 올도 빠짐없이 불그스름해져서 붉은 난쟁이의 나라에서 온 사신 같았다.

여자의 아버지는 거울을 들여다보며 흡족한 표정을 짓더니 사진을 찍어 달라 했다. 카메라에는 마침 필름이 들어 있었다. 옷장에 걸린 양복도 꺼내 입었다. 첫 번째 결혼식 때 입었던 양복은 이제 많이 헐거웠다. 여자의 아버지는 촬영이 끝나자마자 깊은 숨을 몰아쉬며 침대에 몸을 뉘었다. 카메라가 뱉어 낸 필름을 흔드니 빨간 머리가 차츰 또렷해졌다.

—잘 나왔네요.

명제가 돌아보았을 때 사진의 주인공은 어느새 잠들어 있었다.

명제는 가방에서 스케치북을 꺼내 여자 아버지의 얼굴을 그렸다. 그림을 그릴 때 명제는 전에 맛본 적 없는 뿌듯함을 느꼈다. 남에게 보여 주기 위해서가 아니라 온전히 자신을 기쁘게 하기 위한 일은 처음이었다. 여자의 기척이 들리자 황급히 스케치북을 덮었다.

—아빠 머리카락이…….

여자는 놀라움을 감추지 못했다.

—염색해 드렸어.

—염색?

여자의 표정은 여전히 심각했다. 명제는 여자의 아버지가 보여 주었던 사진을 건네며 자초지종을 설명했다. 여자는 사진을 오래도록 들여다보았다.

—아버님 어릴 적에는 머리카락이 붉었다는 게 사실이야?

여자의 눈빛이 흔들렸다.

—나도 빨간 머리야.

—이렇게 까만데?

—염색한 거야.

명제는 여자의 머리카락을 새삼 눈여겨보았다. 기억 속

에서 여자의 머리카락은 언제나 지금처럼 새까맸다. 알고
지낸 게 몇 년이고 함께 산 게 몇 해인데 머리카락 색깔도
몰랐다니. 여자가 어떤 사람인지 명제는 새삼 궁금했다. 처
음 보았던 순간부터 여자는 늘 수수께끼였다.

동화처럼

동화에서 계부가 희귀한 이유는 뭘까? 유명한 동화 작가는 대개 남성이었다. 안데르센도, 그림 형제도, 페로도, 제이콥스도. 계모가 악독하게 그려진 것도 그 때문이리라. 어릴 적 장미가 엄마를 계모로 의심한 것은 동화 때문이었는지 모른다. 아빠의 혈액형이 알던 것과 다르다는 사실을 발견했을 때조차도 의심은 엄마를 향했다. 그러나 만취한 엄마가 털어놓은 이야기를 듣는 순간 해묵은 의혹은 깨끗이 사라졌다.

누군가 그랬다. 아이들은 동화를 읽지 않아도 용이 존재한다는 것을 안다고. 아이들이 동화를 읽고 알게 되는 것은 용의 존재가 아니라 용도 죽는다는 사실이라고. 엄마를 계모로 의심한 게 동화 때문만은 아닐 것이다. 동화 속 악독한 계모가 원전에서는 친모였다는 사실을 일찌감치 알았으니까. 아이들은 동화를 읽지 않아도 안다. 모든 계모가 친절하지는 않다는 것을. 정작 아이들이 동화를 읽고 알게 되는 것은 친모도 계모와 다를 바 없다는 사실이다.

엄마의 얘기대로라면 아빠는 계부여야 했지만, 장미는 아빠 엄마 모두 친부모라는 사실을 비로소 진심으로 받아들이게 되었다. 엄마가 취중에 들려준 비밀은 동화였으니까. 몇 가지 동화를 얼기설기 엮어 각색한 출생담을 들었을 때 장미는 엄마에게서 아이를 보았다. 장롱 속에서 눈물지으며 현실과는 다른 이야기를 상상하던 아이. 더 근사한 사람들이 친부모였으면 좋겠다는 바람을 품었던 아이. 언젠가 친부모가 찾아오리라는 환상을 키운 아이. 그것은 자신의 가슴 한구석에 웅크리고 있는 아이였다.

장미가 어릴 적 장롱 속에서 그랬던 것처럼, 엄마는 침대 한구석에 웅크린 채 잠들어 있었다. 엄마는 아빠가 다른 세상으로 훌쩍 떠나 버릴까 봐 두려운 것이다. 그래서 현실을 한사코 부정하는 것인지도 몰랐다. 이제 많은 것이 분명해졌다. 병실에서 엄마가 환자용 침대를 차지하고 있던 것도, 장미가 온 뒤로는 병원에 발길을 끊은 것도, 동화 같은 출생담을 지어낸 것도 불안 때문이었다. 혼자 남겨질지 모른다는 불안.

사랑을 얻기 위해 모든 것을 내던지는 사람이 있는가 하면, 사랑을 잃지 않기 위해 사랑을 외면하는 사람도 있다. 엄마는 사랑을 잃지 않기 위해 평생 사랑으로부터 도피했던 것이다. 아이를 갖는 게 두려워 상상임신을 했던 장미처럼. 자신 안의 아이를 다독이듯 장미는 엄마의 등을 토닥였다. 자기 안의 아이를 눈으로 확인했기에, 안방 문갑에서 찾아낸 엄마의 건강검진 결과표를 살펴보았을 때도 장미는 놀라지 않았다. 인어 공주의 혈액형은 B형이 아니라 A형이었다.

병원이 가까워질수록 장미의 발걸음은 분주해졌다. 병실을 홀로 지키고 있을 남자 때문이었다. 남자의 헌신적인 간호는 뜻밖이었다. 미안하기도 하고 고맙기도 했다. 무엇보다 든든했다. 개구리였던 남자는, 개구리 왕자였던 남자는 이제 하인리히가 된 것이다.

—아빠 머리카락이…….

장미는 아빠의 빨간 머리카락을 본 순간 제 눈을 의심했다.

—염색해 드렸어.

남자는 한 장의 낡은 흑백사진을 내밀며 사정을 설명했다. 아빠가 더벅머리 소년이던 시절에 찍은 사진.

—이때만 해도 머리카락이 붉었대.

남자가 믿기지 않는다는 투로 말했다.

—나도 빨간 머리야.

—새까만데?

—염색한 거야.

장미는 어릴 적 놀림감이 되곤 했던 불그스름한 머리가 싫어서 대학생이 된 후로는 늘 염색을 했다. 붉은 기가 돌기 무섭게 미용실로 달려가곤 했으니 남자가 놀라는 것도 무리는 아니었다.

—그러고 보니 붉은 것 같기도 하네. 염색해야겠다.

—아니. 이젠 안 할 거야.

장미는 단호한 제 말투에 놀랐다. 빨간 머리라고 놀림받고 눈물짓던 아이의 목소리였다. 이제 아이는 더 이상 제 머리카락을 창피해하지 않을 것이었다.

—웬 거야?

장미가 보호자용 간이침대에 놓인 스케치북을 집어 들며 물었다.

—별거 아냐. 털보 선배가 게임 캐릭터를 만들라기에 끼적거려 본 거야.

남자가 당황하자 장미는 더 궁금해졌다. 스케치북에는 젊은 여성의 얼굴이 그려져 있었다. 오밀조밀한 이목구비와 시원스러운 이마. 어디서 많이 본 듯한 얼굴이었다.

—솜씨가 좋네.

터치는 거칠었지만 스타일은 독특했다. 그림에 소질이 있는 줄은 미처 몰랐다.

다음 장도, 그다음 장도, 또 다음 장도 같은 얼굴이었다. 표정은 조금씩 달랐다. 장미는 스케치북을 휘리릭 넘겼다. 침울한 얼굴이 점차 환하게 웃는 모습으로 변했다. 맨 마지막 장에 그려진 것은 쭈글쭈글한 노인의 얼굴이었다. 장미는 코끝이 찡했다. 자신을 닮은 수많은 얼굴 때문인지 아빠를 닮은 얼굴 때문인지 알 수 없었다.

장미는 스케치북을 남자에게 넘겼다. 어색한 정적이 흘렀지만 장미는 이제 남자의 침묵이 불편하지 않았다. 굳이 말하지 않아도 남자의 마음을 짐작하고도 남았다. 스케치북의 그림이 모든 것을 말해 주고 있었다.

— 아버님 사진을 찍어 드렸어.

남자가 사진을 내밀었다. 폴라로이드 카메라로 찍은 것이었다. 염색을 하고 양복을 걸친 채 찍은 사진. 한쪽 눈을 찡그린 게 윙크하는 것처럼 보였다. 장미는 아빠의 소년 시절 모습이 담긴 흑백사진을 나란히 들고 바라보았다. 흑백사진의 얼굴도 한쪽 눈을 찡그린 채였다. 폴라로이드 사진의 얼굴에서 잔주름만 지우면 영락없이 같은 얼굴이었다. 아빠는 늙어 가는 것이 아니라 어린 시절로 돌아가는 것인지도 몰랐다.

— 윙크하시는 것 같지?

남자가 말했다.

— 아냐. 한쪽 눈을 찡그리는 거야. 나도 사진 찍을 때 왼

쪽 눈을 찡그리는 버릇이 있거든.

그때 메마른 기침 소리가 들렸다.

—아빠!

—사진이 잘 나왔어요, 아버님.

남자가 사진을 아빠 눈앞에 내밀었다. 아빠는 눈을 껌뻑
거리며 사진을 들여다보았다.

—미안합니다.

아빠가 머리를 조아리며 말했다.

—아버님, 저 김 서방이에요. 모르시겠어요?

남자가 아빠와 눈을 맞추며 물었지만 아빠는 멀뚱멀뚱
쳐다볼 뿐 대꾸가 없었다.

—수수께끼 답을 가르쳐 주셔야죠. 여름에는 껴입고 겨
울에는 알몸인 게 뭔지 가르쳐 주셔야죠, 네?

남자는 아빠의 꼭꼭 숨어 버린 정신을 불러내기 위해
애썼지만 허사였다. 장미는 궁금했다. 수수께끼의 답이 아
니라 수수께끼를 낸 이유가.

—쉬.

아빠가 입을 열었다.

—알았어요.

남자가 침대 밑에서 플라스틱 소변기를 꺼내 들고 바지
춤에 손을 대려 하자 아빠가 얼굴을 붉히며 도리질했다.

—잠깐 나가 있을래?

남자가 장미에게 말했다.

―고맙습니다.

아빠가 남자에게 머리를 조아리며 말했다.

아빠의 바지춤을 내리는 남자의 눈시울이 붉어졌다. 남자가 고개를 창 쪽으로 돌렸다. 장미는 황망히 병실을 나왔다. 찬바람이라도 쐬러 복도를 빠져나가는데 눈물이 볼을 타고 흘러내렸다. 마침내 눈물이 돌아왔다. 얼마 만의 눈물인지 몰랐다. 눈물이 반갑기는 처음이었다.

병실로 돌아갔을 때 남자는 아빠에게 장미의 동화를 읽어 주고 있었다. 아빠는 잠을 청하는 아이처럼 얌전히 듣고 있었다. 장미는 창가에 서서 밖을 바라보았다. 동화를 들려주는 남자의 목소리가 아득했다. 성에 낀 창문 너머 세상에는 달걀 같은 함박눈이 쏟아졌다. 온 세상이 금세 새하얀 옷을 걸쳤다. 저 멀리 들판에 홀로 서 있는 나무에도 눈송이가 주렁주렁 매달렸다. 땅에 묻힌 망자들의 영혼이 눈꽃으로 피어난 것인지도 몰랐다. 아빠가 낸 수수께끼의 의미를 알 것도 같았다. 고향에 묻히고 싶다고 입버릇처럼 말하던 아빠였다. 장미의 눈앞에 아름드리 느릅나무가 모습을 드러냈다. 외가에 맡겨졌을 때 아빠를 기다리느라 해 질 녘마다 찾던 동구 밖 느릅나무.

남자는 어느새 마지막 문장을 읽고 있었다.

―그리하여 두 사람은 행복하게 오래오래 살았습니다.

아빠는 미소를 머금은 채 잠들어 있었다. 어쩌면 한 그루 나무가 되어, 손가락마다 꽃을 피우는 꿈을 꾸는지도 몰랐다.

—눈이다!

남자가 탄성을 질렀다. 세상의 모든 영혼이 나뭇가지에 하얗게 걸터앉았다. 다리가 둘이라서 떠돌아야 할 운명인 모든 것들이 다리가 하나인 나무 위에서 쉬는 순간이었다.

장미의 손이 따뜻해졌다. 남자의 손 때문이었다. 남자가 맞잡은 손을 들어 올리더니 집게손가락을 내밀어 유리창에 쓱쓱 그림을 그렸다. 손가락이 지나간 자리에서 눈, 코, 입, 귀가 차례로 생겨났다. 유난히 눈이 큰 여자애였다.

—누구야?

—눈물 공주.

—침묵 왕자도 그려야지.

이번에는 입을 한일자로 꼭 다문 사내애를 그렸다. 눈초리가 처지고 얼굴이 둥그스름한 게 남자를 닮았다. 장미는 집게손가락을 침묵 왕자의 눈동자에 한동안 대고 있다 뗐다. 침묵 왕자의 눈에서 주룩 눈물이 흘러내렸다. 남자가 환하게 웃었다. 장미의 얼굴에도 미소가 피어났다. 눈물 글썽이는 침묵 왕자의 눈동자에 담긴 세상에서는 침묵보다 낮은 숨결이 눈송이를 징검다리 삼아 가장 높은 하늘까지 날아올랐다.

어른을 위한 연애 성장 테라피

강유정(문학평론가)

1 동년배들의 코드

김경욱의 소설을 읽으면 위안을 얻는다. 위안이라는 게 대단한 것은 아니다. 이를테면 이런 것 말이다. 화려했던 전성기를 읊으며 그 시절의 추억을 후일담으로 써내는 선배들은 '우리'를 상처 없는 세대라고 불렀다. 거리가 아닌 학교에서 시간을 보낼 수 있다는 것은 축복이야, 라고 부러워했지만 우리는 그 부러움이 기실 얕잡음의 다른 표현이라는 것을 알고 있었다.

선배들은 운동 가요를 '진심으로' 좋아하는 듯했지만, 우리는 '명제'나 '장미'처럼 아바나 「수요일엔 빨간 장미를」을 더 좋아했다. 김경욱의 소설 『동화처럼』의 주인공들은 운동 가요를 배웠지만 비 오는 수요일이면 장미꽃을 떠올리고 미제니 스웨덴제니 비난을 받으면서도 아바의 「The winner takes it all」을 부른다. 그들의 20대는 화염병이나 운동 가요와 같은 보통명사가 아닌 「가지 않은 길」, 「The more we try」 같은 구체적 고유성으로 환기된다. 하지만 우리가 대학을 다녔던 20대 때 장미나 명제 같은 인물들은 주인공이나 주류가 될 수 없었다. 그러니까 20대의 대부분을 주변인 1 혹은 주변인 2로 살았던 인물들, 그 '우리'의 모습이 김경욱의 소설 『동화처럼』에 담겨 있는 것이다.

선배들을 키운 건 "팔 할"이 못난이 대통령이고 2할은 막돼먹은 정치였지만, 1990년대에 대학을 다닌 명제와 장미를 키운 건 속옷 바람에 맘보 춤을 추는 장국영이었다. 그들, 우리는, 민주나 투쟁이 아닌 '운명'이나 '사랑'이라는 말에 이끌렸다. 김경욱의 『동화처럼』에 등장하는 인물들은 거리가 아닌 프로스트의 「가지 않은 길」에서 운명의 지침을 만난다. 당시로서는 소수자에 속했던 자들, 사소한 개인의 정서에서 운명의 기미를 느꼈던 동년배들. 이렇게 김경욱의 소설 속에는 너무 남루한 개인이어서 조금은 부끄럽기도 한 1990년대 학번들의 평범한 20대의 삶이 녹아 있다. 주변인들, 공주가 되지 못한 "장미"들, 그리고 개구리 왕자는커녕 개구리도 못 되는 두꺼비 "명제"들의 삶, 그러니까 대부분 우리들의 삶이 그려져 있다.

1990년대를 관통해 온 수많은 30대 동년배들, 이제 막
30대를 지나 40대에 진입한 90학번 세대들에게 김경욱의
이름은 하나의 상징이라고 할 수 있다. 집단적 상처를 문
학적 트라우마로 제시했던 전 세대들과 달리 김경욱은 문
화로 구체화된 개인을 보여 주었다. 김경욱의 소설에서는
커트 코베인이나 장국영이 전경화되곤 한다. 이 문화적 아
이콘들을 투과해 김경욱은 세련된 문화적 취향을 드러냈
다. 당시로서 취향의 고백은 커밍아웃과 다를 바 없었다.
김경욱은 문화적 취향을 드러냄으로써 세대적 커밍아웃
을 감행했다. 따라서 김경욱이 끌어들인 몇몇 고유명사들
은 자신의 세대적 차별에 대한 일종의 랜드마크가 되어 주
었다. 비틀즈가 아니라 너바나의 음악을 듣는다는 것은
단순한 취향의 차이가 아니라 코드와 언어의 차이를 보여
주었다. 비틀즈와 너바나 사이에는 번역을 통해야만 하는
깊은 크레바스가 존재했기 때문이다.

시대적 랜드마크가 된 상징적 문화 아이콘의 선택은 김
경욱의 세련된 감수성을 보여 준다. 김경욱은 눈이 밝고,
예민한 작가다. 비교적 최근작이라고 할 수 있을 「99%」는
김경욱의 예민함이 시간의 흐름에 따라 어떻게 세공되어
왔는지를 잘 보여 준다. 가짜 학위 논란이 세상을 시끄럽
게 할 즈음 「99%」는 여러 실존 인물들의 사건, 사고를 연

상케 하는 몇몇 이미지들을 제시했다. 하지만 정작 「99%」에 축조된 것은 100퍼센트보다 99퍼센트에 더 매료되는 여기, 이곳의 삶에 대한 날카로운 시선이었다.

김경욱의 새 장편소설 『동화처럼』에도 여지없이 그 예민한 시선이 자리 잡고 있다. 늘 그래 왔듯 작가 김경욱은 우리가 앓고는 있지만 아직 구체적 병명을 찾아내지 못한 시대적 질환의 증상을 기민하게 잡아낸다. 이 기민함을 통해 우리가 간간이 신문 사회 면이나 포털 검색어 순위에서 보고 배설했던 수많은 가설과 명제, 소문 들이 조감도로 재구성된다. 실직, 그로 인한 이혼, 동창생과의 불륜 같은 지금, 이곳의 삶을 설명해 줄 수 있는 불연속적 사건들이 점심 식사의 테이블에서 벗어나 소설의 공간에 초대된다. 김경욱은 수다로 가볍게 넘기려 했던 사건들을 우리 시대를 관통하는 문제의 핵심으로 다룰 줄 안다. 대수롭지 않았던 사건들은 김경욱을 통해 비로소 시대의 질병을 드러내는 증상으로 자리 잡는다. 그 증상의 첫 번째가 바로 동화다. 누구나 기억에 남는 동화 하나쯤은 있기 마련이라는 작가 김경욱의 말처럼, 누구나 동화 하나는 기억하고 산다. 그렇다면 『동화처럼』의 인물들, 명제나 장미가 기억하는 동화는 어떤 것일까? 그리고 작가 김경욱, 그리고 우리가 상흔처럼 간직하고 있는 최초의 기억으로서의 동화는 어떤 이야기일까?

2 동화에서 고독을 배우다

예언은 이랬다. "평생 눈물 속에서 고독하게 살다 죽으리라.(8쪽)" 예언을 아프게 만드는 것은 '눈물'이라는 명사다. 눈물은 직관적, 경험적으로 슬픔과 연관된다. 기쁨의 눈물이라는 말도 있지만 이는 수사학적으로 의미 있는 예외적 상황일 따름이다. 심각한 것은 이 예언이 '고독하게'라는 부사로 제한된다는 사실이다. 이에 예언은 부사를 만나 철저한 '저주'가 된다. 앞으로 다가올 일을 미리 짐작하는 것이 예언이라면, 저주는 남에게 불행이나 재앙이 일어나기를 바라는 행위다. 동화 속 저주가 두려운 까닭은 그것이 단순한 입방정이 아니라 예언적 성격을 지니고 있기 때문이다. 남을 해하기 위해 빈 불행의 주문이 언젠가 꼭 실현된다는 것, 이것이 바로 동화 속 저주가 주는 공포다. 수많은 신화와 동화의 주인공들은 예언의 희생양이 되어 왔다. 오이디푸스는 신탁이라는 이름으로 아버지를 해하고 어머니와 동침하리라 낙인찍히고, 잠자는 숲속의 공주는 열여섯 살이 되기 전 물레에 찔려 죽게 될 것이라는 경고를 받는다.

김경욱의 소설에 등장하는 '눈물의 여왕'에게 내려진 예언의 핵심은 '고독'이라는 단어에 숨어 있다. 고독이란 세상에서 홀로 떨어져 있는 듯한 외로움이다. 저주의 핵심이 바로 홀로 떨어져 있다는 것, 고독 그 자체에 숨어 있다는 뜻이다. 고독은 저주의 대상이 부모, 형제, 자매뿐만 아니라 앞으로 만나게 될 누군가와의 만남도 부정한다. 사실 눈물은 슬픔 때문이 아니라 고독 때문에 흐를 것이고, 그래서 공주는 더욱 고독해질 것이다. 눈물과 고독은 떼려야 뗄 수 없는 한 패의 공정인 셈이다.

눈물의 여왕과 짝패가 되는 '침묵의 왕'에게 내려진 저주도 이와 다를 바 없다. 침묵의 왕은 "평생 침묵 속에서 고독하게 살다 죽으리라.(15쪽)"는 저주를 받는다. 고독을 증상으로 체험한다면 눈물이 될 것이고 이를 현상학적으로 사유한다면 침묵이 될 것이다. 침묵은 고독의 전제이기도 하지만 결과이기도 하다.

김경욱의 소설『동화처럼』의 주인공은 눈물의 여왕 장미와 침묵의 왕자 명제다. 두 사람은 몇 가지 점에서 공통점을 가지고 있다. 하나는 부모님으로부터 전폭적인 사랑을 받지 못했다는 점이다. 장미는 엄마의 냉정함 때문에 힘든 어린 시절을 보낸다. 친모라고 보기 어려울 정도로 장미의 엄마는 냉랭하고 엄격하다. 명제의 아버지는 지나칠 정도로 감정 표현에 인색하고 완고하다. 게다가 어머니는 돌아가시고 없다. 장미와 명제, 두 사람 모두 여느 동화에 등장하는 왕자나 공주처럼, 결핍 가운데서 태어난 것이다.

두 번째는 두 사람 모두 한 번도 자신을 주인공이라고 생각해 본 적이 없다는 사실이다. 한서영이나 서정우와 같

은 소위 잘나가는 동년배들에 비해 명제나 장미의 행로는
너무나 평범해서 초라해 보인다. 치대생 서정우나 "상사 주
재원인 아버지를 따라 어릴 적부터 세계 곳곳을 다닌" 한
서영에 비해, 명제나 장미는 특별히 예쁘지도, 똑똑하지
도, 그렇다고 미래에 큰 욕심을 갖고 있지도 않다.

세 번째는 비범하지 못해 슬프고 외로운 장미와 명제가,
그때마다 동화의 한 구절을 떠올린다는 점이다. 어릴 적,
엄마에게 혼나 장롱에 갇혔던 장미는 계모 밑에서 고생하
는 공주들을 떠올리며 위안을 받는다. 명제의 유년기는
개구리 왕자와 같은 동화에 대한 기억으로 채워진다.

1970년대에 태어나 자란 명제나 장미 세대에게 동화는
몇몇 대형 출판사들의 기획물로 마련된 읽을거리이기도
했다. 산아제한이 시작될 무렵, 한 질씩 구입돼 책장에 전
시되었던 세계 전래 동화 및 안데르센 동화에는 자식들이
자신들과 다른 '시절'을 살았으면 하는 부모의 기대가 숨
어 있다. 문제적인 것은 이 기대가 체험이 아닌 독서 경험
을 통해 정신분석이 가능한 최초의 세대들을 마련해 주었
다는 것일 터이다. 브루노 베텔하임의 말처럼 아동들이 읽
는 전래 동화나 안데르센 동화는 어린이들이 겪는 성장에
대한 공포를 극단적으로 처리한 경우가 많다. 동화 속에서
아이들, 공주나 왕자 들은 다른 무엇도 아닌 단 하나밖에
없는 목숨을 걸고 길을 나선다. 전쟁도, 일제 강점도, 4·19

도 경험하지 못한 이 아이들의 유년기는 처음으로 허구적 성장의 환경과 만나게 된다. 동화 속의 기이한 미스터리들이 성장의 두려움을 달래 주는 독특한 간접 체험이 가능해진 것이다.

이런 맥락 가운데서, 장미는 어디선가 진짜 엄마가 나타나 계모로부터 자신을 구원해 주기를 열렬히 기다리는 업둥이가 되고, 명제는 이야기 속에서 금지된 세계를 상상한다. 엄밀히 말해, 장미나 명제가 겪는 이런 혼란이야말로 성장의 다른 이름이기도 하다. 가령 장미가 기억하는 라푼첼 속에서 부모는 양상추를 먹기 위해 딸을 마녀에게 팔아먹는 철부지에 불과하다. 하지만 실상 라푼첼에서 진짜 엄마의 이미지는 식탐 많은 철부지 친모가 아니라 마녀에게 융해되어 있다. 왕자를 만나 자신에게서 벗어날 것을 두려워하는 엄마, 그래서 딸을 탑 속에 가둔 엄마. 마녀는 딸과의 육체적, 정서적 분리에 대한 두려움을 금기로 달래는 불완전한 개인으로서의 '엄마'라고 할 수 있다.

장미의 말처럼 동화 속 계모들은 알고 보면 모두 친모다. 정작, 후에 깨닫게 되는 사실은 결국 어떤 부모라고 해도 완전하지 않다는 것, 그리고 아무리 완전한 부모일지라도 아이들에게는 결핍을 줄 수밖에 없다는 사실이다. 아이의 성장을 위해서는 부모가 결핍되어야만 한다. 역설적으로 말해, 엄마를 계모처럼 여기고 아버지의 금기를 저주로 받아들여야만, 소년은 왕자가 되고 소녀는 공주가 된다. 어른은 위반과 거부를 통해 만들어지기 때문이다.

동화는 부모로부터의 분리를 두려워하는 아이들을 어른의 세계까지 성공적으로 데려다준다. 험악한 허구를 통해 성장의 공포를 이해한다. 그렇다면 동화를 읽고 자라난 장미나 명제는 정말 성장을 마친 것일까? '개인'이 되어 누군가를 만나 결혼까지 했다면 이제 그들은 완전한 성인일까? 동화는 어른들에게도 필요하다. 어른이 이차성징을 경험해 육체적·물리적·생물학적으로 성장을 마친 자들을 가리킨다면 명제나 장미는 성인임에 분명하다. 하지만 물리적 성장이 모든 아이들을 어른으로 만들어 주는 것일까? 작가 김경욱은 이 질문에 그렇지 않다고 대답한다. 오히려 그는 성인이야말로 더 자라야 할 존재임을, 그래서 동화가 절실히 필요하고 동화에 더욱 매달릴 수밖에 없는 자들이라고 말한다. 아니, 심지어 그는 어른들은 조금 더 자라야 한다고 말하는 듯싶다. 그렇다면 과연 성장은 언제쯤 완성되는 것일까? 어른에게는 어떤 동화가 필요하며, 또 왜 필요한 것일까? 대답은 아마 사랑에서 발견될 것이다.

3 착각과 오인의 연애성장소설

『동화처럼』은 한국판「첨밀밀」이라고도 부를 수 있을 연애담이다. 대학 시절 동아리에서 장미와 명제는 처음 만나지만, 그저 동아리 친구 정도로만 알고 지내다 졸업한다. 그 시절 장미와 명제에게는 각각 다른 마음속 연인들이 있었기 때문이다. 장미는 치대생 서정우를, 그리고 명제는 "화려한 외모만큼이나 행동도 튀는"(25쪽) 한서영을 짝사랑한다. MT에서 두 사람은 내심 사모하고 있던 이성의 손을 잡았다고 '착각'하지만 사실상 그들은 서로의 손을 잡게 된다. 그리고 이들의 마음을 비웃듯, 한서영과 서정우는 연인이 되고 이들은 착각과 오인 속에서 서로를 비껴간다.

명제와 장미가 재회한 것은 졸업한 이후, 장미는 은행원으로, 그리고 명제는 영화 투자사의 신입 사원으로 입사할 때다. 상처만 남긴 연애 끝에 지쳐 있던 장미에게 명제는 개구리의 허물을 벗은 '왕자님'처럼 나타난다. 두 사람에게는 6년 만의 우연한 만남이 일종의 운명적 계시처럼 받아들여진다. "새로운 놈은 새로운 놈인데 완전히 새로운 놈은 아"(97~98쪽)닌 인연을 만나리라는 장미의 점괘도 우연을 필연으로 만드는 데 한몫한다. 착각과 오인으로 빗나갔던 명제와 장미는 이번엔 착각과 오인 덕분에 연인이 된다. 그리고 마침내, 명제가 깨끗이 비운 닭 한 마리에 대한 착각으로 두 사람의 오인은 공식적으로 승인받는다. 결혼을 하게 된 것이다.

명제가 장미와 만나 부부가 되기까지의 과정은 『동화처럼』의 절정이라고 할 만큼 속도감 있는 문체와 설레는 분위기로 달구어져 있다. 로맨틱 코미디처럼 두 사람은 아슬아슬한 운명의 힘으로 가닿고, 드라마틱한 프러포즈 끝에 부부가 된다. 로맨스가 이루어지는 순간만큼은 모든 운명의 시계가 두 사람을 위해 맞춰지듯 순탄하게 착각하고 순조롭게 오인한다. 명제는 월경의 기미를 첫 경험의 순혈로 오인할 만큼 착각의 세계로 열렬히 빠져든다.

문제는 로맨틱 코미디는 바로 여기까지라는 것이다. 대부분 로맨틱 코미디는 성격이나 계층이 다른 두 남녀가 만나 복닥거리다 연인 혹은 부부가 되는 데서 멈춘다. 중요한 것은 영화의 러닝타임은 짧지만 인생은 그보다 길다는 점이다. 로맨틱 코미디는 '그리고 영원히 행복하게 살았습니다.'라는 팡파르로 끝날 뿐 그 이후를 보여 주지는 않는다. 사실 새롭게 탄생한 연인들에게 '해피 에버 애프터(Happy ever after)'라는 진부한 예언을 건네는 것이야말로 이 장르의 관습이자 목적이기도 하다. 하지만 '해피 에버 애프터'는 "평생 눈물 속에서 고독하게 살다 죽"는 것만큼이나 동화적인 설정이다. 영원히 눈물 속에서 고독하게 살아가는 것이 동화적이고 허구적인 만큼 '영원한 행복' 역시 어불성

설이다. 세상엔 그 어떤 '영원함(ever)'도 없다.

동화가 영원함의 환상을 선사한다면 소설은 삶의 일회성과 죽음의 필연성을 가르쳐 준다. 소설의 전언은 동화가 주는 환상과 정반대에서 시작된다. 한 편의 아름다운 '동화'였던 명제와 장미의 연애는 결혼이라는 사건 이후 '소설'의 세계에 진입한다. 명제는 직장을 잃고, 장미는 남편의 침묵을 이해하지 못한다. 장미는 자신이 가지 못했던 다른 길, 서정우를 만나고 난 후 현재의 삶을 더욱 초라하게 여기게 된다. 아무도, 그리고 그 어떤 동화도 자신과 결혼한 남자가 왕자가 아닌 개구리였다고 써 놓지는 않았다. 결국 명제는 현실의 무게에 허덕이고, 장미는 그런 명제에게 실망을 거듭하다가 깊은 상처를 얻은 채 헤어지게 된다. 영원한 행복을 보장하는 동화는 현실엔 없는 것이다.

하지만 엄밀히 말해, 명제와 장미의 동화는 끝이 난 게 아니라 시작된 것이라고 할 수 있다. 세 번의 시험을 거쳐야 하는 공주처럼, 용을 죽여야 하는 난관에 처한 왕자처럼, 사실상 이들은 인생이라는 기나긴 동화의 입구에 놓인 첫 번째 장애물에 부딪혔을 뿐이기 때문이다. '동화'가 아닌 '동화처럼'이라는 제목처럼 김경욱은 명제와 장미를 '동화 같은' 이야기의 주인공으로 조형해 낸다. 아름답게 알고 있었던 이솝이나 그림, 안데르센의 동화 들이 알고 보니 무시무시하고 잔혹한 세계였듯이, 동화의 진경은 환상이 아니라 공포와 잔혹성에 있다. 좀 더 깊숙이 들여다보면 동화는 현실만큼이나 잔혹하고 때론 현실보다 더 엄격하다. 성장기를 겪는 아이들에게 무섭고 잔인한 동화가 치료제가 되어 주듯, 김경욱은 어른에게도 동화가 필요하다고 말한다. 사실 명제나 장미 모두 여전히 '동화'가 필요한 덜 여문 아이들이기 때문이다. 동화가 필요한 것은 비단 명제나 장미뿐만 아니라 지금, 이 시대를 살고 있는 모든 어른들일지도 모른다.

『개구리 왕자』라는 동화에 암시되어 있듯, 장미와 명제는 아직 자기 자신의 정체성을 찾지 못한 미성숙한 아이다. 자신을 찾지 못한 아이에게 타자는 존재할 수 없다. 사랑이란 '나'를 버림으로써 나를 완성하는 과정이라고 할수 있다. 그리고 성장은 이 지난한 사랑을 통해 완성된다. 동화가 언제나 두 사람의 만남에서 끝나는 것은 단순한 물리적 결합을 의미하는 것만은 아니다. 오히려 상징성 안에서 그 만남은 정신적, 정서적으로 완전히 성숙한 두 개인의 대면을 의미한다. 나 자신을 두껍게 보호하는 것이 아니라 타자에게 개방할 때 오히려 '나'는 완성된다. 말하자면 공주는 개구리가 왕자로 바뀌어서 사랑하는 것이 아니라, 공주가 개구리를 사랑했기에 개구리는 왕자가 될 수있는 것이다. 왕자로 볼 마음의 준비가 되었기 때문이다.

브루노 베텔하임의 『전래 동화의 의미와 가치』에 쓰여

있듯이, 마음의 준비가 되어 있지 않은 여자에게 그 어떤 남자도 양서류에 불과하다. 미끈한 촉감의 못생기고 징그러운 피조물은 사랑을 통해서 왕자가 된다. 이런 암시는 잠자는 숲속의 공주를 통해서도 만날 수 있다. 열여섯 살이 된 소녀는 스물이 넘은 성인 여성과 육체적으로 크게 다르지 않다. 소녀는 초경을 경험하고 여자가 된다. 하지만 초경을 경험한다고 해서 정서까지 여자가 되는 것은 아니다. 100년간의 잠은 소녀가 여자가 되기까지 필요한 정서적 성숙의 시간을 대신해 준다. 잠이 든 소녀를 위해 100년 정도 세상의 시간이 멈춰 주는 까닭도 여기에 있다. 그것은 곧 잠이 소녀-공주가 정서적, 정신적으로 성숙할 시간임을 말해 준다. 몸만 컸다고 해서 어른은 아닌 것이다.

다시 만나 두 번째 결혼을 한 명제와 장미에게 닥친 난관은 바로 이 정서적 성숙기의 도래라고 할 수 있다. 장미는 불분명한 이유로 '개구리 냄새'에 시달리고 마침내 이혼을 결정한다. 그리고 그녀는 스스로 동화 작가가 되어 자신을 엄마로부터 분리하고, 마침내 혼자가 된다. 장미는 엄마가 자신에게 계모처럼 굴었다기보다 자기 스스로 엄마를 계모로 여겼음을 깨닫는다. 동화 속 모든 계모들이 사실상 친모의 다른 얼굴에 불과했음을 깨닫고, 다른 한편 자신이 명제를 떠날 수밖에 없던 이유가 바로 자기 안에 있음을 알게 된다. 사랑할 수 없었던 것, 명제를 왕자로 볼 수 없었던 문제는 바로 자기 안의 깊숙한 곳에 있던 '나' 때문이었던 것이다. 그리고 이를 깨닫는 순간 비로소 타자를 허용할 내 안의 공간이 생긴다.

가지 않았던 길, 한서영에 대한 마음 때문에 갈등했던 명제가 결국 장미에게 돌아가야 한다는 필연성을 느끼는 순간 역시 자신의 미성숙함을 깨닫는 것과 겹친다. 한국판 「첨밀밀」이라고도 볼 수 있는 김경욱의 『동화처럼』은 이렇게 두 번의 헤어짐과 세 번의 만남을 통해 비로소 현대판 동화로 완성된다. 평생 고독하게 살리라는 왕자와 공주, 명제와 장미의 '저주'를 풀 열쇠는 바로 '고독'을 깨는 것이다. 그리고 고독은 나만의 공간에 타자를 허용함으로써 깨질 수 있다.

고독은 깨지는 것이 아니라 바로 깨는 것이다. 따라서 김경욱의 『동화처럼』은 한 번쯤 연애를 해 본 사람들에게는 재미있는 소설이 될 테고, 두세 번쯤 연애의 실패를 맛본 사람들에게는 위안이 될 것이다. 그리고 마침내 사랑이란 나를 비우는 지경임을 경험해 본 자들에게는 애틋한 성장소설로 읽힐 것이다. 지독히 상처받은 만큼 자라는 아이처럼 열렬히 사랑하는 만큼 성장한다. 세상은 흉터만큼의 공간을 허락한다. 그것이 우리가 『동화처럼』을 연애성장소설이라 부르는 이유이기도 하다.

4 어른들을 위한 동화, 소설의 필연성

이 소설은 동화로 시작해 연애소설을 거쳐, 성장소설로
마무리된다. 한 사람을 통해 세상을 발견하고, 그 세상을
통해 다시 나를 찾는 것, 그것이 바로 성장소설의 핵심이
다. 김경욱의 『동화처럼』에는 선정적 사건도, 그렇다고 매
우 '소설적'이며 '허구적'인 상황들이 펼쳐져 있지도 않다.
대학을 졸업하고, 직장을 갖고, 결혼하는 대부분의 평범한
필부필부들의 삶이 대수롭지 않게 그려져 있으니 말이다.
김경욱은 결혼은 미친 짓이라거나, 별거 아니라고 너스레
를 떨지는 않지만, 이 대수롭지 않은 태도가 오히려 독자
에게 위안이 되어 준다. 김경욱의 소설 『동화처럼』 안에는
진짜 결혼과 연애가 들어 있다. 주말마다 마트에 가고 간
혹 멀티플렉스에서 보는 심야 영화를 충전 삼아 살아가는
평범한 우리의 남루한 삶에 대한 애잔한 공감이 소설 전
반에 녹아 있는 것이다.

이 애잔함과 안쓰러움의 시선을 통해 척박한 일상은 어
른들을 위한 동화로 재탄생한다. 동화는 아이에게만 필요
한 것은 아니다. 어느새 훌쩍 커 버린 몸이지만 그 안에는
여전히 상처받기 두려워하고 아파하는 아이가 남아 있다.
어른-아이를 위한 어른-아이의 동화, 이야기도 필요하다.
사실 소설이란 험난한 세상, 덫이 되어 버린 세상, 하나의

커다란 의문부호가 되어 버린 이 미스터리한 현실에 던져진 작은 위안이 아닐까? 김경욱은 삶의 본질까지 헤집는 맑은 눈을 통해 세상에 위안이 될 작은 동화를 하나 선사했다. 주민등록번호를 갖고 어른 행세를 하지만 여전히 작은, 내 안의 아이 때문에 씨름하는 어른-아이들, 우리들을 위한 동화.

덕분에 호소할 곳 없던 어른들의 성장통에 『동화처럼』은 따뜻한 처방이 되어 준다. 심장이 터질까 봐 쇳대를 두른 하인리히처럼 통증을 찾고 있는 어른들의 상처에 『동화처럼』은 조용한 위안이 되어 줄 것이다. 성장통을 겪는 아이들이 동화를 읽으며 다 이해하지도 못하면서 스스로를 치유하듯 어른들도 소설을 읽으며 자신의 상처를 보듬는다. 소설에게 우리가 필요한 것이 아니라, 우리에게 소설이 절실히 필요한 것이다.

　　초판을 내고 11년 만에 개정판 교정지를 받아들었다. 한 문장 한 문장 들여다보고 있자니 정리하기도 그대로 두기도 애매한 오래된 앨범을 마주한 기분이었다. 부끄러움의 크기만큼 아련했고 아련함의 크기만큼 부끄러웠다.

　　사실『동화처럼』의 시작점은 4년을 더 거슬러 올라간다. 2006년 발표한 단편「천년여왕」에서 나는 세상에 없는 가상의 소설을 몇 편 지어냈다. 작가가 되려는 주인공이 완전히 새롭다며 짜낸 스토리마다 이미 소리 소문 없이 존재한다는 설정이었으니.

　　같은 상대와 세 번 결혼하는 비현실적 이야기도 그때 탄생했다.

　　플루랑스의『결혼행진곡』.

현실에 존재할 리 없는, 상상의 서가에 꽂힌 책 한 권이 나를 또 다른 상상으로 이끌었다. 「천년여왕」에서처럼 내 눈과 귀가 닿지 않는 어딘가에 바로 그 책이 꼭꼭 숨어 있을 것만 같은 불안 속에서 나도 모르게 같은 이야기를 써 내려가고 있었다.

까맣게 잊힌 가상의 책이 다시 떠오른 건 『동화처럼』의 해외 출간 즈음이었다. 하필 프랑스어라니. '플루랑스'라는 가공의 작가, 『결혼행진곡』이라는 가공의 작품이 혹시 진짜 존재하는 건 아닐까 걱정했지만, 몇 해가 지나도록 비슷한 소리도 듣지 못했다. 이어 소개된 스페인어 권에서도 마찬가지. 가끔 들리는 얘기는 있다. 같은 사연의 커플을, 결혼을 세 번이나 반복한 커플을 알고 있다는 반응.

내겐 가상의 책이 실재한다는 소식만큼이나 놀라웠다. 현실에 있을 수 없는 이야기라 확신했는데, 상상의 서가 맨 안쪽에 꽂힌 책을 현실의 서가로 옮겼다고 생각했는데, 현실의 서가에 이미 즐비하다니. 내 상상의 서가가 너무 얕은 걸까, 현실의 서가가 너무 방대한 걸까? 확실한 한 가지는 두 곳 모두 아직 발견도 못한 책들로 가득하다는 것. 상상 서가의 가장 깊은 칸, 현실 서가의 가장 먼 칸까지는 근처도 못 갔다는 사실.

모든 작가는 작가이기 이전에 서가와 서가를 오가는 사서다. 그리고 당연하게도 모든 사서는 사서이기 이전에 한

명의 독자다.

2021년
김경욱

　진실의 적은 거짓이 아니라 신화라는 말이 사랑만큼 잘 맞아떨어지기도 쉽지 않으리라. 사랑에 대해서라면 누구나 할 말이 많으니까. 그렇다. 사랑에 관해 우리는 많은 것을 알고 있다. 그런데도 왜 늘 사랑이 고플까? 사랑에 대해 더 알아야 할 게 남아서일까?

　사랑 앞에서라면 우리는 진지해진다. 심지어 비장해지기도 한다. 최후의 결전을 앞둔 병사처럼. 농담이 끼어들 여지는 없다. 농담을 던지지 못한다는 것은 혹 그것에 대해 아무것도 모른다는 증거가 아닐까? 죽음의 경우처럼.

　죽음에 대해 너무 많은 것을 알 수 없는 것과 마찬가지로 사랑에 대해 우리는 너무 많은 것을 알 수는 없다. 다만, 살아가거나 죽어 가거나 둘 중 하나이듯 사랑하고 있거나 사랑하지 않고 있거나 둘 중 하나일 뿐.

2010년
김경욱

오늘의 작가 총서 39

동화처럼

김경욱 장편소설

1판 1쇄 펴냄	2010년 8월 13일
2판 1쇄 찍음	2021년 12월 17일
2판 1쇄 펴냄	2021년 12월 31일

지은이	김경욱
발행인	박근섭·박상준
펴낸곳	(주)민음사

출판등록	1966. 5. 19 제16-490호
주소	서울시 강남구 도산대로1길 62(신사동)
	강남출판문화센터 5층(06027)
대표전화	02-515-2000
팩시밀리	02-515-2007
홈페이지	www.minumsa.com

ⓒ김경욱, 2021. Printed in Seoul, Korea

ISBN 978-89-374-2060-3 (04810)
ISBN 978-89-374-2050-4 (세트)

새로 잇고 다시 읽는 한국문학의 정수, 오늘의 작가 총서 시리즈